उर्दू की सर्वश्रेष्ठ कहानियाँ

उर्दू के प्रमुख कहानीकारों की प्रतिनिधि कहानियाँ और प्रत्येक कहानीकार का अपने शब्दों में जीवन परिचय

अनुवाद और संपादन

प्रकाश पंडित

राजपाल

राजपाल एण्ड सन्ज़ से
1958 में पहली बार प्रकाशित

ISBN : 9789389373516

URDU KI SARVSHRESHTH KAHANIYAN (Stories)
translated and edited by Prakash Pandit

राजपाल एण्ड सन्ज़
1590, मदरसा रोड, कश्मीरी गेट, दिल्ली-110006
फोन : 011-23869812, 23865483, 23867791
e-mail : sales@rajpalpublishing.com
www.rajpalpublishing.com
www.facebook.com/rajpalandsons

क्रम

कृश्न चन्दर

(1914—1977)

मेरे अपने बारे में

"मेरे जीवन में ऐसी कोई बात नहीं जिसका मैं विशेष रूप से ज़िक्र कर सकूँ, फिर भी कुछ विवरण दिए देता हूँ।

26 नवंबर, 1914 ई. के दिन मेरा जन्म हुआ। आयु का अधिकांश भाग कश्मीर में गुज़ार दिया। कश्मीर की सुंदरता और निर्धनता से बहुत प्रभावित हुआ हूँ और सामूहिक रूप से 'सुंदरता' को पा लेने और निर्धनता को खो देने को ही मानव और मानवता की आधारभूत समस्याएँ समझता हूँ और प्राय: इन्हीं के संबंध में लिखना पसंद करता हूँ।

1934 में फारमन क्रिश्चियन कॉलेज लाहौर से अंग्रेज़ी साहित्य में एम.ए. किया; इसके बाद एक वर्ष तक पीलिया और हृदय-कंपन के रोगों में ग्रस्त रहा। फिर लॉ कॉलेज लाहौर में दाखिल हुआ और 1937 में एल.एल.बी. की परीक्षा पास की लेकिन वकालत की प्रैक्टिस कभी नहीं की।

1935 के अंत में या 1936 के प्रारंभ में उर्दू में लिखना शुरू किया। अब तक लगभग तीन दर्जन पुस्तकें लिख चुका हूँ, जिनमें कहानी संग्रह भी हैं, उपन्यास भी, व्यंग्यात्मक लेख भी और नाटक भी। इनमें से कई एक भारतीय भाषाओं के अतिरिक्त रूसी, अंग्रेज़ी, चीनी, चैक, पोलिश, हंगेरियन इत्यादि विदेशी भाषाओं में भी अनूदित हो चुकी हैं।

आदतें—अधिक अच्छी नहीं। थूकता बहुत हूँ, बातें कम करता हूँ। भरसक प्रयत्न करने पर भी शरीर के वस्त्र साफ़ नहीं रहते। कभी-कभी नशा भी कर लेता हूँ इसमें भाँग और चरस का नशा शामिल नहीं।"

—कृश्न चन्दर

दो शब्द-संपादक की ओर से

कन्हैयालाल कपूर के कथनानुसार कभी 'फ़रियादी' था लेकिन अब 'धर्म योद्धा' और राजनीति, साहित्य और संस्कृति के विशाल अध्ययन का

मालिक है। विषय-वस्तु के संबंध में उर्दू का एकमात्र लेखक है जिसने सदैव परिस्थितियों की नब्ज़ पर हाथ रखा और वर्णन-शैली में इतने नए प्रयोग किए कि आज उर्दू के कथा-साहित्य में 'कृश्न चन्दर स्टाइल' नाम से एक अलग स्टाइल चल रहा है और नई पीढ़ी के बहुत-से कहानीकार उससे प्रभावित हो रहे हैं।

वह किसी एक वर्ग, एक दल अथवा एक जाति का लेखक नहीं, पूरी मानवता का लेखक है। संसार में जहाँ कहीं अत्याचार होता है, कृश्न चन्दर तुरंत उसके विरुद्ध पीड़ित-जनों के मनोभाव व्यक्त करता है। जहाँ कहीं आज़ादी और इन्साफ़ की लड़ाई लड़ी जाती है, कृश्न चन्दर उसका पक्ष ही नहीं लेता, मन-मस्तिष्क से उसमें अपना भरपूर योगदान भी देता है। उसकी कलम प्रेयसी के केशों के स्तुतिगान के लिए नहीं, हृदय-रक्त में डूबकर उन जीवित और आगे बढ़ती हुई शक्तियों का इतिहास लिखने को बनी है जो पूरे विश्व को मानवता के क़दमों पर झुका देना चाहती है।

कलम में तलवार की-सी काट और विचारों में लहरों का-सा प्रवाह रखने वाले इस महान कलाकार पर उर्दू साहित्य को ही नहीं, समस्त भारत को यथोचित गौरव है।

वेक्सीनेटर

कृश्न चन्दर

"जब मैं एफ.ए. में फ़ेल होकर इस गाँव में वेक्सीनेटर बनकर आया, तो वह चीज़, जिसने सबसे अधिक मुझे अपनी ओर आकर्षित किया, रेशमाँ थी। रेशमाँ की सुंदरता की चर्चा तो मैं इससे पहले भी बहुतों से सुन चुका था। विशेष कर रास्ते में एक पुलिस सार्जेण्ट ने, जब उसे मालूम हुआ कि मैं पिंडोर के गाँव में वेक्सीनेटर बनकर जा रहा हूँ, मुझे बताया, "पिंडोर की मनोहर घाटी में तो बहुत-सी चीज़ें और स्थान देखने योग्य हैं—लक्ष्मण कुण्ड जिसकी गहराई का पता आज तक अंग्रेज़ भी न लगा सके! जागीरदार साहब का पुराना महल, जिसके चौकोर बुर्ज धूप में सोने की तरह चमकते हैं, और जो आजकल उजाड़ पड़ा है और केवल उसी समय काम में लाया जाता है, जब जागीरदार साहब या उनके मेहमान या लड़के-वाले कभी पिंडोर की घाटी में शिकार खेलने के उद्देश्य से आते हैं। खट्टे अनारों का जंगल, जो पिंडोर की पश्चिमी पहाड़ियों पर फैला हुआ है और जहाँ जंगली सेब, पालूचे और अमलूक के पेड़ भी पाए जाते हैं, जहाँ जंगली गुलाब की बेलें किसी प्रेमी की बाँहों की भाँति उन फलदार वृक्षों से हर समय लिपटी रहती हैं और जिनकी गोद में बनफ़शे के फूल प्रतिक्षण मुस्कराते और शरमाते हैं। हाँ, पिंडोर की घाटी में बहुत-सी चीज़ें दर्शनीय हैं। लेकिन अगर वहाँ तुमने रेशमाँ को न देखा, तो समझ लेना कि तुमने पिंडोर में कुछ भी नहीं देखा।"

"सचमुच?" मैंने धीरे से पूछा।

"खुदा की कसम!" पुलिस सार्जेण्ट ने एक लंबी आह भरकर कहा, और घोड़े पर सवार होकर चला गया।

यद्यपि मुझे विश्वास तो अब भी न हुआ, लेकिन रेशमाँ को देखने का चाव दिल में घर कर गया। आखिर वह भी ऐसी क्या हसीन परी होगी? इन पुलिसवालों की बातों पर विश्वास कम ही करना चाहिए। और फिर औरतों के विषय में तो उनका यह विश्वास है कि हर औरत सुंदर होती है, चाहे वह मिट्टी ही की क्यों न हो!

अब तो मेरी हालत उस बूढ़े मुर्गे की-सी है जो जवानी चली जाने पर भी अपने को जवान समझता है। लेकिन उन दिनों जब मैं नया-नया वेक्सीनेटर बनकर यहाँ आया था, तो मेरा रंग-रूप बहुत से लोगों के लिए ईर्ष्या का कारण था। इसमें भी संदेह नहीं कि उन दिनों गाँव भर में मैं ही अपने ढंग का सजीला जवान था और फिर एण्ट्रन्स पास और सफ़ेद लट्ठे की शलवारें पहनने वाला! ग्यारह रुपए वेतन था, कुलाह पर तुर्रेदार पगड़ी, पाँव में कामदार जूते और चेहरे पर मूँछें साइकिल के हैंडिल की तरह मुड़ी हुईं। हाँ, वह ज़माना था मेरे बाँकपन का। अब तो यौवन का वसन्त पतझड़ में बदल चुका है।

आह दोस्त, वे भी क्या दिन थे! काश, तुमने मुझे जवानी में देखा होता। एक शे'र मुझे बहुत पसंद है, वह है...वह है...आह, इस समय कमबख़्त मुझे याद नहीं आ रहा है, दिमाग चकरा...ज़बान पर आ रहा है, लेकिन...अच्छा...

हाँ, तो मैं रेशमाँ के विषय में कह रहा था, लेकिन मैं रेशमाँ के विषय में क्या कहूँ?

रेशमाँ की आँखें, उन नीली पुतलियों की अथाह गहराइयाँ, वे आँखें उन दो स्वच्छ व पवित्र झीलों की भाँति थीं, जो किसी ऊँचे पर्वत की चोटी पर स्थित हों, जहाँ किसी मनुष्य के क़दम भी न पहुँचे हों। रेशमाँ के कोमल होंठ, शरमाए और लजाए-से होंठ—मानो वे अपनी सुंदरता पर स्वयं लजा रहे हों। उसके कोमल हाथ, सफ़ेद अँगुलियों की पोरें जंगली गुलाब की कलियों की तरह सुंदर थीं। उसकी चाल—जैसे वसन्त की देवी अपनी समस्त मनोहरता और सौंदर्य को लिए वायु के झोंकों पर इठलाती हुई आ गई हो। उसकी आवाज़ सनोबर के जंगलों में घूमते हुए गड़रिये की बाँसुरी की भाँति मधुर, और शीतल झरनों के स्वर की भाँति लोचदार। उसका क़द-फ़ारसी का एक शे'र है, एक बहुत ही उपयुक्त शे'र है, लेकिन...कमबख्त याद ही नहीं आ रहा है, बिलकुल ज़बान पर फिर रहा है, आह! क्या खूब शे'र था, नात का शे'र, नहीं, इरफी का, आह! अब स्मरण शक्ति कितनी कमज़ोर हो गई है! कुछ याद नहीं रहता—कुछ याद नहीं रहता। मुझे अब तो अपनी कविताएँ भी याद नहीं। आश्चर्य है, उन दिनों मेरी स्मरण-शक्ति कितनी प्रबल थी!

तो यह थी रेशमाँ, पिंडोर की सुंदर घाटी की सुंदरी! निस्संदेह वह एक दुर्लभ चीज़ थी और लोग दूर-दूर से उसे देखने के लिए आया करते थे। उसके बाप के पास प्रतिदिन रेशमाँ के संबंध के लिए संदेश आया करते। कोई पाँच

सौ रुपए, कोई एक हज़ार, कोई डेढ़ हज़ार, और कोई मनचला तीन हज़ार रुपए तक देने को तैयार था, लेकिन उसका बाप शायद जवाब में इंकार करना ही जानता था। कम-से-कम मैंने तो उसे किसी से हामी भरते नहीं देखा, न सुना—खुदा जाने उसके मन में क्या था! शायद वह अपनी लड़की को किसी बादशाह के साथ ब्याहना चाहता था, और यों रेशमाँ भी तो किसी बादशाह के घर के ही योग्य थी!

लेकिन, जैसा कि मैंने कहा, जवानी बुरी बला है, और जवानी का प्रेम उससे भी अधिक खतरनाक! मैंने रेशमाँ को देखते ही समझ लिया कि दुनिया में रेशमाँ केवल मेरे लिए है, और मैं उसके लिए। और यह ठान लिया कि चाहे उसके बाप को जान ही से क्यों न मार डालना पड़े, लेकिन अगर विवाह करूँगा, तो केवल रेशमाँ से, नहीं तो जान पर खेल जाऊँगा। उसके सारे घर की हत्या कर डालूँगा, सारे गाँव को आग लगा दूँगा, उसके सामने पहाड़ी पर से नीचे नाले में कूद कर मर जाऊँगा, लेकिन यह कभी न होगा कि मेरे जीते जी मेरी रेशमाँ को कोई और व्यक्ति, चाहे वह जागीरदार का बेटा ही क्यों न हो, ब्याह कर ले जाए। जवानी में आदमी कैसी-कैसी विचित्र बातें सोचा करता है—मूर्खता की बात—फ़िज़ूल, खतरनाक, अदूरदर्शिता की बातें!

तो साहब! मैंने रेशमाँ के प्रेम में सिर-धड़ की बाज़ी लगा दी। लोगों को टीका-वीका लगाना कैसा? हर समय रेशमाँ के पीछे-पीछे फिरने लगा, पागल कुत्ते की तरह। वह झरने पर पानी भरने जाती तो मुझे पहिले ही मौजूद पाती। चरवाहों के साथ जंगल जाती, तो मैं भी अपनी तोड़ेदार बंदूक लिए हुए जंगल में पहुँच जाता। मैं उन दिनों गाना भी बहुत अच्छा गाता था; मेरा मतलब है कि मैं माहिया बहुत बढ़िया गाया करता था, और बहुधा लोग मेरे माहिया गाने पर बहुत प्रसन्न होते थे। कहते थे कि कोई मीरासी भी इतना अच्छा माहिया नहीं गा सकता। लेकिन अब वह दिन कहाँ? अब तो दिन में मुझे दस बार खाँसी की शिकायत होती है। तुम शहर में रहते हो, कभी कोई अच्छी-सी दवा ही भेज दिया करो। नहीं तो तुम्हारे शहर में रहने से हमें क्या फ़ायदा?

खैर!...एक दिन की बात है—मैं किसी निकट के गाँव से चेचक के टीके लगा कर वापस आ रहा था। शाम हो चुकी थी और पश्चिम से हल्की-हल्की हवा चल रही थी। मैं बहुत दुखी था, क्योंकि दिन भर मैं गाँव से बाहर रहने के कारण रेशमाँ के दर्शन से वंचित रहा था, अतः बहुत ही करुण स्वर में धीरे-

धीरे—'फ़िराके जानाँ में हमने नाती लहू पिया है शराब करके।'—गाता हुआ चला आ रहा था। मैं उस समय बहुत उदास था। मेरी आँखों में शायद उस समय आँसू छलक रहे थे और मुझे अपने आप पर बहुत क्रोध आ रहा था। गाँव की सीमा में दाखिल होने से पहले रास्ते में एक खूबानी का वृक्ष आता है, अत: जब मैं उस खूबानी के वृक्ष के निकट पहुँचा, तो क्या देखता हूँ कि तने का सहारा लिए अपने सुनहरी काकुलों को अपने कोमल कंधों पर बिखराए रेशमाँ खड़ी मेरी राह देख रही है। मैं ठिठककर खड़ा हो गया।

कुछ क्षण सदियों की तरह बीते। फिर रेशमाँ बोली, अपने कोमल और मधुर स्वर में, "जी, आप मुझे क्यों तंग करते हैं?"

मैंने कहा, "इसलिए कि मैं तुम्हें चाहता हूँ, और तुम्हें देखे बिना ज़िन्दा नहीं रह सकता।"

रेशमाँ बोली, "जी, मुझे सब सहेलियाँ ताने देती हैं और फिर आपका इस तरह मेरे पीछे-पीछे फिरना ठीक भी तो नहीं! मैं आपको गालियाँ दूँगी, तो फिर आप..."

मैंने कहा, "तो मैंने कब मना किया है? आप शौक से गालियाँ दें। मैं उन्हें सुनता जाऊँगा और फिर इकट्ठा कर लूँगा, फिर फूलों की तरह उनका हार बनाकर अपने गले में पहन लूँगा।"

रेशमाँ बोली, "हम ठहरी अनपढ़! भला हमें आपकी तरह बातें बनाना कहाँ आता है? लेकिन मैं आपसे फिर कहती हूँ, खुदा के लिए आप मेरा पीछा करना छोड़ दें। अब्बा आपकी जान के ग्राहक हो रहे हैं। कहते थे—अगर वह लड़का न माना तो उसे कत्ल कर डालेंगे।"

मैंने सिर झुकाकर कहा, "यह सर हाज़िर है। अभी गरदन उड़ा दीजिए। अगर उफ़ भी कर जाऊँ तो..."

रेशमाँ ने एक अजीब अदा से सिर हिलाकर कहा, "हाय, मैं यह कब कहती हूँ कि आप मर जाएँ, लेकिन आखिर...आप चाहते क्या हैं?"

"मैं कुछ नहीं चाहता।" मैंने अपना हाथ अपने कलेजे पर रख कर कहा, "हाँ, सिर्फ़ यह चाहता हूँ कि जब तुम यहाँ से चली जाओ तो तुम्हारे प्यारे चरणों की धूल अपने माथे पर लगा लूँ, और तुम्हारा नाम लेता हुआ इसी दम इस संसार से विदा हो जाऊँ।"

रेशमाँ मुस्कराई। एक बालिका की तरह नहीं, बल्कि एक स्त्री की तरह

मुस्कराई। उसने पलकें उठाकर एक क्षण के लिए मुझे देखा, फिर वे पलकें गुलाब के फूलों की तरह सुंदर और कोमल कपोलों पर झुक गईं। दूसरे क्षण वह हँसती हुई वहाँ से भाग गई। भागती जाती थी और मुड़-मुड़कर मेरी ओर देखती जाती थी।

कुछ क्षण तो मैं चुपचाप पत्थर की मूर्ति की भाँति निश्चल खड़ा रहा, फिर मैंने भी रेशमाँ के पीछे तेज़ी से भागना शुरू किया। वह एक हिरणी के समान तेज़ भाग रही थी। उसके मुँह से हँसी की चीखें निकल रही थीं। धीरे-धीरे, लेकिन विश्वस्त रूप से, हम दोनों के बीच का अंतर कम हो रहा था।

अब मैं उसके बिलकुल निकट आ गया था, लेकिन अभी उसे छू नहीं सका था।

वह अब अधिक तेज़ी से भागने लगी।

लेकिन मैं अब और भी निकट आ गया था और हमारे बीच बिलकुल थोड़ा-सा अंतर रह गया था।

''देखो, हमारा पीछा मत करो। मैं कहती हूँ, यह अच्छा नहीं।'' एक छलाँग लगाकर मैंने उसे जा दबोचा और गोद में उठा लिया।

''अब किधर जाओगी?'' मैंने कहा।

''मुझे छोड़ दो...मुझे छोड़ दो...मैं घर जाऊँगी।'' उसने धीमे स्वर में कहा।

मैं एक चिनार के वृक्ष के निकट जाकर रुक गया और उसे हरी घास पर धीरे से गिरा दिया, और फिर उसके पास ही सुस्ताने के लिए बैठ गया।

''देखा तुमने? तुम मुझसे भागकर कहीं नहीं जा सकतीं।'' मैंने हँसकर कहा।

वह चुप बैठी रही और अपने बिखरे बाल ठीक करती रही।

हम गाँव से बहुत दूर निकल आए थे। संध्या की लाली ग़ायब हो चुकी थी, लेकिन फिर भी नदी का पानी एक चाँदी के तार की भाँति चमक रहा था। हाँ, पहाड़ों पर अब जंगल नहीं दिखाई देते थे—अंधकार की कालिमा में लुप्त हो चुके थे। कहीं-कहीं तारे भी निकल आए थे।

मैंने रेशमाँ से पूछा, ''तुम मुझसे विवाह कब करोगी?''

''कभी नहीं।''

''क्यों?''

"तुम तेली हो, हम मुगल हैं।" रेशमाँ ने शोखी से कहा।

"इससे क्या होता है?" मैंने रेशमाँ का हाथ अपने हाथ में लेकर कहा, "क्या तुम्हें मुझसे प्रेम नहीं है?"

"कभी नहीं।"

"तो फिर तुम मेरे पास क्यों बैठी हो?"

जवाब में रेशमाँ ने मुझे प्रेमपूर्ण दृष्टि से देखा, फिर सहसा वह कुछ सोच कर काँप उठी और धीरे से कहने लगी, "मैं आज खूब पिटूँगी। अब्बा मुझे ढूँढ़ रहे होंगे। लेकिन यह कह तो आई थी कि मैं मौसी के यहाँ जा रही हूँ, मगर अब देर भी तो बहुत..."

मैंने बात काटकर कहा, "तुम जैसी नटखट लड़कियाँ इसी योग्य हैं कि उन्हें खूब पीटा जाए।"

रेशमाँ बोली, "मैं जानती हूँ कि तुम मुझे कभी नहीं पीटोगे।"

मैंने कहा, "हाँ, क्योंकि मैं एक तेली हूँ और तुम मुगलज़ादी हो।"

रेशमाँ ने अपना कोमल हाथ मेरे कंधे से लगाया, फिर एकदम अपना सिर मेरी छाती पर रख दिया, "तुम कितने नासमझ हो!" उसने एक आह भर कर कहा।

और मुझे ऐसा जान पड़ा कि एकाएक आकाश के सितारे खिलखिला कर हँस पड़े हैं और चन्द्रमा के प्रकाश में सफ़ेद-सफ़ेद बादलों की काँपती हुई कोमल परछाइयाँ किसी अज्ञात प्रसन्नता के कारण नाचने लगी हैं और पछुआ वायु के झोंके चिनार के पत्तों में छिप-छिपकर अमर जीवन के गीत गा रहे हैं। मैंने रेशमाँ की लंबी-लंबी लटों में उँगलियाँ फेरते हुए महसूस किया कि यह प्रसन्नता मेरे लिए असहनीय होगी। और जब मैंने विवश होकर उसके होंठों पर अपने होंठ रख दिए, तो मुझे प्रतीत हुआ कि उन होंठों में पहाड़ी मधु की-सी मधुरता है और धधकते हुए अंगारों की-सी गरमी और जलन! दोनों ही विलक्षण अनुभव थे—एक कष्टप्रद प्रसन्नता और एक आनंददायक कष्ट!

इसके बाद आठ-दस दिनों का हाल मैं तुम्हें अच्छी तरह नहीं बता सकता। कुछ याद नहीं आता। जीवन एक सुखमय स्वप्न की भाँति बीत रहा था, जिसमें मैं और रेशमाँ ही थे। कुछ विचित्र-सी हालत थी। शराब का-सा नशा, मनोहर संगीत की-सी मस्ती, सारा गाँव स्वर्ग-सा दीख पड़ता था और दूर से जागीरदार साहब के पुराने महल के बुर्ज सोने के कलशों की भाँति चमकते थे—विचित्र

और रहस्यमय! मुझे ऐसा लगता था मानो यह समस्त संसार, प्रकृति की सुंदरता, पक्षियों का कलरव, बेफ़िक्र गड़रियों के ठहाके हमारे ही लिए पैदा किए गए हैं—मेरे और रेशमाँ के लिए, ताकि शाम के झुटपुटे में हम दोनों छिप कर और बाँहों में बाँहें डालकर गाँव से बाहर किसी नन्हे से उपवन में जा बैठें और इन दृश्यों का आनंद उठाएँ।

मगर यह सब कुछ आठ-दस दिन के लिए था। इसके बाद एक क्रूर हाथ ने एक ज़ोरदार झटके के साथ मेरे मनोहर स्वप्न को बिखेर दिया। ठीक उस दिन जब हम दोनों ने गाँव से भाग जाने की सलाह की थी, रेशमाँ के जालिम बाप ने उसे जागीरदार साहब के बड़े लड़के के हवाले कर दिया। यह तो मुझे बाद में मालूम हुआ कि बहुत दिनों से गुप्त रूप से सलाह हो रही थी। जागीरदार साहब का बड़ा लड़का बड़ा दुराचारी है। जिस तरह बड़े आदमियों की आदत होती है, वह रेशमाँ पर लट्टू था। कहीं शिकार खेलते, आते-जाते देख लिया होगा, बस रेशमाँ के बाप पर डोरे डालने शुरू कर दिए। इधर मेरी लापरवाही का यह हाल कि मुझे उस समय पता चला, जब रेशमाँ शहर में जागीरदार साहब के महल में पहुँचाई जा चुकी थी।

यह चोट इतनी गहरी और अचानक थी कि मैं अपने हवास ठीक न रख सका। लोग कहते हैं कि इस घटना के बाद दो वर्ष तक मैं पागल-सा रहा, सूख कर बिलकुल काँटा हो गया था, दर-दर घूमता था और लोगों से कहता था, ''मुझे बचा लो, मुझे बचा लो, वह मुझे काटने को आ रही है।'' बस यही शब्द थे, जो हर समय मेरी ज़बान पर रहते थे। सुना है कि एक दिन जब मैं जागीरदार साहब के शहर में घूम रहा था, उन्होंने मुझे कहीं देख लिया और जब किसी मुसाहिब से उन्होंने मेरी राम-कहानी सुनी, तो मुझ पर बहुत तरस खाया और इलाज के लिए शिकारपुर के पागलखाने में भेज दिया। हाँ, जब मैं दो वर्ष के बाद स्वस्थ हो गया, तो मुझे फिर अपने पुराने स्थान पर उसी घाटी में नियुक्त करा दिया लेकिन इस गाँव में नहीं, बल्कि दूर के गाँव में, जो यहाँ से दस मील दूर था।

इतना कहकर वेक्सीनेटर चुप हो गया, और हुक्का गुड़गुड़ाने लगा। रशीद ने धीरे से पूछा, ''और रेशमाँ?...तुमने उसे फिर कभी देखा?''

''रेशमाँ जागीरदार साहब के बड़े लड़के के महल में है। यद्यपि वहाँ स्त्रियाँ बहुत हैं, लेकिन रेशमाँ को अपने स्वामी की चहेती होने का गर्व ज़रूर हासिल है।

उसके दो लड़के भी हैं। मैंने उसे आठ-नौ वर्ष हुए, उसके बाप के घर इसी गाँव में देखा था, जब वह अपने भाई के विवाह के अवसर पर यहाँ आई थी। उसका बाप, अब क्या यह भी बताने की ज़रूरत है, कि इस गाँव का नम्बरदार है और इलाके का ज़िलेदार। उसका मकान पत्थरों से बना है। तुमने रास्ते में देखा तो होगा, वह जिस पर टीन की छत है और जिसके पीछे एक बड़ा-सा बगीचा है। मैंने उसे बगीचे में देखा था। वह सुंदर रेशमी वस्त्र पहने टहल रही थी। उसके साथ उसके दोनों छोटे-छोटे लड़के थे। वह अब बेहद सुंदर थी। उसकी चाल राजकुमारियों जैसी थी। मैं देर तक बाड़े की ओट में खड़ा उसे देखता रहा। रेशमाँ, जो कभी मेरी पत्नी होती, रेशमी कपड़ों के बजाय वह लाल धारी की भारी कमीज़ और छींट की कमीज़ पहनकर मेरे अपने बच्चों को लेकर यूँ टहलती, यह सोचकर मेरी आँखों में आँसू भर आए और उन्हें पोंछने की कोशिश किए बिना ही मैं बाड़े की ओट से बाहर निकल आया और उसे गालियाँ दीं। उसके सारे खानदान को जी भरकर और चिल्लाकर कोसा और उस समय तक वहाँ से न टला, जब तक लोग मुझे वहाँ से खींचकर और घसीटकर दूर न ले गए।

"और रेशमाँ ने तुम्हें कुछ न कहा?" रशीद ने पूछा।

"नहीं, मुझे देखकर वह ठिठककर खड़ी हो गई। फिर उसने गर्दन झुका ली और चुपचाप गालियाँ सुनती रही। उसकी आँखों की नीली झीलों से आँसुओं के स्रोत बह निकले और उसने अपने काँपते हुए हाथों से अपने दोनों लड़कों को अपने साथ चिपटा लिया। बाद में जब वह अपने गाँव से चली गई, तो उसकी एक पुरानी सहेली ने मुझे बताया कि उसके इस सवाल पर कि तुमने वहाँ बगीचे में खड़ी रहकर उसकी गालियाँ क्यों सुनीं, रेशमाँ ने जवाब दिया, 'उस समय वह अगर मुझे पीट डालता या जान से भी मार डालता, तो भी मैं वहाँ से न हिलती।'...फिर उसने कहा, 'मेरी प्यारी सखी! वे गालियाँ नहीं थीं, फूल थे—मेरे प्रेमी के, जिन्हें मैंने चुन-चुनकर अपने आँसुओं के तार में पिरो लिया और अपने हृदय की समाधि पर चढ़ा दिया, ताकि प्रेम की समाधि सूनी न रहे...।'

"लेकिन," वेक्सीनेटर ने करुण स्वर में अपनी कहानी समाप्त करते हुए कहा, "मुझे अब किसी पर क्रोध नहीं, किसी से प्रेम नहीं, मैं अब किसी का लिहाज़ नहीं करता। पहले चेचक के टीके मुफ़्त लगाता था, अब दो आने लिए बिना किसी के बाजू को हाथ तक नहीं लगाता। मुझे किसी की परवाह नहीं। मैं

अपना रुपया ड्योढ़े सूद पर उधार देता हूँ। इस गाँव में सिवाय रेशमाँ के बाप के सब मेरे ऋणी हैं। वे मुझे कंजूस और ज़ालिम कहते हैं, लेकिन उन्होंने कब मेरा भला चाहा? उनका बस चले, तो मुझे आज मार डालें, लेकिन मुझे किसी की परवाह नहीं, किसी से प्रेम नहीं, मेरे पास रुपया है, ज़मीन है, बाल-बच्चे हैं, तीन निकाह कर चुका हूँ, मुझे किसी की परवाह नहीं, किसी से प्रेम नहीं, किसी पर गुस्सा नहीं। मैं जागीरदार साहब की वफ़ादार प्रजा हूँ, उनका गुलाम हूँ।''

''क्या सचमुच तुम्हें किसी पर गुस्सा नहीं आता?'' रशीद ने तीक्ष्ण दृष्टि से वेक्सीनेटर की ओर देखकर पूछा।

वेक्सीनेटर घबरा-सा गया। आँखें नीची करके बोला, ''नहीं, हरगिज़ नहीं। मेरा दिल साफ़ है, लेकिन दोस्त...'' अब वेक्सीनेटर ने अपनी निगाहें ऊपर उठा लीं और रशीद की ओर लज्जित-सी दृष्टि से देखकर कहने लगा, ''मैं एक बात तुमसे कहना चाहता हूँ। उसे कहते समय मेरा सीना फटा जाता है, और मैं तुमसे यह बात कहे बिना नहीं रह सकता। वह बात जागीरदार साहब के इस पुराने महल के बुर्जों के विषय में है। मैं इन्हें धूप में सोने की तरह चमकते हुए देखकर पागल हो जाता हूँ। मुझे ऐसा लगता है, मानो वे मुझ पर हँस रहे हैं, मुझे चिढ़ा रहे हैं। मैं उन्हें साफ़ कहते हुए सुनता हूँ, 'तुम हमें नहीं जानते। हम अब भी तुम्हारी दुनिया को बरबाद कर सकते हैं, तुम्हारे सुख और शांति को धूल में मिला सकते हैं, तुम्हारे जीवन के उल्लासों को पाँव-तले रौंद सकते हैं। तुम हमें नहीं पहचानते। हा! हा! हा!'

''और मैं पागल हो जाता हूँ, और सोचता हूँ कि जब तक ये चमकते हुए बुर्ज मौजूद हैं, मेरे मन को शांति नहीं प्राप्त हो सकती। बहुधा मेरे मन में विचार उठता है कि एक-दो रुपए की बारूद लेकर मैं रात के समय इस पुराने महल के निकट जाऊँ और बारूद लगाकर भक से इन बुर्जों को उड़ा दूँ, तो...तो...लेकिन मैंने हर बार इस विचार को मन में ज़ोर से दबा दिया है।''

और वेक्सीनेटर ने रहस्यमय लहज़े में रशीद की ओर झुककर कहा, ''लेकिन एक दिन मैं इस काम को अवश्य पूरा करके छोड़ूँगा...!''

राजेन्द्र सिंह बेदी

(1915—1984)

मेरे अपने बारे में

"मैं राजेन्द्र सिंह बेदी, 1 सितंबर 1915 को लाहौर छावनी में उत्पन्न हुआ।

बाल्यकाल का पहला भाग गाँव में और शेष शहर लाहौर में गुज़रा। एफ.ए. तक शिक्षा पाई। गणित में सदा उतना ही कमज़ोर रहा जितना आर्ट्स में अच्छा।

अंग्रेज़ी और पंजाबी में लिखना शुरू किया, लेकिन अपने पढ़ने वालों की संख्या बढ़ाने के विचार से उर्दू में लिखने लगा। पहली प्रसिद्ध कहानी भोला थी जो 'अदबी दुनिया' (मासिक पत्रिका) के वार्षिकांक में प्रकाशित हुई। उसके बाद गरम कोट, हमदोश, पान शॉप आदि थीं। फिर कहानी-संग्रह 'दाना-ओ-दाम' प्रकाशित होकर प्रसिद्ध हुआ—इतना प्रसिद्ध कि उर्दू की असंख्य पुस्तकों की तरह तीन सालों में उसकी एक हज़ार प्रतियाँ भी न बिक सकीं।

मैं केवल कहानियाँ ही नहीं लिखता मेरे बीवी-बच्चे भी हैं, हालाँकि साहित्य मेरा पहला प्रेम है। जी चाहता है कोई धनाढ्य विधवा मुझसे दूसरा विवाह करने को तैयार हो जाए या कोई धनाढ्य व्यक्ति मुझे अपना दत्तक पुत्र बना ले तो आराम से बैठा लिखा करूँ।

अब तक तीन कहानी-संग्रह—'दाना-ओ-दाम', 'ग्रहन और कोखजली' और नाटकों का एक संग्रह 'सात खेल' के नाम से प्रकाशित हो चुके हैं।

मेरा पता है : 18, सोसाइटी बिल्डिंग, मलूँगा, बम्बई-19।"

—राजेन्द्र सिंह बेदी

दो शब्द-संपादक की ओर से

"शेक्सपीयर बड़ा है या मैं?" यह प्रश्न बर्नार्ड शॉ ने किया था और स्वयं ही उसका उत्तर देते हुए लिखा था कि मैं शेक्सपीयर से बड़ा हूँ।

दो बड़े लेखकों में से किसी एक को दूसरे से प्रधानता देना कोई सरल

काम नहीं है। अतएव आज जहाँ कहीं यह विवाद उठता है कि कृश्न चन्दर बड़ा कहानी लेखक है या राजेन्द्र सिंह बेदी तो प्राय: यह विवाद इस बात पर समाप्त हो जाता है कि दोनों न केवल बड़े वरन् महान् कहानी लेखक हैं। लेकिन इस बात पर लगभग सब सहमत हो जाते हैं कि कृश्न चन्दर के यहाँ विषयों की विभिन्नता तथा शैली का सौन्दर्य है, जो पाठक के मस्तिष्क को तुरंत पकड़ में ले लेता है और बेदी के यहाँ प्रेषण की गहराई, विषय और रूप का सुंदर समावेश और मानव अंतरात्मा तक पहुँचने की सामर्थ्य अधिक है।

बेदी कोई दूर की कोड़ी नहीं लाता, बल्कि भारत की प्राचीन परंपराओं की नींव पर खड़े होकर नई परंपराओं की नींव रखता है। उसके पात्र समाज के स्वस्थ पात्रों के रूप में सामाजिक उत्तरदायित्व का इतना बड़ा बोझ उठाते हुए नज़र आते हैं कि एक साथ उनके प्रति सहानुभूति भी उत्पन्न होती है और उनकी महानता को भी स्वीकार करना पड़ता है। बेदी ने उर्दू कथा साहित्य को कुछ ऐसी कहानियाँ दी हैं जिन पर न केवल उर्दू साहित्य को बल्कि पूरे भारत को गर्व है और जिन्हें आधुनिक काल की किसी भी उन्नत भाषा की कहानियों के मुकाबले में पेश किया जा सकता है।

बेदी नि:सन्देह उर्दू साहित्य का वह प्रशंसनीय कलाकार है जिसने वास्तविक रूप में प्रेमचन्द की परंपराओं को आगे बढ़ाया है।

टर्मिनस

राजेन्द्र सिंह बेदी

जेजों—या यों कहिए कि जेजों दुनाबा, उस लाइन का अंतिम स्टेशन था और गाड़ी उसकी ओर बेतहाशा भागी जा रही थी। जिस प्रकार बुझने से पहले दीपक में एक तेज़ लौ पैदा हो जाती है, उसी प्रकार गाड़ी की गति में भी एक तीव्र लौ सी पैदा हो रही थी। दाएँ-बाएँ शिवालिक की पहाड़ियाँ दो लंबी-लंबी बाँहों के रूप में खुल रही थीं और उस विस्तृत गोद के भीतर छोटे-छोटे टीले, 'गैंग हट', साधारण झाड़ियाँ और झोंपड़ियाँ गाड़ी के पिट्ठू और पशु गोफिए में पड़े हुए कंकड़ों की तरह एक बड़े दायरे में घूमते दिखाई देते थे।

इस समय वर्षा थमी हुई थी, लेकिन कचनार और आम के पेड़ों की काली छाल से अनुमान होता था कि दिन और रात के चार पहरों में पानी बहुत ज़ोर का पड़ गया है। सूरज वर्षा ऋतु की संध्या के चंचल अंतरिक्ष के बीच बादल के शुतुरमुर्ग के एक टुकड़े में उलझा हुआ दिखाई देता था। एक लंबी बरसात के बाद उसकी सुंदरता उदासीनता उत्पन्न कर रही थी और धरती पर यहाँ-वहाँ बिखरा हुआ पानी यों दिखाई देता था जैसे कोई बहुत बड़ा शीशा आकाश से धरती पर गिरकर टुकड़े-टुकड़े हो गया है।

कभी एकाएक ऐसा अनुभव होने लगता, जैसे बाहर दिखाई देने वाला प्रत्येक दृश्य हमारे ही किसी भीतरी दृश्य का कठोर प्रतिबिंब है—जयराम उदास था और उसे वातावरण में उदासी-ही-उदासी भरी हुई दिखाई देती थी। वह गाड़ी में खिड़की के पास बैठा, अपनी विह्वलता में नथुनों के बाल उखाड़ता हुआ जेजों दोआबा टर्मिनस की प्रतीक्षा कर रहा था। कभी वह पीड़ावश अपनी सीट पर उछल जाता और कभी सामने चोटियों पर धुँधली-सी दिखाई देने वाली बर्फ़ को देखकर उसकी उँगलियाँ उसके सफ़ेद बालों में धँस जातीं और वह सोचता—जिस तरह गाड़ी एक धुन के साथ अपने अंतिम लक्ष्य की ओर भागी जा रही है, उसी प्रकार शायद मैं भी अपने अंतिम लक्ष्य की ओर लपका चला जा रहा हूँ।

एकाएक उसे नथुनों के बाल उखाड़ने से अधिक दिलचस्प व्यवस्था

याद आ गई। उसने सामने की सीट पर पड़ी हुई बुढ़िया को झँझोड़ते हुए कहा, "भोली माई, उठ–देख तेरा जेजों आ रहा है!"

माई हड़बड़ाकर उठ बैठी। उसके चेहरे का तेज, जो चालीस वर्षीय रंडापे और उत्तराधिकार हीनता का सूचक था, और जो एक दीर्घ, अर्थहीन स्वप्न के कारण धीमा पड़ गया था, उग्र हो उठा और वह एक बच्चे की तरह प्रसन्न होकर बोली, "क्या आ गया जेजों—बस यहाँ से सात कोस परे रहते हैं मेरी बेटी और जमाई—मेरी सीता राम की जोड़ी!"

बाहर से एक नन्ही-सी कंकड़ी उड़ी और जयराम की आँख में पड़ गई। कुछ देर के लिए उसकी आँखें भीतर को सिमट गईं। पुतलियाँ कुछ फैलीं और वास्तविकता की चुभन के बावजूद उसे बीते समय के भयानक स्वप्न दिखाई दिए। परिश्रमी, किंतु परिश्रांत जयराम ने अपने अतीत में झाँका तो उसे अपने आनन्द-रहित फीके पचास वर्षों में एक जीवन-वर्धक क्षण दीख पड़ा। उस समय जबकि जयराम जीवन की बीसवीं पतझड़ देख रहा था—करतारपुर स्टेशन की प्याऊ पर एक लड़की उसकी ओर देखकर मुस्कराई थी और जयराम का मन, प्रेम के गोफिये में पड़ा रहा था।

कंकड़ी के निकलते ही एक धक्का-सा लगा और पास के शोर-गुल से पता चला कि गाड़ी जेजों दोआबा टर्मिनस के अहाते में दाखिल होकर खड़ी हो गई है। भोली माई और उसके साथ दूसरे यात्री उतरे और बाहर निकलने के लिए फाटक की ओर बढ़े। उस समय सन्ध्या क्षणों की सूली पर तड़प रही थी और अंधकार की लंबी-लंबी लटें ऊँचे-ऊँचे खंबों, पुल और शैड की सहायता में दिन के कंधों पर बिखर रही थीं। जयराम भी दुख और कपड़ों की गठरियाँ उठाए फाटक की ओर बढ़ा, लेकिन रुक गया। उस समय ठठर गाँव जाने का उसे कोई ढंग दिखाई नहीं दे रहा था।

सहसा जयराम के मन में एक ख़्याल आया जो उसने अभी तक सोचा ही नहीं था—अब उसे ठठर गाँव में पहचानेगा कौन? वह 'खुट्टों' के एक बड़े कुल से संबंध रखता था, लेकिन खुट्ट कुछ जेजों और कुछ होशियारपुर और उसके आस-पास के गाँवों में जा बसे थे और अपने पेड़ों के कारण जेजों में एक विशेष ख्याति पाए हुए थे। ठठर में केवल एक ताया बापू की खबर मिलती थी लेकिन वे तो जयराम के बचपन में ही बुढ़ापे और झुकी हुई कमर से यों दिखाई देते थे जैसे कब्र की तलाश कर रहे हों। इस समय उनका उपस्थित होना एक

असंभव-सी बात थी। उनकी चार-पाँच लड़कियाँ थीं जो एक साथ विवाह के बाद संतोखगढ़, ऊना, गढ़शंकर और इधर-उधर कुछ इस प्रकार बिखर गई थीं जैसे बारूद भरे अनार की चिंगारियाँ छूटते ही चारों ओर बिखर जाती हैं और जयराम प्लेटफ़ार्म पर पड़े हुए बैंच की ओर लौटा और निराशापूर्वक इधर-उधर देखने लगा।

जेजों दोआबा एक अच्छा बड़ा स्टेशन था। कभी जेजों एक बड़ी मंडी हुआ करती थी, जिसके लिए स्टेशन पर एक यार्ड बनाया गया था, जो इन दिनों सूना पड़ा था। लाइन पर बिछाने के लिए पत्थर तो अभी तक भेजे जाते थे। साइडिंग में एक जगह बड़ा-सा क्रेन दूर से यों लगता था जैसे कोई मुर्ग हो जिसे भूनने के लिए उसके पंख नोच लिए गए हों। उस क्रेन से परे हटकर एक दो मालगाड़ियों की तश्तरियाँ-सी रखी थीं जिनमें वर्षा का गंदला पानी और पत्थर पड़े थे। साइडिंग के उत्तर में रेल पर कुछ ठोकरें थीं। एक ठोकर अन्य की अपेक्षा काफ़ी फ़ासले पर थी और उसे केवल इसलिए दूर बनाया गया था कि इंजन को शंट करने में सुविधा हो। या अगर गाड़ी तेज़ी में आगे निकल जाए तो उसके पटरी पर से उतरने या टकराने का खतरा न रहे। और लोहे की ये बड़ी-बड़ी मज़बूत टक्करें जयराम को भयभीत करने लगीं। जयराम ने सोचा, 'काश! ये रेलें एकदम उन ठोकरों पर रुक जाने की बजाय सामने दिखाई देने वाली पहाड़ी में गायब हो जातीं...'

जयराम ने उठकर अपने शरीर को एक जीर्ण और पेबंद लगे कम्बल में अच्छी तरह लपेटा और बड़े रहस्यमय ढंग से स्टेशन के जंगले के साथ-साथ घूमने लगा। जंगले के निकट, अंधे कुएँ पर पीपल का एक तना बढ़ा हुआ था और एक लंगूर अपनी लंबी-सी पूँछ को तने पर बल देकर कुएँ में औंधा लटका हुआ था। उसके काले-कलूटे चेहरे की धूल में भूरी आँखों के दो कोयले दमक रहे थे। घाटियों के पीछे पानी बड़े ज़ोर-शोर से बह रहा था और उस बरसाती नाले के शोर में जेजों के कस्बे का सब शोर डूब रहा था। स्टेशन का वातावरण मौन तथा उदासीन था। जिधर से जयराम आया था, उधर पटरियों का एक जाल बिछा हुआ था। ये पटरियाँ इतनी थीं जितनी जयराम के शरीर में नाड़ियाँ। वहाँ सैकड़ों ही खलासी, कुली और यार्डमैन थे जो आती-जाती गाड़ियों के बीच बेखटके, मतलब-बे-मतलब घूमा करते थे। कभी-कभी कोई इंजन एकाएक दनदनाता हुआ शैड के नरक से सुरमा उड़ाता हुआ मानव संतान में से किसी को

झपट में ले लेता। लेकिन प्रभात से पूर्व ही उसकी स्थान-पूर्ति के लिए सर्वजननी एक और बच्चा जन देती। जयराम ने सोचा, 'यहाँ जेजों की किसी पटरी पर कोई चुपचाप अपना सिर रख दे और सो रहे।'

जब से जयराम आया था, किसी ने उससे टिकट भी तो नहीं पूछा था। एक साहब जो रंग-ढंग से स्टेशन मास्टर और वस्त्रों से नाई मालूम होते थे, कुर्ता और तहबंद पहने, हाथ में छोटा-सा हुक्का सँभाले, खड़ाऊँ से खट-खट करते एक टूटे हुए लैम्प के पास खड़े होकर काँटे वालों को ताबड़तोड़ गालियाँ सुना रहे थे। काँटे वाले पूर्ववत्, गालियों से निश्चिन्त, दूर खड़े लाल और हरी बत्तियों की परेड कर रहे थे। स्टेशन के स्टाफ़ ने यहाँ वर्दी पहनने की भी आवश्यकता नहीं समझी थी। कहीं साल में एक-आध बार ट्रैफ़िक इन्स्पेक्टर आ निकलता तो उसका भाग चुपके से हाथ में थमा दिया जाता और फिर उसे धोती-कुर्ते में ही दफ़्तर वाली नीली वर्दी दिखाई देने लगती। बहुत होता तो वह बड़े प्रेम से स्टेशन मास्टर से कह देता, ''मर जाओगे, माधोलाल मर जाओगे, सर्दी में तुम लोग।''

इन्स्पैक्टर पैसों की गर्मी और स्टेशन-मास्टर जेजों की सर्दी से परिचित हो चुका था। 'मर जाओगे तुम लोग' का उत्तर एक संक्षिप्त-सी 'हूँ' के सिवा और कुछ न होता। जयराम घूम-फिरकर फिर अंधे कुएँ के पास जा खड़ा हुआ और उसकी तह में टूटे हुए ढकने, पीपल के पत्ते, पत्थर और पानी को देखने लगा। लंगूर इस समय तक कहीं भाग गया था, उसकी जगह कुछेक छोटे-छोटे बंदर कलाबाज़ियाँ लगा रहे थे। एक नन्हा-सा बंदर, अपनी माँ के पेट के साथ चिमटा हुआ नीचे, मानो मौत को देखकर, मुँह चिढ़ा रहा था। जयराम ने कुएँ में छलाँग लगाकर जीवन की इस बेहूदा नकल को समाप्त करने की ठानी। लेकिन वह इस शुभ कार्य के लिए बहुत बूढ़ा हो चुका था। जैसे ऊपर बंदरिया का बच्चा मौत को मुँह चिढ़ा रहा था, उसी प्रकार मौत जयराम को मुँह चिढ़ा रही थी।

दूर घाटियों पर कुछ रोशनियाँ एक ओर जाती हुई दिखाई दीं। जयराम इस तीस वर्ष की अवधि में बहुत कुछ भूल चुका था, परंतु उसे यह दृश्य कुछ जाना-पहचाना-सा मालूम हुआ। जंगले से परे हटते हुए वह स्टेशन मास्टर के निकट पहुँचकर बोला, ''ये रोशनियाँ कैसी हैं, बाबू!''

स्टेशन-मास्टर ने मूँछों की एक बड़ी-सी झालर उठाई और बड़ी भद्दी-सी आवाज़ में बोला, ''ये लोग गाँव जा रहे हैं।''

''कौन से गाँव में?''

"यही ठठर-सन्तोखगढ़ बेगर—"

जयराम चुप हो गया। इस विचार से उसे किंचित संतोष हुआ कि जेजों दुआबे से परे भी हज़ारों पगडंडियाँ शिवालिक के चारों ओर बल खाती चली जाती थीं। इन पगडंडियों को देखकर शरीर और आत्मा में कंपन उत्पन्न कर देने वाली रेलों की ठोकरें जयराम के लिए अर्थहीन-सी हो गई थीं। जेजो दोआबा एक ब्रांच लाइन का टर्मिनस हो तो हो परंतु मानव की यात्रा के चिह्नों से बनी हुई पगडंडियों का अंत नहीं।

स्टेशन-मास्टर ने फिर मूँछें उठाईं और घृणायुक्त स्वर में बोला, "तुम कौन हो?"

जयराम ने एक ठंडी साँस भरकर कहा, "मैं कौन हूँ! मैं एक मुसाफ़िर हूँ बाबा!"

'मुसाफ़िर' का शब्द हम लोगों के शब्दकोश में एक विशेष अर्थ रखता है। एक विशेष स्वर में 'मुसाफ़िर' कहने से सुनने और कहने वाले एक और ही संसार में पहुँच जाते हैं ऐसे संसार में जहाँ टिकट पूछने की ज़रूरत ही महसूस नहीं होती और इस अत्यंत भावनापूर्ण और परम्पराओं की पृष्ठ-भूमि लिए हुए इस शब्द से बातचीत कुछ और ही रूप धारण कर लेती है। स्टेशन मास्टर जिसके परदादा को लकवे का रोग था, कुछ तुतलाया और उसने अपना हाथ जाँघ पर मारकर एक ठंडी साँस भरने के बाद, इंजन की तरह भाप छोड़ते हुए कहा, "हो बाबा! हर चीज़ मुसाफ़िर, हर चीज़ राही।" और फिर टर्मिनस स्टेशन वालों के लिए 'मुसाफ़िर' शब्द एक विशेष फैलाव और सीमाएँ रखता है। स्टेशन मास्टर ने अपनी बात को जारी रखते हुए एक घिसा-पिटा वाक्य दोहराया, "अपनी-अपनी बोलियाँ सब बोलकर उड़ जाएँगे।" और यह वाक्य स्टेशन-मास्टर ने किसी कवि के कविता-संग्रह की बजाय लॉरी के एक तख्ते पर भगवान के हिन्दू, सिख और मुसलमान नामों के बीच घिरा हुआ पढ़ा था। एकाएक स्टेशन-मास्टर को पता चला कि इस वाक्य के दोहराने से वह एकाएक अपनी सत्ता-सीमा से परे क्षुद्र लॉरियों और पक्षियों की दुनिया में चला गया है। उसने बात का रुख बदलते हुए सूरदास की एक चौपाई पढ़ी और बोला, "हाँ बाबा-यह दुनिया मुसाफ़िरखाना है, हर इक ने आना-जाना है। यह संसार मिथ्या माया है, कोई अपना है न पराया है—"

इस बात के बाद जयराम को ऐसा लगा मानो उसके और स्टेशन मास्टर

के बीच का अंतर मिट गया है। वह उसके पास लाठी टेककर बैठ गया। इस प्रसंग में कुछ देर तक संलग्न रहने के बाद रस्मी बातें होने लगीं। स्टेशन मास्टर ने पूछा, ''आपका दौलतखाना कहाँ है?''

जयराम ने मुस्कराते हुए अपनी ऊबड़-खाबड़ बत्तीसी दिखाई और बड़ी नम्रता से बोला, ''मेरा गरीबखाना ठठर है। और आपका?''

''मैं हमीरपुरिया ठाकुर हूँ!''

'सेवक' के स्थान पर 'मैं' का शब्द आ जाने से जयराम को अचंभा हुआ, लेकिन स्टेशन-मास्टर सच्चा था। ठाकुर सेवक नहीं होते। यह तो बहुत हुआ कि वे 'मैं' हो गए, अन्यथा साधारणतया वे अपने लिए बहुवचन से कम शब्दों का प्रयोग नहीं करते। जयराम कुछ झेंप गया। एकाएक उसे ख़्याल आया कि ठाकुर ठठर गाँव के जमाई भी हैं, और यदि मनुष्य आड़े समय में गधे जैसे अप्रिय जानवर को अपना बाप बना लेता है तो स्टेशन मास्टर को अपना जमाई समझ लेने में क्या हानि है! जयराम ने अपनी बाँहें फैलाते हुए प्रशंसायुक्त स्वर में कहा, ''हो, ठाकुरे! ठाकुरों के यहाँ हमारे ठठर की भी एक लड़की है।''

''हाँ-हाँ।'' स्टेशन-मास्टर ने मूँछों पर ताव देते हुए कहा, ''मेरे बड़े भाई की पत्नी ठठरानी है, ठठर की रहने वाली।''

जयराम लकड़ी छोड़कर खड़ा हो गया और कम्बल में अपनी बाँहें फैला दीं और यों दिखाई देने लगा जैसे कोई गरुड़ उड़ने के लिए पर तोल रहा हो।

आँखों को सिकोड़कर उसने एक बार फिर स्टेशन-मास्टर की ओर ध्यान से देखा और बोला, ''तुम केदारे के छोटे भाई हो? बैजू बावरे! है-है-है-बैजू बावरे...!'' और जयराम फिर हँसने लगा।

स्टेशन-मास्टर ने इधर-उधर देखा जैसे कोई एकाएक नंगा हो जाने पर इधर-उधर देखता है। एक मुसल्ली (छोटी जाति का मुसलमान) पास खड़ा इस विचित्र नाम को सुनकर मुस्करा रहा था। स्टेशन मास्टर ने राज़दारी में जयराम को आँख मारी और सिर को एक झटका दिया, मानो कह रहा हो 'हूँ तो मैं बैजू बावरा! लेकिन चुप रहो प्यारे! यहाँ ज़रा इज़्ज़त बनी हुई है और माधोलाल के नाम के अतिरिक्त मुझे और कोई किसी नाम से नहीं जानता।' जयराम ने दोनों हाथों से स्टेशन मास्टर का हाथ भींच लिया। फिर बाँहें जैसे कलोल के लिए उसके गले में डाल दीं और कुछ और भी ऊँचे स्वर में बोला, ''छोड़ो यार, लोगों के लिए तुम होगे माधो-वाधो, पर जयराम के लिए तुम बैजू बावरे हो, उफ़-

उफ़! कितने दिनों के बाद तुम्हें पाया है और यह नाम हमने भारतवर्ष के एक प्रसिद्ध गायक के नाम पर तुम्हें दिया था। याद है तुमने टीकरे चिन्तपुरनी पर एक बहुत ही भद्दी आवाज़ में मालकोंस की धुन अलापी थी? तब से...हो...हो।''

स्टेशन–मास्टर को सब कुछ याद था, लेकिन वह उसे भूलने में ही अपना लाभ समझता था। इस समय एक बंदर ने छलाँग लगाई और माधोलाल के कंधे पर आ बैठा। माधोलाल ने उधर ध्यान दिए बिना एक हल्की–सी त्यौरी चढ़ाई और उसे एक ओर हटा दिया, मानो केवल चिड़िया की बीठ उसकी कमीज़ पर पड़ गई हो। जयराम बोला—

''बैजू बावरे, तुम्हारे यहाँ कितने बंदर हैं?''

''कभी बहुत थे। अब तो दिन–प्रतिदिन कम होते जा रहे हैं।'' माधोलाल ने उत्तर दिया और एक जानकारी की बात बताने का गौरव प्राप्त करते हुए बोला, ''यह बंदर बहुत लाभकारी जीव है। सुनते हैं कोई डॉक्टर वारनाफ है, जिसके अनुसंधानों के लिए यहाँ के बंदर पकड़कर ले जाए जा रहे हैं।''

''डॉक्टर वारनाफ?''

''हाँ!''

''कोई मद्रासी डॉक्टर है? और क्या करता है वह बंदरों का?''

माधोलाल ने उसी दम बैजू बावरे का बदला चुकाते हुए कहा, ''जब कोई व्यक्ति तुम सा बूढ़ा हो जाता है और किसी योग्य नहीं रहता तो उसमें बंदरों के फेफड़े डाल दिए जाते हैं और वह नए सिरे से जवान हो जाता है...''

शायद जयराम के मस्तिष्क में शहर का कोई विज्ञापन चक्कर लगाने लगा, ''यह विज्ञान कैसा ऊट–पटाँग है!'' जयराम ने कहा और मुस्करा दिया। पुरुष अपनी शक्ति के संबंध में कोई ऐसी–वैसी बात नहीं सुनना चाहता, इसलिए जयराम ने अपनी बात को जारी रखते हुए कहा, ''इन सफ़ेद बालों से बूढ़ा न समझ लेना, बैजू बावरे!''

और दोनों देर तक हँसते रहे। जयराम बोला, ''इन नए फेफड़ों से बंदर की–सी फुरती भी पैदा हो जाती होगी?''

''यह तो नहीं कह सकते,'' माधोलाल बोला, ''लेकिन भाई, डॉक्टर वारनाफ का यह अनुसंधान है खूब; और उन्हें अपने अनुसंधान के लिए बंदर भी हरिद्वार और चिन्तपुरनी से मिलते हैं। ये लोग दर्पण में अपना मुँह नहीं देखते, नहीं तो उन्हें भारत की ओर न देखना पड़े। कई बरसों से ये बंदर पकड़े जा

रहे हैं। स्टेशन के चार बाबुओं, तीन कुलियों, पाँच खलासियों और जेजों के पुजारियों ने एक अपील वाइसराय साहब को तार द्वारा भेजी है लेकिन दोस्त! यह तो मैं भूल ही गया था, मैंने तुम्हें पहचाना नहीं, शकल बहुत बदली हुई मालूम होती है, कहीं खुफिया पुलिस में तो नहीं...''

''हो हो हो...'' जयराम ने अपने विशेष ढंग से हँसते हुए कहा, ''मैं आतो खुट्ट का बेटा हूँ, मंझला बेटा—पहचाना? जिसके बड़े और छोटे, दोनों भाई लाहौर के पागलखाने में हैं।''

इस मामूली से इशारे से माधोलाल को सब कुछ याद आ गया। हमारा संसार होशियारों की अपेक्षा पागलों को अधिक याद रखता है और जीवित लोगों की अपेक्षा मरे हुए लोगों के अपराध तुरंत क्षमा कर देता है। माधोलाल बोला, ''मैं आतो खुट्ट के सब बेटों को अच्छी तरह से जानता हूँ। बचपन में हमने ऐसी शरारतें की हैं जिनकी याद आती है तो लज्जा से गरदन झुक जाती है, लेकिन वह बचपन था न? कहो आखिर तुम इतने दिन रहे किधर?''

इस समय अँधेरा पूरी तरह छा चुका था। आकाश पर सितारे और शैड में चिमगादड़ एक-दूसरे का पीछा करते हुए थक चुके थे और इमली के वृक्ष की शाखाओं में या लोहे के गार्डर के एक किनारे पर लटक गए थे। ठठर जाने वाली रोशनियाँ एक आकाश-गंगा सी बनकर रह गई थीं। जयराम ने दार्शनिकों की तरह अपनी ठोड़ी थामते हुए कहा, ''मेरी क्या पूछते हो बाबा? बहुत से खेल खेले हैं, बहुत चोटें खाई हैं। आखिर मैं एक बड़े वकील का मुंशी रहा, उससे पहले कचहरी में रीडर था। कानून तो मेरी उँगलियों की पोरों में है—''

''यह बात है?'' माधोलाल ने हाथ मिलाने के लिए हाथ बढ़ाते हुए कहा, ''मेरा एक संबंधी तीन सौ दो में धर लिया गया था, आतो—क्या नाम है तुम्हारा?''

''जयराम!''

''जयराम-अच्छा, तुम अपनी कह लो, फिर मैं उस मुकदमे की बात कहूँगा।''

''नहीं-नहीं, तुम कहो,'' जयराम ने माधो को थपकते हुए कहा और फिर स्वयं ही बोलने लगा, ''किसी के सामने अपनी मूँछ नीची नहीं होने दी, यह अपना धर्म नहीं। नहीं तो आज एक पूरे ज़िले का मजिस्ट्रेट होता।''

माधोलाल ने पलटकर अपने सामने उस तुच्छ से व्यक्ति को देखा जो

अपनी लकड़ी से ज़मीन पर रेखाएँ बना रहा था और एक तीखी अदाघ दृष्टि से उसे घूर रहा था। उस दृष्टि को सहन न कर माधोलाल ने दूसरी ओर मुँह फेर लिया। उस तुच्छ व्यक्ति के बात करने के ढंग में कुछ ऐसी निष्कपटता थी कि सुनने वाला प्रभावित हुए बिना नहीं रह सकता था। जयराम ने एक ठंडी साँस ली और नाक के गाढ़े लुनाब को कम्बल के एक कोने से पोंछते हुए कहने लगा, ''लादी का बैल जब भागेगा, घूम-फिर कर फिर लादी के पास आ खड़ा होगा। बड़े मजिस्ट्रेट से लड़ाई हुई तो रीडरी छोड़कर वकील का मुंशी हो गया। यह मेरा आखिरी पेशा है। इससे पहले बीस एक पेशे अपना चुका हूँ।''

माधोलाल ने बात काटते हुए कहा, ''तुम्हें भूख तो लगी होगी, जयराम?''

जयराम ने किसी उत्सुकता के बिना पेट को सहलाया और बोला, ''हाँ! है तो। भूख से पेट में एक खलबली मची हुई है।''

''अच्छा तो चलते हैं—उठो।'' और माधोलाल ने अपने पूरबी खलासी को आवाज़ देते हुए कहा, ''ऐ, सखोली! बंदरिया के नन्दोई!''

एक काला भुजंग आदमी जिसकी आँखें मशाल की तरह जल रही थीं और यूँ मालूम होता था जैसे अंधे कुएँ पर वही लटक रहा था और यूँ भी लंगूर बंदरिया का नन्दोई होता है। सखोई लैम्प रूम से हाथ में मिट्टी के तेल और राख से अटा हुआ एक चीथड़ा लिए हुए आ खड़ा हुआ और बोला, ''हुकुम सरकार!''

''देखो, लाला की गठरी उठा लो, फेंक दो इस चीथड़े को।''

सखोई ने उसके सामान की गठरी उठा ली। उसके दुखों की गठरी मानो माधोलाल ने उठा ली थी और जयराम स्वयं को कुछ हल्का-सा अनुभव करता हुआ साथ हो लिया। रास्ते में बहुत देर तक चुप्पी रही। कभी-कभी अँधेरे में पत्थरों से ठोकर खाने पर 'ओह' की आवाज़ उत्पन्न होती। आखिर जयराम बोला, ''वास्तव में मेरा मन संसार से बहुत उचाट है, बावरे, बहुत उचाट। इसलिए मैं इधर भाग आया हूँ। मैंने बहुत धन नष्ट किया है लेकिन कुछ बन नहीं सका। मेरे स्वभाव में कुछ ऐसे दोष उत्पन्न हो गए हैं जिन्हें मैं कोशिश करने पर भी ठीक नहीं कर सका।''

माधोलाल सुनता गया। जयराम बोलता गया, ''एक पवित्र ग्रन्थ में लिखा है कि अनगिनत यौवन हैं जो प्रेम के बिना मुर्झा जाते हैं। और वास्तव में मेरे स्वभाव, मेरी अनियमितता, मेरे नशे सब का कारण यही है कि मेरे साथ किसी

ने प्रेम नहीं किया। मैं नहीं जानता, आज तक नहीं जानता, प्रेम किसे कहते हैं—करतारपुर में तीस साल पहले एक घटना हुई थी। एक नौजवान लड़की मेरी ओर देखकर मुस्कराई थी। लेकिन छोड़ो इस बात को बावरे—अब तक तो वह आठ-दस बच्चों की माँ भी बन चुकी होगी और क्या मालूम अब वह करतारपुर में हो ही नहीं।''

उस निस्सीम अंधकार में कुछ रेखाएँ उभरने लगीं और सखोई स्वयं ही एक जगह पर जाकर रुक गया। यह कमरा पत्थरों से बने हुए एक सुंदर क्वार्टर का बेकार भाग, परिशिष्ट मात्र था, जिसका एक दरवाज़ा गायब था। दूसरा दरवाज़ा खुलने पर सीलन और मिट्टी की दुर्गन्ध बाहर लपकी। इस कमरे का दूसरा दरवाज़ा स्टेशन मास्टर के क्वार्टर में खुलता था। और एक छिद्र में से प्रकाश की एक घुटी हुई किरण दरवाज़े के पास मिट्टी के परमाणुओं को तैरता हुआ दिखा रही थी। दूसरी ओर से बावरे की नौजवान लड़कियों की गुटर-गूँ भी सुनाई दे रही थी। कमरे के एक ओर एक पयाल बिछी हुई थी। यहाँ माधोलाल अपनी गाय बाँधा करता था जो इन दिनों ब्याने के लिए भेज दी गई थी। सखोई ने संकेत पाकर जयराम का बिस्तर पयाल पर पटक दिया और जयराम बिस्तर खोलने लगा।

जयराम के हृदय को ठेस लगी। काश! उसे भी घर ही का एक प्राणी समझा जाता और घर में ही किसी नरम-गरम कोने में उसे जगह दी जाती। लेकिन आतिथ्य भी पद के तलुवे चाटता है, और वह चुप रहा। थोड़ी देर के बाद खाना और खाट आ गई। जयराम को अपनी हालत पर दया आने लगी। उसके मस्तिष्क में महानता थी जिसने पयाल के संसार का शून्य पाट दिया था। बावरे ने भी खाना खाया और डकार लेते हुए बोला, ''बस दाल-फुलका ही है—'' जिसका मतलब था कि आतिथ्य की बार-बार चर्चा की जाए और धन्यवाद भी दिया जाए। लेकिन प्रशंसा आदि के संबंध में जयराम किसी लालच से प्रभावित नहीं होता था। बावरा और भी नम्रतापूर्वक बोला, ''बस तुम्हारे पैरों के बलिहारी, भगवान ने सभी कुछ दिया है। दूध है, पूत है, भाग्यवान पत्नी है...''

जयराम के लिए यह बात आनन्ददायक नहीं हो सकती थी। उसे जीवन में ये सब न्यामतें या तो सिरे से प्राप्त ही न हुई थीं और जो हुईं तो वे धोखा दे गईं। वह दूसरों की ख़ुशी में ख़ुश नहीं हो सकता था। यह उसके बस की बात नहीं थी। उसने डिबिया निकालकर कुछ फाँका और अपनी बेचैनी को दूर

करने के लिए बात बदलते हुए बोला, "कुछ कार-व्यापार की कहो, बावरे।" माधोलाल यदि ऋणी होता तो उसके मन को एक प्रकार का संतोष मिलता, लेकिन माधोलाल बोला, "मैं यहाँ ए. क्लास का स्टेशन मास्टर हूँ, कुछ महीनों में बी. क्लास का हो जाऊँगा और एक बड़ा जंक्शन स्टेशन मिलेगा। यहाँ करीब दो एक स्टेशन के लिए कोशिश कर रहा हूँ जहाँ से पूरे पंजाब में स्लीपर जाते हैं और मूँगफली। एक स्लीपर पर चार आने और एक बोरी मूँगफली पर दो आने मिलते हैं।"

जयराम ने घबराकर बात काट दी, "अभी तुम्हारी नौकरी काफ़ी होगी?"

माधोलाल बोला, "अभी बहुत काफ़ी है। मुझे आशा है कि रिटायर होने से पहले ज़रूर सी. क्लास के स्टेशन पर स्टेशन मास्टर हो जाऊँगा।"

उसके बाद माधोलाल उठकर चला गया। जयराम की भी यही इच्छा थी। वह पहले ही अपना मुँह छिपाने के लिए बिस्तर टटोल रहा था। सोने की कोशिश के बावजूद जयराम को नींद न आई। उसे माधोलाल से ईर्ष्या उत्पन्न हो गई थी। उसे अपना संसार उस लता-सा दीखने लगा जो बड़ के एक बड़े से वृक्ष पर चढ़ती है, बढ़ती है लेकिन पुरवा या पछवा के पहले ही झोंके में सड़ जाती है।

गीली पयाल की सड़ाँध से जयराम बहुत परेशान हुआ। सवेरे ज़रा आँख लगी तो मुर्गियों की गुटर-गूँ ने जगा दिया। जयराम उठा और दरवाज़े के निकट खड़े होकर उसने बाहर झाँका। दूर क्रेन पत्थरों का दाना-दुनका चुग रहा था और उसके चारों ओर मज़दूर यों चिमटे हुए थे जैसे हड्डी के चारों ओर चींटियाँ चिमट जाती हैं। कुछ बंदर घने पीपल से मुसाफ़िरखाने की छत पर उतर आए थे और उसे डॉक्टर वारनाफ की अनुसंधानशाला बना दिया था। नीचे मुसाफ़िर स्टेशन के भीतर घुसने के लिए एक-दूसरे से उलझ रहे थे। कोई विशेष भीड़ नहीं थी। परंतु यह हलचल मुसाफ़िरों के जीवन का एक आवश्यक अंग है। माधोलाल के सामने ही किसी ने एक गँवार को धक्का देकर लातें और घूँसे जड़े, लेकिन वह व्यक्ति सिर से साफ़ा बाँध, आँखें झपकाता हुआ, उसी स्थान पर आ खड़ा हुआ, जैसे कुछ हुआ ही नहीं था।

जयराम के मस्तिष्क में एक बार फिर बावरे का सन्तुष्ट संसार और उसका सुनहला भविष्य उभर आया। एकदम घुटन-सी महसूस करते हुए जयराम उठा और अपने कपड़े-लत्ते समेट बाहर निकल आया। इस जल्दी में उसने अपने मेज़बान का धन्यवाद तक करने की प्रतीक्षा न की।

बाहर निकलकर वह कुछ गन्दे लेकिन स्वस्थ पिट्ठुओं के पास पहुँचा और बोला, ''क्यों भई ठठर चलोगे?''

पाँच-छह पिट्ठू जयराम के बोझ के लिए दौड़े और फिर एक साथ उस पर हाथ डालते हुए आपस में लड़ने लगे। लेकिन एक और व्यक्ति ठठर जाने के लिए दिखाई दिया तो सब के सब जयराम का बोझा रखकर उसकी ओर भागे और फिर वहाँ भी वही हाथापाई शुरू हो गई। जयराम पिट्ठुओं की इस हरकत से यह अनुमान न लगा सका कि क्यों उसकी गठरी पहले थामी और फिर एकाएक फेंक दी गई। थोड़ी देर बाद उसे कारण का पता चला। पिट्ठू अकेले ही दो मुसाफ़िरों का बोझा उठाना चाहते थे। एक शारीरिक शक्ति में सब से तगड़ा था, दूसरे मुसाफ़िर की गठरी लेकर जब वह जयराम के बोझे के लिए लपका तो जयराम ने ललकारा, ''खबरदार! अगर किसी ने इसे हाथ लगाया तो...''

सब के सब इस विचित्र व्यक्ति की ओर देखने लगे जो अब गठरी पर धरना मारे मुँह में गंदी गालियाँ मिनमिना रहा था। दूसरा मुसाफ़िर जानता था कि जब तक पिट्ठु दूसरे के बोझे से लद नहीं जाएगा, यहाँ से नहीं हिलेगा। उसने जयराम को संबोधित करते हुए कहा, ''लाला! देदो बोझा अपना—देते क्यों नहीं? आओ चलें।''

जयराम ने उस नए मुसाफ़िर की ओर क्रोध भरी नज़रें उठाईं और फिर यह जानकर कि यह मेरे ही गाँव का आदमी है, चुप हो गया। अन्यथा झपट हो जाती। नया मुसाफ़िर जिगर का रोगी था, उसकी आँखों के नीचे बड़े-बड़े थैले थे और आँखों के भीतर कुकरों की सुर्खी दिखाई देती थी। कुकरों की खुजली से मुक्ति पाने के लिए वह बार-बार अपने बेहद गंदे कोट के कफ़ों को बारी-बारी आँखों पर रगड़ रहा था। होंठ बिसूर कर और आँखें फैला कर वह फिर बोला, ''चलो ना! थूक दो गुस्सा।''

जयराम ने कहा, ''लाला! अगर आदमी हो तो इन बंदरों को सबक सिखाने के लिए बोझा यहाँ रख दो, फिर एक साथ चलेंगे।''

लाला ने मान लिया और दोनों इकट्ठे बैठ गए। जयराम बोला, ''ठठर में तुम्हारा कौन होता है?''

''मैं बीस साल से ठठर में रहता हूँ। हालाँकि जेजों में मेरे तीन मकान हैं, जिनका किराया आता है, फिर भी मैं ठठर में रहना पसंद करता हूँ। वहाँ का पानी आँखों के लिए अच्छा है...।''

"क्या काम करते हो?"

"अमावट बेचता हूँ। जब आमों की फ़सल होती है तो सैकड़ों मन आम एक बड़े अहाते में सफ़ों पर बिछा दिए जाते हैं। पिट्ठू लोग पाँव धोकर उनमें घूमते हैं और अपने पाँव से उनका मलीदा बना देते हैं और फिर उस मलीदे को साफ़ करके और सुखा कर अमावट बनाया जाता है।"

जयराम ने दूर इंजन को पानी पीकर ठोकर के निकट पहुँचते देखा। उसे ख़्याल आया कि इंजन ठोकर से टकरा कर या तो स्वयं उलट जाएगा और नहीं तो ठोकर के टुकडे-टुकड़े कर देगा। जयराम का अंदर का साँस अंदर और बाहर का बाहर रुक गया और वह अपनी गठरी पर से उठकर लकड़ी के सहारे खड़ा हो गया और इंजन की ओर देखने लगा। ठोकर के निकट इंजन के खड़े हो जाने से जयराम ने सन्तोष का साँस लिया और वापस अपने बोझे पर बैठते हुए बोला, "अमावट का व्यापार करने वाले तुम्हारे सब लोगों को जानता हूँ—"

"कैसे जानते हो?" लाला ने फिर कफ़ों से आँखें मलते हुए पूछा।

"मैं ठठर ही का रहने वाला हूँ-आतो खुट्ट का बेटा—छोटा और बड़ा भाई पागलखाने में हैं।"

लाला उठ खड़ा हुआ और आतो खुट्ट के बेटे से ज़ोर-ज़ोर से हाथ मिलाने लगा। कुछ क्षणों तक दोनों एक-दूसरे की ओर देखते रहे और मुस्कराते रहे। लाला अपना सिर भी धीरे-धीरे हिलाता रहा मानो उसे किसी मानसिक समस्या का हल मिल रहा हो। जयराम ने चुप्पी को भंग करते हुए कहा, "लेकिन लाला, तुम्हारे खानदान के सब लोगों में अमावट की तुर्शी होती है, लेकिन तुम में तो तुर्शी नाम को नहीं।"

लाला हँस दिया। जयराम ने जेब में से एक थैली निकाली और उसमें से तम्बाकू निकाल कर हथेली पर मसला और फाँक गया। इतने में सूरज निकल आया। धुँध के कारण सूरज अपनी तीव्र चमक खोकर काँसे का एक थाल दिखाई दे रहा था। लाला की रुग्ण आँखों के लिए यह प्रकाश भी अधिक था। उसने माथे पर हाथ रख लिया और जयराम के कुरेदने पर बोला, "घी और अमावट के सब व्यापारी गंदे रहते हैं। उनके आस-पास चारों ओर मक्खियाँ भिनभिनाती रहती हैं—यह ठीक है, लेकिन इस अमावट की बदौलत मैंने तीन-चार मकान बना लिए हैं और यहाँ से कई मन अमावट हर साल शहर लाहौर को ले जाता हूँ। कल ही वापस जाकर तीन बीस कम दो हज़ार की वसूली करने जा रहा हूँ।"

जयराम ने एकदम लाला की बातों में दिलचस्पी खत्म कर दी और ठठर जाने का इरादा छोड़ दिया और बोला, "लाहौर?—लाहौर बहुत बड़ा शहर है। वहाँ सब कुछ बिक जाता है। अमावट, गन्दगी सभी कुछ बिक जाते हैं।"

पिट्ठू कुछ दूर खड़े बेचैनी से उन दोनों की बातें सुन रहे थे। कुछ निराश होकर चले गए और कुछ अपने टोकरों के सहारे खड़े रहे। दूर से एक और सवारी दिखाई दी और सब के सब उसकी ओर लपके। जयराम ने सिर हिलाते हुए कहा, "चच, चच, लाला! तुम बहुत धनी हो गए हो लेकिन धन का लाभ ही क्या है? तुम्हारा अपना पहरावा—यह देखो! कमाई तो बाज़ारू औरतों की भी बहुत होती है लेकिन पेशे-पेशे में फ़र्क है ना..."

लाला ने आँखों पर हाथ से रोक बनाते हुए इस बात की पुष्टि की कि यह आतो खुट्ट का बेटा बोल रहा है और फिर अपने कपड़ों की ओर देखते हुए बोला, "तुम चाहते हो तुम्हें सारी भी मिले और चुपड़ी भी—ये दोनों बातें असंभव हैं।"

इसी बीच में एक पिट्ठू तीसरे ग्राहक से भी निराश होकर लौटा। लाला ने जल्दी से उसे अपना बोझा उठवा दिया। कुछ दूर जाकर, तनिक रुककर वह पीछे की ओर घूमा और एक पूरा पंजा और एक उँगली दिखाते हुए बोला, "इस फ़सल में छह सौ मन अमावट शहर ले जाऊँगा, हो सका तो एक हज़ार...और एक हज़ार कहते हुए उसने अपने दोनों पंजे पूरी तरह फैला दिए। वह फिर घाटी की ओर बढ़ने लगा। जयराम उसके गायब होने तक लाला का बाजू कभी एक ओर से नीचे और कभी दूसरी ओर से ऊपर होते हुए देखता रहा और मुँह में कुछ बड़बड़ाता रहा, यहाँ तक कि लाला एक चट्टान के पीछे ओझल हो गया।

उस समय इंजन वापस लाइनों के जाल में उलझने के लिए जेजों दोआबा टर्मिनस छोड़ने के लिए तैयार था। वह उस ओर मुँह किए खड़ा था जिधर सैकड़ों जंक्शन स्टेशन और सी. क्लास के स्टेशन-मास्टर थे और हर साल हज़ारों मन अमावट की खपत थी। इंजन एक खुश बिल्ली की तरह खुर-खुर कर रहा था। उसका स्वर कभी ऊँचा और कभी मद्धिम हो जाता। कभी एक ऊँची सीटी बाज़ार में खेलने वाले बच्चों को डरा देती या खलासियों, सिग्नल मैनों के निडर बच्चे इंजन की नकल में सीटियाँ बजाने लगते और एक-दूसरे की कमीज़ पकड़कर एक हाथ को आगे-पीछे चलाते हुए चलने लगते।

जयराम ने इस परेशानी की हालत में गठरी उठाई और मुसाफ़िरखाने की

ओर चल दिया। संसार कितना विस्तृत और असीम था। लेकिन उस पर उसकी दया कितनी सीमित हो गई थी। मुसाफ़िरखाने में भीड़ छँट रही थी। कुछ देर बाद एक सजीला युवक सामने आया और बोला, "मैं टिकट लेना चाहता हूँ बूढ़े! क्या मेरे इस अटैची और बिस्तर का ध्यान रखोगे?"

जयराम ने उस सुंदर छोकरे की ओर देखा और इससे पहले कि वह हामी भरे, युवक अपना सामान रखकर जा चुका था। जयराम एक ताबेदार सेवक की तरह उन चीज़ों के पास खड़ा हो गया। वह युवक कुछ समय के बाद टिकट लेकर लौटा और जयराम ने पूछा, "साहब बहादुर! किधर जा रहे हैं, आप?"

युवक ने यह उपाधि पसंद की और प्रसन्न होकर एक सिगरेट सुलगाया। एक अदा से दियासलाई बुझाकर पाँव तले मसलते हुए वह लगभग पूरे-का-पूरा घूम गया और बोला, "मैं बहुत दूर जा रहा हूँ, बूढ़े! बहुत दूर।"

"दूर?"

"हाँ, दूर—तुम्हारी कल्पना से भी परे—"

"क्या सानफ्रांसिसको जा रहे हो आखिर?"

युवक ने आश्चर्य से जयराम की ओर देखा और मन-ही-मन में बूढ़े के भौगोलिक-ज्ञान से प्रभावित होते हुए बोला, "बम्बई जा रहा हूँ, बाबा!"

"बम्बई?—है तो दूर ही।" जयराम सोचते हुए बोला, "सैर करने का इरादा है?"

"मैं एक फ़िल्म-कंपनी में एक्टर भरती कर लिया गया हूँ, बाबा! अभी मुझे विलेन का पार्ट मिला है, विलेन समझते हो ना? वह छोकरा जो प्रेमी और प्रेमिका के बीच अड़चन बन जाता है और जिसकी लातों और घूँसों से मरम्मत होती है। लेकिन मुझे इन लातों और घूँसों की कोई परवा नहीं—विलेन के बाद अगला क़दम हीरो है, हीरो—मैं कुछ बनूँगा बाबा! तुम्हारा आशीर्वाद चाहिए।"

जयराम ने आशीर्वाद का एक शब्द भी मुँह से न निकाला, उसकी आँखों में भय छा गया। उसने जंगला पकड़ने के लिए हाथ बढ़ाया। वह काँप रहा था। नौजवान ने अपना अटैची, ट्रंक और बिस्तर एक पिट्ठू से उठवाया और फाटक के पीछे गायब हो गया। कुछ देर बाद पुल पर उसकी टाँगें चलती हुई दिखाई दीं। जयराम कुछ क्षणों तक अवाक्-सा खड़ा रहा, फिर एकाएक किसी विचार के आ जाने से उसका चेहरा प्रफुल्लित हो उठा—उसी समय गाड़ी छूटने की

घंटी बजी। जयराम भागा और टिकट-घर के सामने जा खड़ा हुआ और बहुत से पैसे निकाल कर खिड़की में बिखेर दिए।

''किधर जाओगे बूढ़े?''

''करतारपुर—करतारपुर,'' जयराम ने दोहराया और गाड़ी छूटने से कुछ ही क्षण पहले गाड़ी पर सवार हो गया। उस समय, जब ठोकरें, वह अकेला क्रेन और बैजूबावरा उसकी नज़रों से ओझल हुए, उसे जीवन काफ़ी मनोरंजक दिखाई देने लगा!

मुमताज़ मुफ़्ती

(1905—1995)

मेरे अपने बारे में

"मेरा जन्म 1905 में बटाला ज़िला गुरदासपुर में हुआ। बचपन से मेरे स्वभाव में कई तरह के भय थे। उदाहरणतया मैं ऊँचाइयों से डरता था। तंग जगहों में मेरा दम घुटता था। महफ़िल से घबराना और लोगों के सामने बुरी तरह झेंपना। स्कूल और फिर कॉलेज से भी मुझे कभी दिलचस्पी न हुई क्योंकि वहाँ आँखों के इतने जोड़े मेरी ओर उठते थे कि मैं परेशान हो जाता था और चूँकि घर में भी मेरे व्यक्तित्व को स्वीकार न किया जाता था इसलिए उलझन और परेशानी और फिर सोच-विचार ने मुझे अपनी आयु की अपेक्षा अधिक प्रौढ़ बना दिया।

सन् 1929 में मैंने डिग्री प्राप्त करने के बाद शॉर्टहैंड और टाइपिंग सीखी, लेकिन उन दिनों ऐसा मालूम होता था कि किसी पुरुष स्टेनोग्राफ़र की कहीं माँग न थी। विवश होकर मुझे ट्रेनिंग लेकर अध्यापक बनना पड़ा। कुछ समय तक मैं विभिन्न विद्यालयों में पढ़ाता रहा।

सन् 1934 में नून. मीम. राशिद ने मुझे लिखने के लिए प्रेरित किया। मेरे पहले दो लेख 'नलिस्तान' में छपे और फिर 1936 में पहली कहानी झुकी झुकी आँखें के शीर्षक से 'अदबी दुनिया' में प्रकाशित हुई। उस समय से अब तक बराबर लिख रहा हूँ। अब तक पाँच कहानी-संग्रह—'चुप', 'गुब्बारे', 'गहमागहमी', 'अनकही' और 'इस्माराय' के नाम से प्रकाशित हो चुके हैं।

मेरे लेखक होने का कारण या बहाना केवल यह है कि मैंने डॉक्टर फ्रायड, एडलर आदि मनोविज्ञान-विशारदों की रचनाएँ बड़े ध्यान से पढ़ी हैं और अपनी कहानियों द्वारा मैं अचेतन मन की बातों को चेतन मन में लाना चाहता हूँ—जो अनिवार्य रूप से मेरी कहानियों का चरम-बिंदु होता है।

आजकल मैं पाकिस्तान रेडियो (लाहौर) में हूँ।"

—मुमताज़ मुफ़्ती

दो शब्द-संपादक की ओर से

जहाँ तक कहानी की कला और विषय की विशेषताओं का संबंध है मुमताज़ मुफ़्ती एक विशेष दृष्टिकोण का मालिक है। साहित्य की काम संबंधी मनोवैज्ञानिक धारा को उर्दू में लाकर उसने उर्दू साहित्य में एक उल्लेखनीय स्थान प्राप्त कर लिया है। काम...काम...काम...फ्रायड के सिद्धांतों का पक्षपाती होने से उसे चारों ओर काम-ही-काम नज़र आता है और ऐसी मनोवैज्ञानिक उलझनें कि जिनसे, उसके विचार में, मनुष्य कभी बाहर नहीं निकल सकेगा।

उसकी प्रत्येक कहानी चेतन तथा अचेतन मन के संघर्ष की बात और मुँह की बात के टकराव—पर आधारित होती है। उसके कामासक्त, तथा भीतर-ही-भीतर सुलगने, विह्वल और परेशान होने वाले पात्र बहुधा ऐसी अजीब हरकतें कर बैठते हैं कि आश्चर्य भी होता है और दुःख भी। आश्चर्य इसलिए कि दिन-रात हमारे साथ रहने पर भी हम उन्हें पहचान नहीं पाते और दुःख इसलिए कि इन्हें पहचानकर हमारे मन में एक ऐसा विष घुस जाता है कि मानव पर से हमारा विश्वास उठने की संभावना हो जाती है।

माथे का तिल

मुमताज़ मुफ़्ती

"मैं आ गया भाभी!" सईद ने कमरे में प्रवेश करते हुए कहा, "सलाम अलेकम! तबियत तो अच्छी है ना?"

"ओह! तुम हो सईद," भाभी ने नज़रें उठाकर कहा। "कैसे आए हो?"

"बस आ गया हूँ। दो दिन की छुट्टियाँ थीं, मैंने कहा चलो भाभी से मिल आऊँ। भाई साहब कहाँ हैं?"

"दफ़्तर गए हैं। कहो मौसी का क्या हाल है?"

"बहुत-बहुत प्यार देती थीं; कहती थीं, किसी दिन हम सब मिलने को आएँगे।"

"वहाँ कोई तकलीफ़ तो नहीं होती तुम्हें?"

"तकलीफ़? ओह क्या बताऊँ भाभी! बड़ी तकलीफ़ हुई मुझे।" सईद दीवार की ओर मुँह करके मुस्करा दिया।

भाभी मशीन चलाते-चलाते रुक गई। "तकलीफ़ है तो वहाँ रहने की क्या ज़रूरत है? वापस बोर्डिंग में चले जाओ। मैं तो पहले ही कहती थी कि उनके घर में इतने लोग हैं और इतना-सा मकान। फिर तुम्हारा आखिरी साल हुआ। तुम्हें एक अलग कमरा चाहिए।"

"अजीब मुसीबत है," सईद ने मुँह फुलाकर कहा और एक ठंडा साँस भरा।

"आखिर हुआ क्या? मैं भी तो सुनूँ।"

"नहीं, तुम खफ़ा होगी।"

"तुम कहो तो।"

"वचन दो कि तुम नाराज़ नहीं होगी।"

"हाँ—अब बताओ।"

वह उठ बैठा और बड़ी अधीरता से इधर-उधर घूमने लगा। "यानी बिलकुल ही बता दूँ—क्यों भाभी?"

"कुछ बताओगे भी या नहीं—कैसी अजीब आदत है तुम्हारी!" भाभी चिढ़कर बोली।

"कह तो रहा हूँ, तुम खाहम्खाह नाराज़ होती हो। मुझ जैसे आज्ञाकारी से नाराज़ होना—अच्छी भाभी! बात यह है—यानी मुझे अपनी होने वाली बीवी मिल गई है।"

"क्या कहा, कौन मिल गई है?"

"मेरी बीवी! यानी मुझ पर शासन करने वाली।"

"बस तुम्हें तो हर घड़ी मज़ाक ही सूझता है," भाभी मुस्कराते हुए बोली।

"ईमान से भाभी, मज़ाक नहीं। तुम्हारी क़सम।"

"कौन है वह?"

"तसलीम।" सईद ने झुककर सलाम करते हुए कहा।

"कौन तसलीम? मौसी की लड़की? पर यह भी जानते हो कि मौसी ने सुन लिया तो जूते मार-मार कर घर से निकाल देंगी!"

"तभी तो कहता हूँ, अजीब मुसीबत है।"

"पर वह तो अभी बच्ची है। जब मैंने उसे देखा था, बिलकुल छोटी-सी थी।"

"अब तो वह बहुत बड़ी हो गई है—बस तुम्हारे ही जितना क़द होगा। जब मैं नया-नया वहाँ गया तो एक अजीब घटना घटी। पहले-पहल तो मैं साधारणतया बैठक ही में रहता था, हाँ, छोटा मानी और जाजी अक्सर मेरे पास आ जाया करते थे। मानी तो दो दिन में ही मेरा दोस्त बन गया। बड़ा तेज़ लड़का है वह। दूसरे दिन मौसी आ गईं। कहने लगीं, 'चलो बेटा, अंदर चलो ना। तुम तो बैठक ही के हो रहे। तुम्हारा अपना घर है। तुमसे क्या पर्दा करेगा कोई।' उस दिन तो मैं चार-पाँच मिनट अंदर बैठा, बाहर आ गया, लेकिन अगले दिन मौसी ने फिर मुझे बुला भेजा। कोलू, मानी और जाजी भी आ गए। मौसी भी बैठी रहीं। बड़ी बातें हुईं उस दिन। फिर जब मैं बैठक की ओर जा रहा था तो वह मेज़ के पास खड़ी बाल बना रही थी। बिलकुल इसी तरह, ज़रा सी बाईं ओर को झुकी हुई। ऐसे ही लंबे भूरे बाल तुम्हारे जैसे। परमात्मा की सौगंध, मैं तो चकित रह गया। मैं समझा शायद भाभी आ गई हैं, और जैसे मेरी आदत है, मैंने निकट जाकर कहा, 'आखिर हमने पहचान ही लिया ना, क्यों भाभी?' उसने जो पलट कर देखा तो मैं खड़े का खड़ा रह गया। वह तो कुशल हुई कि

उस समय कमरे में कोई नहीं था, नहीं तो बुरी होती। पर भाभी, आश्चर्य है कि उसकी शक्ल बिलकुल ही तुम्हारे जैसी है। ऐसा ही चौड़ा माथा–और–और यानी बिलकुल ही तुम्हारे जैसी। बस इतना अंतर है कि तुम्हारे माथे पर काला तिल है उसके माथे पर नहीं। बाकी हू-ब-हू तुम ही हो!''

''बड़ी गप्पें हाँकनी आती हैं तुम्हें। छोड़ो अब ये कहानियाँ, और जाकर नहा लो। मालूम होता है कि सफ़र की थकान से तुम्हारा दिमाग़ ठिकाने नहीं रहा।''

''ओह भाभी! तुम तो बस मेरी हर बात को मज़ाक ही समझती हो।'' भाभी चुपचाप मशीन चलाती रही।

''अब तो मेरी बस एक ही अभिलाषा है भाभी! दुनिया में एक तुम ही हो जिसके लिए मेरे दिल में सम्मान है; और एक वह है जिससे मुझे 'वह' है। केवल यह अभिलाषा है कि तुम, मैं और वह इकट्ठे रहें।''

''तुम और वह तो हुए ना—मेरा नाम खाहम्खाह!'' भाभी मुस्कराते हुए बोली।

''तुम बड़ी वह हो भाभी, जो मुझे सताती रहती हो। देखो ना तुम्हें छोड़कर मेरा कौन है! अम्मा तो मैंने देखी नहीं, छोटा-सा तो था उन दिनों। बस तुम ही तुम हो, और है ही कौन? मुझे याद है जब तुम नई-नई आई थीं और मुझे गोद में बिठाकर सिर पर हाथ फेरा था। फिर प्रायः रात को जब तुम मुझ पर लिहाफ़ डालने के लिए झुकती थीं तो मेरी आँख खुल जाया करती थीं। आँख खोलता तो तुम्हारा बड़ा-सा चेहरा और चौड़ा-सा माथा और उसके बीच में काला-सा तिल दिखाई देता। वह नक्शा अब भी मेरी आँखों में घूमता है जैसे दिल पर खुद गया हो। क्यों भाभी, याद हैं तुम्हें वे दिन?''

''हाँ, याद हैं। उन दिनों तुम इतने से थे, लेकिन अब तो एकदम इतने बड़े हो गए हो।''

''पर तुम्हारे लिए तो इतना सा ही हूँ।''

''अब तो बड़े शैतान हो गए हो तुम!''

''यह क्या नई बात है, बच्चे तो होते ही शैतान हैं। क्यों भाभी, है ना यह बात?''

''अच्छा छोड़ो उन दिनों को। जाओ जाकर नहा लो, देखो जब से आए हो तनिक-सा भी काम नहीं करने दिया तुमने।''

“अच्छा भाभी! जैसे तुम कहो।” सईद ने भाभी को एक फ़ौजी सलाम किया और फिर साथ के कमरे में जाकर कपड़े बदलने लगा। कपड़े बदलकर वह वहीं से चीखने लगा, “एक बात याद आ गई, सुनाऊँ भाभी? बड़े मज़े की बात है!”

“क्या है?” भाभी ने मशीन चलाते हुए कोई विशेष ध्यान दिए बिना कहा। सईद दरवाज़े की चौखट पर आ बैठा।

“एक दिन मेरी तबीयत खराब थी, इसलिए मैं चादर लपेटकर बरामदे में सो गया। शायद उसने समझा कि मौसा जी पड़े हैं। शायद मौसी ने कुछ कहने को भेजा हो उसे। बस जी वह आई, झुककर मेरे चेहरे पर से चादर हटाई, मेरी आँख खुल गई। उसका बड़ा-सा चेहरा अपने ऊपर झुका हुआ देख कर एकदम मेरे मुँह से निकला, ‘क्यों भाभी?’ और मैं उठकर बैठ गया। इस बात पर बड़ा मज़ा रहा। उसका मुँह लाल हो गया। और वह भागी। उधर मौसी ने सुना तो हँस-हँसकर लोट-पोट हो गईं। अंदर मानी चीखने लगा, ‘अम्मा, देखो तो बहन जी को क्या हुआ है। अलमारी में मुँह डालकर आप-ही-आप हँस रही है। ज़रूर मेरा गेंद छुपा दिया होगा इसने।’ कीछू भागी-भागी मेरे पास आई-एक विलक्षण ढंग से गाती हुई। फिर हाथ फैलाकर घूमने लगी, ‘बहुत बुरी हुई भाई जान से।’ मौसी तो हँसी के मारे मुँह में पल्लू ठोंस रही थीं। सचमुच बड़ी बुरी बात हुई हम से, उस दिन।”

“अच्छा! अब बातें ही बनाते रहोगे या नहाओगे भी।” भाभी अपने माथे पर त्यौरी चढ़ाकर बोली।

“अच्छा तो लो चले जाते हैं हम,” और वह “गैर के पाँव पड़ गया बेखुदी ए-नियाज़ में” गुनगुनाता हुआ नहाने चला गया।

भाभी काम करते हुए आप ही आप कहने लगी, “मैं कहती हूँ तसलीम की तो सगाई भी हो चुकी है—न जाने मैंने कहाँ से सुना था,” और उसने ज़ोर से सईद को आवाज़ दी—“सईद!”

“मुझसे कहा है कुछ?” सईद ने स्नानालय से शोर मचाया।

“कह रही हूँ कि तसलीम की तो मंगनी भी हो चुकी है।”

“सच?” सईद ने घबराकर पूछा, “नहीं मुझे बना रही हो भाभी।”

“धर्म से, सच कहती हूँ। जाने किसने बताया था मुझे। हाँ, तुम्हारे भाई कह रहे थे। जब वे बम्बई से आए थे। उन दिनों मौसी मौसा जी बम्बई में काम

करते थे ना, और तुम्हारे भाई उन्हीं के यहाँ रहते थे।''

''मुझे तो मालूम नहीं—मुझ से तो उन्होंने यह बात नहीं की।''

''शायद फिर बात बनी ही न हो। हमने भी उड़ती-उड़ती-सी सुनी थी।''

''मैं जानता हूँ,'' सईद हँसते हुए कहने लगा, ''तुम बड़ी वह हो भाभी।''

''बड़े उद्दंड हो गए हो तुम! आ जाएँ तुम्हारे भाई, उनसे कहकर पिटवाऊँगी।''

''ओह, वे अवश्य मानेंगे तुम्हारी बात!''

''उन्हें बताऊँगी ना!'' उसने मुस्कराते हुए कहा ''कि छोटे मियाँ लाहौर में एक अपनी 'वह' बना आए हैं!''

''परमात्मा के लिए यह न कहना उनसे। बड़ी अच्छी है भाभी हमारी।''

सईद नहाते हुए भाभी की मिन्नतें कर रहा था और वह चुपचाप बैठी मुस्कराती रही।

नहाकर वह सीधा भाभी के पास आया, ''बड़ी अच्छी है हमारी भाभी! ज़रा रोब गाँठती है, वैसे बड़ी अच्छी है।''

''ऊँहूँ! मैं तो ज़रूर कहूँगी, उनसे!'' भाभी ने मुँह फुलाकर कहा।

''नहीं, परमात्मा के लिए।'' सईद हाथ जोड़कर खड़ा हो गया। वह हँस पड़ी। ''यह लड़का तो अपने आप से भी जाता रहा।''

''यही तो मुसीबत है।'' सईद ने सिर पर हाथ फेरते हुए कहा।

''लेकिन सईद! उसे भी पता है या केवल तुम ही मजनूँ हो रहे हो?''

''तुम्हें क्या पता भाभी कि उसे क्या मालूम है...बस न पूछो,'' वह उठकर बेचैनी से इधर-उधर टहलने लगा।

''मैं भी तो सुनूँ!'' भाभी मशीन चलाते हुए बोली।

''अच्छा सुनो, कल ही की बात है,'' उसने भाभी के सामने बैठते हुए कहा, ''मेरे जी में आई कि कोई शरारत करूँ। वह बाहर धूप में बैठी पढ़ रही थी। जाजी और मानी भी पास बैठे थे। कीछू कुछ बुन रही थी और मौसी अंदर बरामदे में तख़्तपोश पर बैठी नमाज़ पढ़ रही थीं। मैंने तवे की स्याही उँगली पर लगाई और उसके पास जा खड़ा हुआ यह तुम्हारे माथे पर क्या लगा है?'' मैंने कहा और इससे पहले कि वह कुछ कहती मैंने उसे पोंछने के बहाने उसके माथे के बीच में उँगली से काला टीका लगा दिया। यह देखकर मानी चिल्लाया, 'बहन जी हिन्दू, बहन जी हिन्दू!' कीछू और जाजी हँसने लगे। बाहर आकर मैं

दरवाज़े से देखता रहा! मौसी ने नमाज़ से निपट उसकी तरफ़ देखा और लगीं मुस्कराने। फिर मानी को डाँटकर बोलीं, ''क्या शोर मचाया है तुमने?''

मानी बोला, ''अम्माँ देखो तो बहन जी के माथे पर!''

''क्या है उसके माथे पर?'' मौसी ने मुँह फुलाकर कहा, ''कुछ भी तो नहीं है। बेकार...''

''फिर शाम को जो मैं अंदर गया तो वह बैठी रोटियाँ पका रही थी। उस ने मेरी तरफ़ देखा और मुस्कराकर आँखें नीची कर लीं। माथे पर वह काला टीका ज्यों-का-त्यों लगा था। इतने में मानी दौड़ता हुआ आया, ''भाई जान मुझे भी हिन्दू बनाओ, मैं भी हिन्दू बनूँगा।''

''हिन्दू बनाऊँ!'' मैंने बनावटी आश्चर्य से कहा, ''वह कैसे?''

वह माथे पर उँगली रखकर कहने लगा, ''यहाँ लगा दो, वह जैसे बहन जी को लगाया था।''

उसने नीची नज़रों से घूर कर मानी की तरफ़ देखा और फिर आँखें झुका कर यों बैठ गई कि टीका साफ़ दिखाई दे। उस रोज़ वह सारा दिन वैसे ही फिरती रही। सारे घर वाले उस पर हँसते रहे लेकिन उसने वह टीका न मिटाया। कैसे मिटाती वह—मेरे हाथ का लगा हुआ टीका। और वह खिलखिला कर हँस पड़ा। ''अब बोलो भाभी। मिज़ाज कैसे हैं?''

''रहने दो ये गप्पें। जानती हूँ मैं तुम्हारी बातों को।''

''अच्छा तो और सुनो,'' सईद ने भाभी की बात अनसुनी करके कहा। ''एक दिन मानी भागता हुआ आया और कहने लगा, 'भाई जान, बहन जी चूड़ियाँ पहन रही हैं, चूड़ियाँ।' मैंने वैसे ही मजाक से मुँह बना दिया 'चूड़ियाँ! आख थू।' मैंने कहा, 'चूड़ियाँ तो गाँव की लड़कियाँ पहनती हैं।' मेरा ख़्याल है उसने मेरी बात सुन ली होगी, क्योंकि अगले दिन मैंने उसकी कलाइयाँ खाली देखीं। यह देखकर मुझे दुख-सा हुआ। मैंने सोचा, 'जाने किस चाव से चूड़ियाँ पहनी होंगी!' मुझे अपनी मूर्खता पर बहुत क्रोध आया। मैंने कोछू को सम्बोधित करके कहा, 'कोछू! तुम चूड़ियाँ क्यों नहीं पहनतीं—देखो तो हाथ कैसे खाली-खाली से हैं।'

'' 'कल आई तो थी चूड़ियों वाली,' वह बोली, 'बहन जी ने पहनी थीं।' उसने बहाने-बहाने अपनी कलाइयाँ छुपा लीं।''

'' 'फिर?' मैंने कोछू से पूछा।

'' 'बहन जी को पसंद न आईं वे, इसलिए उतार दीं।'

‘‘ ‘ओह यह बात है?’ मैंने कहा।

‘‘ ‘मैं तुम्हें ला दूँ चूड़ियाँ? चूड़ियाँ खरीदने में तो कोई मेरा मुकाबला नहीं कर सकता। ऐसी लाकर दूँगा कि बैठी अपने हाथों को देखती रहो। घर में जब भी किसी को मँगवानी होती हैं तो मुझ से ही कहा करते हैं। बस अपने नाप की चूड़ी दे दो, फिर देखना।’

‘‘अगले दिन जब मैं और मानी बैठक में बातें कर रहे थे तो मानी चिल्लाने लगा, ‘यह देखो भाई जान!’ उसने मुझे एक चूड़ी दिखा कर कहा, ‘यह क्या तुम्हारी चूड़ी है?’ ’’

‘‘अच्छा भाभी! भला वह किस की चूड़ी थी?’’

‘‘मैं क्या जानूँ!’’ भाभी ने काम करते हुए कहा।

‘‘तभी तो बता रहा हूँ तुम्हें। यानी कोई वह चूड़ी चुपके से वहाँ रख गया था ताकि मैं उस नाप की चूड़ी ला दूँ। क्यों भाभी, समझीं अब... ?’’

‘‘शायद वह कीछू की हो!’’ भाभी ने कहा।

‘‘ऊहूँ।’’ सईद ने सिर हिलाया, ‘‘मैंने कीछू की कलाई से मिला कर देखा था। उसे बहुत बड़ी थी वह। मैं उसे हर समय अपने पास रखता हूँ। अब भी मेरे पास है, दिखाऊँ?’’ वह उठ बैठा और सूटकेस से एक चूड़ी निकालकर भाभी को दिखाकर कहने लगा, ‘‘यह देखो भाभी!’’

भाभी उसे हाथ में लेकर कुछ देर तक ध्यान से देखती रही, फिर बोल उठी, ‘‘तौबा, कितना झूठा है! गप मारने में कमाल कर दिया है तुमने। यह चूड़ी तो वह है जो पिछले महीने मैंने तुम्हें दी थी कि इस नाप की चूड़ियाँ लेते आना। देखो तो बिलकुल वही है। तसलीम के तो बहुत ढीली होगी यह। मेरे और उसके हाथ में बहुत अंतर है।’’

‘‘कब दी थी मुझे तुमने?’’ वह चकित होकर कहने लगा।

‘‘याद नहीं, जब तुम दस दिन की छुट्टियों में आए थे पिछले महीने। हाँ, बल्कि तुम्हारे भाई ने आप ही कहा था कि लाहौर से चूड़ियाँ मँगवा लो। याद आया?’’

‘‘ओह!’’ सईद ने दाँतों तले ज़बान दे ली, ‘‘लेकिन भाभी, फिर यह मेरी मेज़ पर कैसे पहुँच गई?’’

‘‘किसी बच्चे ने संदूक से निकालकर वहाँ रख दी होगी।’’

‘‘लाहौल-वला-कुब्वत! मैं भी कितना मूर्ख हूँ।’’

''आज पता चला है तुम्हें ?'' भाभी ने मुस्कराते हुए कहा।

''और भाभी, मैं इसे छुपा-छुपा कर रखता था कि कोई देख न ले और...''

''बस रहने दो यह गप्पें।''

''परमात्मा की सौगंध, सच कहता हूँ। एक दिन की बात है कि...।''

''न, मैं नहीं सुनती,'' भाभी ने मुस्कराकर कानों में उँगलियाँ दे लीं।

''परमात्मा की सौगंध, आज तो बुरी हुई हमसे।'' यह कहकर वह उठ बैठा और साथ के कमरे में जाकर सूटकेस में से अपने कपड़े निकालने लगा। कागज़ों में से उसने दो तस्वीरें निकालीं और भाभी के पास आकर कहने लगा, ''यह देखो भाभी! मेरे पास उसकी तस्वीर भी है।''

''सच!'' भाभी बोली ''देखूँ तो।''

''ओह, बहुत बड़ी हो गई है।'' भाभी ने तस्वीर की ओर देखते हुए कहा, ''तुम तो कहते थे—जाने क्या कहते थे। देखो तो, उसकी तो अपनी ही शक्ल है लेकिन उसके माथे पर यह काला तिल कैसा है,'' भाभी ध्यान से तस्वीर देखते हुए कहने लगी।

''नहीं, उसके माथे पर तिल तो नहीं है,'' सईद बोला।

''तो यह काला-सा क्या है ?'' भाभी ने उसे तस्वीर दिखाते हुए पूछा।

''जाने कैसे लग गया है यह, मुझे तो मालूम नहीं। शायद किसी ने लगा दिया हो।''

''आखिर लगाने ही से लगा होगा न! अपने आप तो नहीं आ लगा। और तुम इसे छुपा-छुपाकर रखते होगे; फिर भला कोई और कैसे लगा सकता है।''

''तुम्हारी सौगन्ध भाभी! बड़ी सावधानी से रखता हूँ इसे। रोज़ सरहाने रखकर सोता हूँ। फिर सुबह सवेरे ही उठकर देखता हूँ!''

''अच्छा तो अब छोड़ो इन बातों को और इसके माथे पर से यह बिंदु खुरच दो। किसी ने देख लिया तो क्या कहेगा ?''

''अभी खुरच देता हूँ भाभी!''

''हाँ, अभी मेरे सामने, नहीं तो तुम भूल जाओगे और यदि तुम भूल गए तो मैं नाराज़ हो जाऊँगी।''

''अच्छी भाभी! तुम इतनी-सी बात पर नाराज़ हो जाती हो!''

भाभी सईद के हाथ में एक और तस्वीर देखकर बोली, ''यह दूसरी तस्वीर किसकी है ?''

"यह है हमारी भाभी की तस्वीर।"

"कौन-सी?"

"वही जो पिछले साल भाई जान ने खिंचवाई थी।"

"लेकिन यह तुम्हारे पास कैसे जा पहुँची—ओह—मैं भी सोचती थी कि सन्दूक में तो मैंने तीन कॉपियाँ रखी थीं लेकिन अब वहाँ सिर्फ़ दो पड़ी हैं। यानी तुमने सन्दूक में से चुरा ली होगी।"

"कैसे न चुराता। इसके बिना जीवन अधूरा रह जाता था ना। बस एक तुम हो भाभी जिसके लिए मेरे दिल में असीम श्रद्धा है। बस तुम, मैं, और यह।" उसने तसलीम की तस्वीर की तरफ़ इशारा करके कहा—"यह तुम्हारी बहूरानी—तीनों इकट्ठे हों तो मेरे लिए स्वर्ग हो जाए।"

"अच्छा छोड़ो इन गप्पों को और तसलीम के माथे का तिल खुरच दो। सुना तुमने?"

"यह लो अभी जाता हूँ," उसने एक फ़ौजी सलाम करते हुए कहा और साथ के कमरे में जाकर चाकू ढूँढ़ने लगा।

शाम को जब सईद बाहर घूमने गया हुआ था तो उसके भाई हमीद दफ़्तर से वापस आए। मियाँ-बीवी देर तक बैठे बातें करते रहे। बातों ही बातों में तबस्सुम ने सईद की बात छेड़ दी। कहने लगी, "अल्ला रखे, सईद अब जवान हो गया है। आपको इसकी भी कुछ चिन्ता है? अब भी अगर आप इसकी शादी की चिन्ता न करेंगे तो कब करेंगे?"

"अभी इसे बी.ए. तो कर लेने दो," हमीद ने लापरवाही से कहा।

"आखिर आपकी नज़र में कोई लड़की है भी या नहीं?"

"तुम तो पगली हो," हमीद मुस्कराकर कहने लगा। "आजकल वह समय नहीं रहा कि जिसे जी चाहा लड़के के सिर मँढ़ दिया।"

तबस्सुम सुनी-अनसुनी करते हुए बोली, "मौसी की लड़की तसलीम के बारे में आपका क्या विचार है?"

"तुम से तो बस-हद है। मुझ से क्या पूछती हो? कोई मेरा ब्याह करना है तुम्हें? पूछो लड़के से। हम तो बस यही चाहते हैं कि कोई प्रतिष्ठित घराना हो और बस!"

"तभी तो कह रही हूँ। मौसी का घर तो जानते ही हैं आप, और लड़का भी राज़ी है। बल्कि बातों-ही-बातों में उसने स्वयं मुझे जताया है।"

"बस तो फिर मुझसे पूछने का क्या मतलब? लेकिन हाँ, तुम्हारी मौसी का क्या ख़्याल है इस बारे में?"

"तभी तो कह रही हूँ कि अगर आप आज्ञा दें तो एक दिन के लिए लाहौर चली जाऊँ और मौसी से बात करूँ। वैसे भी मुझे उनसे मिले छह साल हो गए हैं। मेरी शादी पर आए थे वे। उसके बाद मिलना ही नहीं हुआ।"

जब सईद ने सुना कि भाभी उसके साथ एक दिन के लिए लाहौर जा रही है तो वह खुशी से नाचने लगा, "ओह भाभी! मेरी तो ईद हो जाएगी। हम तीनों एक ही जगह होंगे। तुम, मैं और वह!"

मौसी और तबस्सुम बड़े तपाक् से मिलीं। मानी तो तबस्सुम के गले का हार हो गया। कीछू भी दिन-भर बहिन जी, बहिन जी करती फिरी और तसलीम भी आँखों ही आँखों में मुस्कराती रही, सईद भी पास ही बैठा था।

रात को जब मौसी और तबस्सुम अकेली बैठी थीं तो तबस्सुम ने सईद की बात छेड़ दी। कहने लगी, "मौसी जी! तसलीम के बारे में भी सोचा है आपने! अल्ला रखे अब तो जवान हो गई है।"

"मैंने कई बार तुम्हारे मौसा जी से कहा है। पर तुम जानती हो बेटी, उनका अपना ही स्वभाव है। कहते हैं लड़की सयानी हो जाए तो देखा जाएगा। उनका ख़्याल है कि लड़की से पूछे बिना यह काम नहीं करना चाहिए। मुझे तो उनकी यह बात अच्छी नहीं लगती। तुम ही बताओ बेटी! भला माँ-बाप लड़की से ऐसी बात पूछते हुए अच्छे लगते हैं क्या? तौबा! हमारे समय में तो यह बहुत बुरी बात समझी जाती थी। हम तो हुए ना पुराने ज़माने के बेटी! लेकिन वह तो मेरी बात सुनते ही नहीं।"

"इस बारे में एक बात कहूँ मौसी, अगर तुम बुरा न मानो तो।"

मौसी के माथे पर बल पड़ गया, "ऐ लो, मैं क्यों बुरा मानने लगी! तुमसे बढ़कर मुझे कौन प्यारी होगी, बेटी!"

तबस्सुम झेंपकर बोली, "मेरा मतलब है, सईद परमात्मा की कृपा से जवान है। इस साल बी. ए. कर लेगा। बड़ा अच्छा लड़का है वह। आपकी क्या राय है?"

"तो बेटी वह तो अपना ही लड़का हुआ। मुझे तो इससे बड़ी ख़ुशी होगी। मैं आज तुम्हारे मौसाजी से बात करूँगी। मेरा ख़्याल है उन्हें इस बात में

कोई आपत्ति नहीं होगी। अपनी लड़की अपने घर में ही रहे तो अच्छा ही होता है—क्यों, है ना बेटी ?''

अगले दिन मौसी हँसते हुए कहने लगी, ''मैंने कहा था ना कि उन्हें तनिक भी आपत्ति नहीं होगी। कहने लगे कि यह तो बड़े आनन्द की बात है। हाँ, मगर तसलीम-बुरा न मानना बेटी—आजकल की प्रथा जो हुई। अब मुसीबत यह है कि तसलीम से मैं तो बात कर नहीं सकती—मुझसे तो न हो सकेगा।''

''मैं स्वयं पूछ लूँगी मौसी जी। आप निश्चिन्त रहिए।'' तबस्सुम ने हँसते हुए कहा।

दोपहर के समय बहाने-बहाने तबस्सुम तसलीम को बैठक में ले गई, लेकिन वह सोच रही थी कि कैसे बात करे। उसकी समझ में न आता था कि क्या कहे। कुछेक मिनट तो वह इधर-उधर की बातें करती रही फिर उसकी नज़र सईद के बिस्तर पर जा पड़ी। बिस्तर लगा हुआ था और तकिए के नीचे से तस्वीर का एक कोना दिखाई दे रहा था। अचानक उसे वह बात याद आ गई—''धर्म से भाभी, मैं उसकी तस्वीर बड़ी सावधानी से रखता हूँ; रोज़ सिरहाने रखकर सोता हूँ और सुबह सवेरे उठकर देखता हूँ— '' वह मुस्करा पड़ी और कहने लगी, ''तसलीम, मेरा एक काम करोगी ? बड़ी मुश्किल आन पड़ी है। तुम्हारी कोई सहेली है—जाने क्या नाम है उसका! सईद को उससे बड़ा प्रेम है—बहुत अधिक।'' उसने मुस्कराहट दबाते हुए कहा, ''हमारा इरादा है कि अब सईद की शादी कर दें। लेकिन मेरा ख़्याल है कि उस लड़की के माँ-बाप से बात करने से पहले लड़की का मन टटोल लें। अगर उसे स्वीकार हो तो संबंध के लिए बातचीत करें। क्यों तसलीम, है ना ठीक ?''

तसलीम का चेहरा पीला पड़ गया।

तबस्सुम मुस्कराकर बोली, ''तुम अगर बातों-ही-बातों में पूछ लो तो मेरे दिल से यह चिन्ता जाती रहे।''

''मुझे क्या मालूम कि वह कौन है!'' तसलीम ने बड़ी कठिनाई से कहा।

''मैं बताती हूँ तुम्हें।'' तबस्सुम ने हँसते हुए उत्तर दिया, ''देखो न, सईद को उस लड़की से इतना प्यार है कि रोज़ उसकी तस्वीर सिरहाने रखकर सोता है और सुबह-सवेरे सबसे पहले उसे उठकर देखता है। यह देखो अब भी तकिए के नीचे पड़ी है। आज शायद वह इसे उठाना भूल गया है—यह देखो।'' तबस्सुम ने तकिए के नीचे से तस्वीर निकालकर तसलीम को दिखाते हुए कहा।

तबस्सुम की नज़र तस्वीर पर पड़ी और उसके मुँह से एक चीख-सी निकल गई। रंग उड़ गया। उसके हाथ में उसकी अपनी ही तस्वीर थी। माथे का तिल चाकू से खुरचा हुआ था।

तसलीम खिलखिलाकर हँस पड़ी, "मुझसे मज़ाक करती हो बहिन जी मज़ाक!" हँसते-हँसते उसकी हिचकी-सी निकल गई। उसका मुँह लाल हो रहा था और गाल आँसुओं से तर थे। ठीक उसी समय सईद कमरे में दाखिल हुआ। जाजी, जो जाने कब से दरवाज़े में खड़ा हुआ था, सईद को देख कर चिल्लाने लगा, "देखो भाई जान, बहिनजी को क्या हो गया है? मुँह से हँसती हैं और आँखों से रो रही हैं।"

शफ़ीक़-उर्रहमान

(1920—2000)

मेरे अपने बारे में

"नाम : शफ़ीक़-उर्रहमान, जन्म : 6 नवम्बर 1920

मैं सन् 1942 में इण्डियन मैडिकल सर्विस में शामिल हुआ। अब पाकिस्तान मार्मो मैडिकलकोर में लेफ़्टनेंट कर्नल हूँ और रावलपिंडी में नियुक्त हूँ।

पहली पुस्तक 'किरनें' 1942 में छपी थी। तब से छह संग्रह—'लहरें', 'परवाज', 'शगूफ़े', 'पछ सावे', 'हमाक़तें' और 'मद्देनज़र' प्रकाशित हो चुके हैं। एक नया संग्रह छप रहा है।

जब कोई पुस्तक प्रकाशित होती है तो कुछ दिनों के बाद बुरी लगने लगती है। यही ख़्याल आता है कि यह इससे अच्छी हो सकती थी। अतएव अपने संग्रहों में से मुझे कोई भी पसंद नहीं है।

युद्धकाल में और उसके बाद मध्य-पूरब और योरुप के विभिन्न देशों में घूमा हूँ—मिस्र, इराक, टर्की, स्पेन, इटली, युगोस्लाविया, यूनान, स्विट्ज़रलैंड, ऑस्ट्रिया, फ्रांस इत्यादि। मेरे विचार में लिखने के लिए विस्तृत अध्ययन और भ्रमण आवश्यक चीज़ें हैं। मैं जहाँ कहीं भी गया हूँ मुझे वह महान मानव भाईचारा मिला जो अंतर्राष्ट्रीय और भौगोलिक सीमाओं से ऊपर है।"

—शफ़ीक़-उर्रहमान

दो शब्द-संपादक की ओर से

उर्दू के आधुनिक कथा-साहित्य में ले-देकर एक शफ़ीक़-उर्रहमान ही ऐसा कहानी-लेखक दिखाई देता है जो 'साहित्य-मनोरंजन के लिए' के सिद्धान्त में विश्वास रखता है। हास्य तथा व्यंग्य का पुट लिए हुए उसका वाक्-व्यापार जिसमें इन्द्रधनुष के सातों रंग और वसन्त की सारी रंगीनियाँ विद्यमान हैं, उर्दू साहित्य के लिए पुराना भी है और नया भी। पुराना इसलिए कि उसने पुरानी

शैली में कुछ पुरानी कथाओं की पेरोडियाँ लिखी हैं और उनमें वही क्लासिकल ठाट-बाट मिलता है; और नया इसलिए कि वह सचमुच नया है।

वह डॉक्टर है, शारीरिक रूप से भी और मानसिक और साहित्यिक रूप से भी। उसकी कहानियाँ एक सुंदर, आकर्षक लेकिन सचेष्ट नर्स की तरह अपनी ड्यूटी निभाती हैं और अपनी मुस्कराहटों और मधुरताओं से मनुष्य की रोगी और उदासीन प्रवृत्तियों को रंग और रोमांस के संसार में बहा ले जाती हैं। वह किसी पेचीदगी या कृत्रिमता से काम नहीं लेता, बल्कि बड़ी सरलता और सादगी से फुलझड़ियाँ छोड़ता चला जाता है। उसकी कहानियाँ घटनाओं से अधिक पात्रों की कार्यप्रणाली से अग्रसर होती हैं। वह पात्रों के मनोवैज्ञानिक विश्लेषण से अधिक संबंध नहीं रखता बल्कि उनके कार्यकलाप से आनन्द तथा मनोरंजन उत्पन्न करता हुआ तेज़ी से आगे बढ़ जाता है।

जीवन-दर्शन की बहस को स्थगित करके जीवन की कटुताएँ देखते हुए आप-ही-आप यह कहने को मन होता है कि शफ़ीक़-उर्रहमान जैसा हास्य जहाँ भी मिले गनीमत समझनी चाहिए।

तुरप चाल

शफ़ीक़-उर्रहमान

"तुरप चाल," शैतान बोले।

बड्डी और मैं एक-दूसरे की ओर देखने लगे। बड्डी ने आँख मारी और बोला, "रूफी, क्या बजा है?"

"चार बजे हैं, पत्ते डालो," वह बोले।

"कितनी अच्छी गाय जा रही है सड़क पर!" मैंने खिड़की की ओर संकेत करते हुए कहा।

"अभी देखता हूँ, तुम पत्ते डालते जाओ।"

"अरे रूफ़ी, यह कौन है सोफ़े के पीछे?" बड्डी घबराकर बोला।

शैतान ने पीछे मुड़कर देखा और हम दोनों ने झट से पत्ते मिला लिए।

"लानत है! तुम खेलते हो या रोते हो?" शैतान ने पत्ते पटक दिए और ताव खाकर बोले, "अच्छा! इस बेईमानी की सज़ा यह है कि निकालो रुपए।"

"यार, यह तो जुआ हो गया।"

"नहीं, जुआ नहीं, ब्रिज की एक किस्म है," शैतान ने कहा।

मेरी जेब में गिनती के रुपए थे। उधर बड्डी की जेब भी शायद खाली थी। हम दोनों ने विनम्रतापूर्वक कहा, "उधार रहे।"

संक्षिप्त-सी बहस के बाद शैतान झुँझलाकर उठे और चाय के लिए आवश्यक आदेश देने चले गए।

शैतान, बड्डी और मैं ताश खेल रहे थे। यह खेल हमारा आविष्कार था। 'कट-थोट' और 'पीस कोटो' को जोड़कर दो पर विभाजित कर दिया था। बहुधा शर्तें लगती थीं और मैं और बड्डी बहुधा हारते थे।

बड्डी एक मोटा-ताज़ा हँसमुख अमरीकन था जो संयोग से हमें सिनेमा-हॉल में मिल गया था और बहुत शीघ्र हमारा गहरा मित्र बन गया था। वह कई सालों से हिन्दुस्तान में था। हिन्दुस्तानी खिलौनों पर वह मुग्ध था। कभी-कभी हम उसे पहाड़ी टोपी, शेरवानी और चूड़ीदार पाजामा पहनाकर कवि-सम्मेलनों में ले जाते थे।

बड्डी हर दूसरे-तीसरे दिन मिलने आता। आते ही चार प्रश्न करता। ये प्रश्न इतने स्थायी थे कि इनमें कभी एक शब्द तक का हेर-फेर नहीं हुआ था।

पहला प्रश्न—"आज क्या पका है?"

दूसरा प्रश्न—"कोई नया समाचार?"

तीसरा प्रश्न—"शहर में सबसे अच्छी पिक्चर कौन-सी है?"

चौथा प्रश्न— "मैं पहले से कुछ मोटा तो नहीं हो गया?"

इसके बाद कम-से-कम एक और अधिक-से-अधिक अनगिनत चुटकुले सुनाता।

हम लोग चाय पीने लगे। बड्डी बोला, "एक बार एक सिपाही का कोर्ट-मार्शल हो गया। उसने घर पत्र लिखते समय इसका ज़िक्र कर दिया। घर से उत्तर आया—'प्यारे बेटे! खुश रहो। कोर्ट-मार्शल के बारे में पढ़ा। दिल को बड़ी खुशी हुई। भगवान् का लाख-लाख धन्यवाद है जिसने यह दिन दिखाया। अब हमारी यह प्रार्थना है कि तुम शीघ्रातिशीघ्र फ़ील्ड-मार्शल बन जाओ।' "

फिर—"एक सार्जेंट नए रंगरूटों को परेड करा रहा था। उसने सब को एक पंक्ति में खड़े होने को कहा। पंक्ति सीधी न बनी। वह बिगड़ गया और चिल्ला कर बोला, 'मूर्खों! इसे पंक्ति कहते हो? सब के सब जल्दी से दौड़कर यहाँ आओ और देखो कि कितनी टेढ़ी-तिरछी पंक्ति है।' खैर, नई पंक्ति बनी। सार्जेंट ने कहा, 'अपने दाहिने पाँव हवा में उठाओ। सब ने अपना-अपना दाहिना पाँव उठा दिया। एक रंगरूट ने गलती से बायाँ पाँव उठा दिया और पंक्ति में उस स्थान पर दाहिना और बायाँ पाँव इकट्ठे हो गए। सार्जेंट ज़ोर से चीखा, 'यह कौन गधा है जो दोनों पाँव हवा में उठाए खड़ा है?' "

"एक और हो जाए बड्डी!" शैतान ने माँग की।

"हमारे यहाँ एक बहुत प्रसिद्ध व्यक्ति हुआ है," बड्डी बोला। "इतना प्रसिद्ध कि मैं उसका नाम भूल गया हूँ। वह बेहद मस्खरा था। 60 वर्ष की आयु में भी वह बच्चों की तरह उछलता-कूदता फिरता। एक बार एक पार्टी में उसने एक अत्यन्त सुंदर लड़की देखी जिसे सब लोग बेतहाशा घूर रहे थे। वह कुछ समय तक टकटकी बाँधे देखता रहा। फिर ठंडा श्वास भरकर बोला, 'काश! कि मैं सत्तर वर्ष का होता!' "

अब बड्डी ने शैतान से उसके प्रेम के बारे में पूछा : "आज का दिन कैसा रहा? गए थे उनके यहाँ?"

“हाँ गया तो था, लेकिन क्या बताऊँ, कोल्हू के बैल की तरह हूँ। यानी एक क़दम भी आगे नहीं बढ़ा। उधर उस लड़की का ख़्याल मुझे बुरी तरह सता रहा है और उसे देखकर मुझे वह विख्यात चित्र याद आ जाता है जो शायद मैंने कहीं देखा था—बस यह समझ लो कि मुझे इन दिनों प्रेम-से-प्रेम होता जा रहा है और घृणा से घोर घृणा हो गई है।”

“लेकिन पिछले सप्ताह तो तुम बिलकुल भले-चंगे थे,” मैंने कहा।

“हाँ! मैं केवल इस मंगल से आशिक हूँ और बुरी तरह आशिक हुआ हूँ। भगवान् ऐसा दुर्दिन किसी शत्रु को भी न दिखाए। मुसीबत यह है कि मैं स्वयं एक व्यर्थ-सा आदमी हूँ। यहाँ तक कि अगर मैं लड़की होता तो अपने आप को कभी पसन्द न करता।”

“अगर हम लड़की होते तो तुम्हें पसन्द कर ही लेते।”

“खुश रहो बड्डी! बस तुम्हारी यही बातें तो हमें पसन्द हैं। अच्छा अब लगे-हाथों यह भी बता दो कि शादी और बच्चों के बारे में तुम्हारे क्या विचार हैं?”

“शादी के बारे में तो मैं एक शब्द भी नहीं कहूँगा। रह गए बच्चे—सो मुझे पक्षियों, बच्चों और पशुओं से बड़ी घृणा है?”

“क्या सब पशुओं से या किसी विशेष पशु से?”

“सबसे।”

“तो गाय-भैंसों से भी घृणा है।”

“बिलकुल!”

“लेकिन दूध पीने का तो तुम्हें बहुत चाव है।”

“लेकिन मैं तो टीन के दूध का प्रयोग करता हूँ।”

“टीन का दूध भी तो गाय-भैंसों ही का होता है। अभी तक मशीनों ने दूध देना शुरू नहीं किया।”

“सच?” बड्डी ने आश्चर्य से पूछा।

“कमाल करते हो, अरे भई डब्बे के ऊपर गाय का चित्र जो होता है।”

“चित्रों का क्या है?” बड्डी ने अपनी जेब से ‘कमल’ सिग्रेटों का पैकेट निकाल कर कहा, “यह देखिए, इस पैकेट पर ऊँट का चित्र दिया गया है जब कि इन सिग्रेटों का ऊँट से कोई संबंध नहीं।”

"छोड़ो, क्या बखेड़ा ले बैठे हो। यह बताओ रूफ़ी कि क्या सचमुच मामला इतना बढ़ गया है कि नौबत शादी तक आ पहुँची है?" मैंने पूछा।

"हाँ!" शैतान बोले। "लेकिन वे लोग मेरी कुछ विशेष परवाह नहीं करते।"

"तो तुम एम.ए. पास क्यों नहीं कर डालते?" बड्डी बोला।

"अब करना ही पड़ेगा। लेकिन इस समय एम.ए. पास करना ज़रूरी नहीं है, बल्कि नौकरी का मिलना ज़रूरी है। मुझे शुरू से जंगलात का विभाग पसंद है। मेरे ख़्याल में वहाँ कोशिश की जाए।"

"क्या वेतन मिलेगा?"

"पाँच रुपए और रोटी-कपड़ा," शैतान बोले।

"लेकिन तुम प्रार्थना-पत्र पर क्या लिखोगे? कोई खास डिगरी तो है नहीं तुम्हारे पास, न कोई अनुभव है।"

"यह लिखेंगे कि जंगलों से प्रेम है। वृक्षों को पहचान सकता हूँ। पेड़ों पर चढ़ सकता हूँ। उन्हें काट सकता हूँ और जंगलों में काफ़ी घूमा हूँ। क्या यह काफ़ी नहीं?"

"क्या तुम सचमुच गंभीर हो?" मैंने पूछा।

"तो और क्या मज़ाक कर रहा हूँ?"

"लेकिन डॉक्टरी निरीक्षण भी तो होगा।"

"होता रहे।"

"मेरा मतलब है तुम्हारी आँखें ज़रा।" मैंने उनके मोटे-मोटे शीशों वाले चश्मे की ओर संकेत किया।

"तो आँखों का निरीक्षण कराए लेते हैं, कल सही," शैतान बोले।

तय हुआ कि अगले दिन डॉक्टरी निरीक्षण हो और उसके लिए जंगलात के विभाग में प्रार्थना-पत्र भेज दिया जाए।

मैं तड़के दस बजे उठा और शैतान को कच्ची नींद से जगाया। निश्चित हुआ कि डॉक्टर 'शायद' को फ़ोन करके निरीक्षण का समय पूछा जाए। फ़ोन किया, आवाज़ आई, "ज़ोर से बोलिए।"

शैतान ज़ोर से बोले। आवाज़ आई, "और ज़ोर से बोलिए।" ये और ज़ोर से बोले। फिर आवाज़ आई, "और भी ज़ोर से बोलिए।" शैतान चिल्लाकर

बोले, "महाशय, अगर इससे भी ज़्यादा ज़ोर से बोल सकता तो फिर टेलीफ़ोन की क्या ज़रूरत थी?"

अब टेलीफ़ोन पर से एक खुसर-पुसर किस्म का व्याख्यान सुनाई दिया। शैतान तंग आकर बोले, "साहब! जब तक आप चुप रहते हैं, मुझे सब कुछ साफ़-साफ़ सुनाई देता है, लेकिन जब आप बोलना शुरू करते हैं तो कुछ पता नहीं चलता।"

इतने में पता चला कि टेलीफ़ोन गलत नम्बर पर किया है। दूसरी ओर से डॉक्टर 'किब्ल-अज-मसीह' बोल रहे हैं। उनकी चिकित्सा का ढंग प्राचीन यूनानी और रोमन आयुर्वेद के अनुसार था। वे हम से परिचित थे। शायद डाँट रहे थे। शैतान ने जल्दी से कहा, "मैं कुछ बीमार-सा हूँ।" उन्होंने रोग के लक्षण पूछे। शैतान को जितने लक्षण याद थे, सब बता दिए। उधर से आवाज़ आई, "तुम परहेज़ का खास ख़्याल रखो। एक सप्ताह तक ऐसा हल्का भोजन लो जो एक वर्ष का बच्चा भी आसानी से पचा सकता हो।"

खैर, इसके बाद डॉक्टर 'शायद' साहब को फ़ोन किया गया। उत्तर मिला, "पहले स्वयं आकर समय तय करो फिर निरीक्षण होगा।"

अगले दिन उनकी कोठी की ओर चले। रास्ते में डॉक्टर 'किब्ल-अज़ मसीह मिल गए। शैतान का हाल पूछने लगे। ये बोले, "अब अच्छा हूँ।"

"मैंने तुम्हें एक साल के बच्चे वाला भोजन करने को कहा था, किया?"

"जी हाँ, किया।"

"क्या लिया था?"

"थोड़ी-सी मिट्टी, एक बटन, नारंगी का छिलका, सिग्रेटों के कुछ टुकड़े, एक शीशे की गोली..." और डॉक्टर साहब ज़ोर-ज़ोर से हँसने लगे।

डॉक्टर 'शायद' के यहाँ पहुँचे। मालूम हुआ कि आज वे किसी से नहीं मिलेंगे। थोड़ी देर के बाद फिर पहुँचे, यही उत्तर मिला। हमने भी बार-बार हमले किए। अंत में उन्होंने हथियार डाल दिए और हमें भीतर बुला लिया।

शैतान ने आगे बढ़कर सलाम किया। वे बोले, "तुम्हें मालूम है कि आज मैं सात व्यक्तियों को जो मिलने आए थे बिना मिले वापस भेज चुका हूँ।"

"जी हाँ, मालूम है! वे सातों मुलाक़ाती मैं ही हूँ। मैं ही सात बार आया था," शैतान बोले।

इसके बाद निरीक्षण शुरू हुआ। शैतान का चश्मा उतार लिया गया और वे मेरा सहारा लेकर खड़े हुए, नहीं तो शायद गिर ही पड़ते।

"सामने देखिए और अंतिम अक्षर पढ़िए," डॉक्टर साहब ने कहा।

"कौन-सा अक्षर?" शैतान ने आश्चर्य से कहा।

"अंतिम पंक्ति का अंतिम अक्षर।"

"कौन-सी पंक्ति?"

"उस तख्ते की अंतिम पंक्ति।"

"कौन-सा तख्ता?"

"सामने की दीवार पर टँगा हुआ तख्ता।"

"कौन-सी दीवार?" शैतान ने हैरान होकर पूछा।

और निरीक्षण समाप्त हो गया। डॉक्टर साहब ने लिख दिया कि शैतान की आँखें इतनी कमज़ोर हैं कि उन्हें किसी तरह भी आँखें नहीं कहा जा सकता।

शाम को बड्डी आया। आते ही उसने पूछा, "क्या पका है?"

बताया, "शामी कबाब और मीठे टुकड़े।"

बड्डी की लार टपकने लगी। बोला—"कोई नया समाचार?"

उसे शैतान के डॉक्टरी निरीक्षण के बारे में बताया गया।

तीसरे प्रश्न का यह उत्तर दिया गया—'तूफ़ानी घोड़ा' उर्फ़ 'बदनसीब बिल्ली' शहर की सर्वोत्तम पिक्चर है। अब अंतिम प्रश्न था, मोटापे के बारे में, सो उसे विश्वास दिलाया गया कि वह बिलकुल मोटा नहीं हुआ, जितना मोटा था उतना ही है।"

उसके बाद चाय का दौर शुरू हुआ।

"आज बिस्किट ज़रा सख्त हैं," मैंने बिस्किट चबाते हुए कहा।

"सचमुच," शैतान बोले, "यह बिस्किट इतना सख्त है कि अगर बड्डी के सिर पर मारा जाए तो बिस्किट टूट जाए।"

"मेरा भी यही ख़्याल है," बड्डी बोला।

"आज का चुटकुला?"

"कोई विशेष चुटकला तो याद नहीं। हाँ, पिछले साल जब मैं कलकत्ते में था तो मेरे पड़ोस में चार गधे बँधते थे, जो ठीक चार बजे बोलते थे और इतने नियम से बोलते थे कि उनकी आवाज़ पर मैं अपनी घड़ी ठीक किया करता था।"

''तो आजकल तो वहाँ केवल तीन गधे रह गए होंगे,'' शैतान बोले।

बड्डी कुछ शरमा गया। ''आसाम में वर्षा बहुत होती है। जब मैं वहाँ था तो चिरापूंजी के पास मुझे एक व्यक्ति मिला। मैंने बातों-बातों में उससे पूछा कि यहाँ साल में कितने इंच वर्षा होती है? वह बोला, 'मालूम नहीं साहब! मैं चालीस वर्ष का हूँ। जब से होश सँभाला है, तब से यहाँ वर्षा हो रही है।' ''

''दार्जिलिंग भी गए थे तुम?'' मैंने पूछा।

''भला वहाँ का सूर्योदय मैं कैसे भूल सकता हूँ,'' बड्डी बोला।

''मेरे विचार में संसार का सबसे सुंदर सूर्योदय सिंध का सूर्यास्त है,'' शैतान ने कहा।

''तुमने दार्जिलिंग का सूर्योदय देखा है?'' बड्डी ने पूछा।

''मैंने आज तक कोई सूर्योदय नहीं देखा,'' शैतान बोले, ''मुसीबत यह है कि सूर्योदय देखने के लिए ऐसे समय उठना पड़ता है जब सूर्य निकल रहा हो। ऐसे समय उठने का कभी संयोग नहीं हुआ। हाँ, मैंने आकाश के बीच में पहुँचा हुआ सूर्य बहुधा देखा है।''

''लोग कहते हैं कि दार्जिलिंग काफ़ी ठण्डा स्थान है, लेकिन मैं तो वहाँ केवल एक कमीज़ में फिरता रहा,'' बड्डी ने गर्व से कहा।

''तुम्हारा क्या है? तुमने चर्बी का ओवरकोट जो पहन रखा है,'' शैतान बोला।

''मैं एक पोस्तीन बलोचिस्तान से लाया था जिसके खूब लंबे-लंबे भूरे बाल हैं। जी चाहता है, पहना करूँ,'' बड्डी ने कहा।

''भगवान् के लिए वह पोस्तीन कहीं तुम न पहन बैठना। शहर भर के कुत्ते पीछे लग जाएँगे।''

बड्डी को शैतान के इश्क की विफलता पर दुःख हो रहा था। ये विचार हमें परेशान किए देता था कि अगर बहुत शीघ्र कोई प्रबंध न किया गया तो शैतान की प्रेमिका को कोई और ले जाएगा।

आखिर बड्डी बोला, ''यह सर्विस आदि सब व्यर्थ की बातें हैं। कम-से-कम हमारे देश में तो लोग सर्विस की बिलकुल परवाह नहीं करते, बस आदमी देखते हैं। तुम किसी तरह उन लोगों में प्रिय हो जाओ, उन परियों पर इतने छा जाओ कि वे तुम्हारे नाम की माला जपने लगें। अपना प्रेम केवल एक लड़की पर प्रकट करो, हर एक से मत कहते फिरो—सिवाय हम दोनों के...यह मत करो

कि कागों हाथ संदेसे और चिड़ियों हाथ सलाम...(यह मुहावरा उन मुहावरों में से था जो हमने बड्डी को याद कराए थे। बड्डी ने आज पहली बार किसी मुहावरे का ठीक स्थान पर प्रयोग किया था)...खूब व्यायाम किया करो, हल्का भोजन खाओ, सुबह सवेरे उठा करो। फलों और सब्ज़ियों का प्रयोग जारी रखो और विश्वास कर लो कि तुम अवश्य सफल हो जाओगे।''

बड्डी का यह नुस्खा सचमुच रामबाण और अनुभूत मालूम होता था। तय हुआ कि उसे अवश्य परखा जाए।

दूसरे दिन से शैतान ने बड़े ज़ोर-शोर से उनके यहाँ जाना शुरू कर दिया। बड्डी ने परामर्श दिया कि यदि कोई प्रतिद्वंद्वी क्षेत्र में हो तो उसे पिटवा दिया जाए! पीटने के लिए कई महाशय तैयार थे। उनकी सेवाएँ हमारे अर्पण थीं, एक तो हमारे मित्र रुस्तम अली 'रीछ' थे और दूसरे लोमड़ीचन्द 'जड़ाऊ'...उनका नाम कुछ और था लेकिन वे लोमड़ी से मिलते-जुलते थे और जड़ाऊ इसलिए कि उन्होंने अपने चेहरे पर अनगिनत कील, मुंहासे और न जाने क्या अला-बला उगा रखी थी।

मुसीबत यह थी कि कोई प्रतिद्वन्द्वी भी उत्पन्न नहीं हुआ था और उन लोगों का इरादा यह था कि किसी योग्य लड़के की तलाश में आयु बिता देंगे लेकिन शैतान को दामाद न बनाएँगे।

बड्डी का आग्रह था कि पहले लड़की के पिता को काबू में किया जाए, चाहे किसी टोने-टोटके से, चाहे बातचीत से। इसी सिलसिले में शैतान प्रतिदिन उनके घर पर आक्रमण करते और उन महाशय को फुसलाते।

एक शाम को हम दोनों वहाँ पहुँचे। महाशय बोले, ''लड़को! चाय का समय तो नहीं रहा, लेकिन अगर कहो तो मँगवाऊँ।''

''जी हाँ, ज़रूर!'' शैतान बोले। मैंने मेज़ के नीचे से एक ठहोका दिया।

''यह तुम क्यों मुझे मार रहे हो?'' शैतान ने ज़ोर से कहा।

चाय पर बातें शुरू हुईं। वह महाशय रेलवे बजट का ज़िक्र कर रहे थे। भगवान जाने उन्होंने क्या-क्या कहा, क्योंकि मुझे रेलवे में थोड़ी-बहुत दिलचस्पी ज़रूर है, लेकिन बजट में ज़रा सी भी दिलचस्पी नहीं। मैंने कुछ न सुना। शैतान बढ़-बढ़कर बोल रहे थे। आखिर महाशय ने समाचार-पत्र देखकर कहा, ''इस साल बजट इतने करोड़, इतने लाख, इतने हज़ार, चार सौ निन्यानवे रुपए पाँच आने नौ पाई का आया है—इसके बारे में तुम्हारे क्या विचार हैं साहबज़ादे?''

शैतान कुछ देर सोचकर बोले, ''मेरे विचार में बजट में दस आने तीन पाई जमा कर देने चाहिए ताकि आने-पाइयों से मुक्ति मिल जाए और आँकड़े पूरे हो जाएँ।''

बजट की बातचीत वहीं समाप्त हो गई। व्यायाम की बात छिड़ी। महाशय बोले, ''इस आयु में मैं भाग-दौड़ तो नहीं सकता, हाँ, साइकिल चला लेता हूँ। इससे अच्छा-खासा व्यायाम हो जाता है।''

''मोटर में बैठने से भी काफ़ी व्यायाम होता है,'' शैतान बोले, ''और रेल की सवारी से तो और भी व्यायाम हो जाता है।''

महाशय चुप हो गए। थोड़ी देर तक कोई न बोला। आखिर तंग आकर मैंने शैतान से पूछा, ''क्या सोच रहे हो?''

बोले, ''यह कितनी विचित्र बात है कि हम इस वास्तविकता को बिलकुल भूल चुके हैं कि हम एक सितारे पर आबाद हैं।''

इस बार महाशय ने ऐसा बुरा मुँह बनाया कि मैंने सोचा कि अब ये छींक मारेंगे।

रेडियो पर स्थानीय स्टेशन से कोई गाना हो रहा था। महाशय बोले, ''बिलकुल बेकार का गाना हो रहा है, न जाने ऐसे गाने वालों को गाने की आज्ञा कौन देता है?''

शैतान तुरंत उठे, ''अभी बंद करवाता हूँ।'' मैं साथ उठा। साथ के कमरे में गए। रेडियो-स्टेशन को फ़ोन किया, ''इस वक्त कौन गा रहा है?''

''इस वक्त जनाब मस्त मौला साहब ताबड़तोड़ भीमसेन भंग का ख़्याल धूमधाम ध्रुपद में अलाप रहे हैं,'' उधर से कुछ इस प्रकार का उत्तर आया।

''तो उनसे कह दीजिए कि फौरन चुप हो जाएँ,'' शैतान बोले।

''हम आगे प्रोग्राम देते समय इस बात का ख़्याल रखेंगे कि आप उनका गाना पसंद नहीं करते। लेकिन इस समय कुछ नहीं कर सकते।''

''विश्वास कीजिए हमें यह गाना बहुत बुरा लग रहा है।''

''आप कुछ देर के लिए रेडियो बंद कर दीजिए।''

''और आप मस्त कलंदर को चुप नहीं कराएँगे। अच्छा, अगर यह बात है तो तैयार हो जाइए, मैं अभी आकर आपकी खबर लेता हूँ।'' यह कहकर टेलीफ़ोन बंद कर दिया।

जब हम वापस आ रहे थे तो मैंने अपनी तुच्छ राय प्रकट की कि बड़े-बूढ़ों

के सामने शैतान को कुछ समझदारी से काम लेना चाहिए। लेकिन शैतान का ख़्याल था कि चूँकि मेरा अनुभव अभी थोड़ा है इसलिए विचार भी सीमित हैं।

वापस कमरे में पहुँचे तो देखा कि असंख्य मच्छर और तरह-तरह के भृंगे-पतंगे बल्ब के चारों ओर जमा हैं।

शैतान बोले, "मैं उन भाग्यशाली लोगों में से हूँ जिन पर मच्छर, भिड़, ततैये, मक्खियाँ आदि बुरी तरह आसक्त हैं और जहाँ वे जाते हैं, ये चीज़ें अगर कई मील की दूरी पर हों तुरंत स्वागत के लिए आ जाती हैं।"

मच्छरों ने तो हमें बेतरह सताया, तंग आकर हमने बत्ती बुझा दी। लेकिन मच्छरों की भिनभिनाहट पूर्ववत रही। इतने में संयोग से एक जुगनू भी उड़ता हुआ कमरे में आ गया।

"देखी तुमने इन बेईमान मच्छरों की शरारत," शैतान बोले, "अब ये मशाल लेकर मुझे ढूँढ़ रहे हैं।"

हम दोनों जुगनू के पीछे पड़ गए। उसका विचार बाहर जाने का बिलकुल नहीं दीखता था। हमने बलपूर्वक उसे बाहर भगाया। मसहरियों में भी मच्छर पहुँच चुके थे। शैतान बोले, "मसहरी प्रयोग करने का सही तरीका यह है कि पहले खूब अच्छी तरह मसहरी लगा लो। इसके बाद एक ओर से कुछ भाग ऊपर उठा दो और कुछ देर उठाए रखो। ताकि कमरे भर के मच्छर मसहरी में चले जाएँ और उसके बाद मसहरी बंद कर दो और स्वयं बाहर सो जाओ।"

दूसरे दिन बड्डी आया और आते ही उसने चारों प्रश्न किए। मैंने और शैतान ने निश्चय कर लिया था कि आज बड्डी की बातों पर बिलकुल नहीं हँसेंगे।

बड्डी बोला, "मैं न्यूयार्क के एक प्रसिद्ध होटल में ठहरा हुआ था। रात को किसी ने मेरे कमरे का दरवाज़ा खटखटाया। खोला, देखता क्या हूँ कि एक आदमी नशे में धुत खड़ा है। मुझे देखकर बोला, 'क्षमा कीजिए, गलती हुई।' मैं दरवाज़ा बंद करके लेट गया। थोड़े समय के बाद फिर किसी ने दरवाज़ा खटखटाया। जाकर देखता हूँ तो वही आदमी खड़ा है। वह क्षमा माँग कर फिर चला गया। तीसरी बार फिर आया, चौथी बार, पाँचवीं बार, आखिर मैं झल्ला उठा। इस बार जो वह आया तो मैंने पूछा, 'क्यों साहब, आप बार बार मेरे कमरे में क्यों आते हैं?'—उसने बड़ी सरलता से कहा, 'और मेरी समझ में यह नहीं आता कि होटल के हर कमरे में मुझे आप ही क्यों मिलते हैं?' "

हम दोनों मौन रहे। बड्डी ने हमारे हँसने का कुछ सैकिंड इंतज़ार किया।

फिर बोला, ''मैं वाशिंगटन के चिड़ियाघर की सैर कर रहा था। मुझे एक व्यक्ति दिखाई दिया जो बहुत से बच्चों को साथ लिए घूम रहा था। गिने तो बारह थे। हम उस अहाते के बाहर फिर मिले जिसमें ज़ैबरा बंद था। वह व्यक्ति चौकीदार के पास गया और बोला, 'क्या मैं और मेरे बच्चे भीतर जाकर ज़ैबरा देख सकते हैं?' चौकीदार ने पूछा, 'क्या ये सब बच्चे आपके हैं?' उत्तर मिला, 'जी हाँ! सब मेरे हैं।' चौकीदार कुछ देर बुत बना खड़ा रहा, फिर बोला, 'तो आप यहाँ ठहरिए। मैं भीतर से ज़ैबरे को बुलाकर लाता हूँ ताकि वह आप को देख ले।'

शैतान बिसूरने लगे और रो दिए। अब बड्डी समझ गया कि हम उसके साथ ज़्यादती कर रहे हैं। उसे मानना पड़ा।

''बड्डी, क्या बजा है?''

''मेरी घड़ी आगे है।''

''फिर भी क्या बजा होगा?''

''घड़ी बहुत आगे है।''

''तीन-चार दिन तो आगे नहीं होगी?'' शैतान बोले।

खाने के बाद शैतान की प्रेमिका के संबंध में बातचीत छिड़ गई।

''तुम लड़की से स्वयं क्यों नहीं मिलते?'' बड्डी ने पूछा।

''इसलिए नहीं मिलता कि अगर कहीं उसने हाँ कर दी तो मुसीबत आ जाएगी। उसके पिता अवश्य ही इनकार कर देंगे और फिर मैं कुछ कर गुज़रूँगा।''

''लेकिन उन्हें लड़की की 'हाँ' होने पर क्या आपत्ति होगी? समझ में नहीं आता कि तुम किस बात की प्रतीक्षा कर रहे हो। शायद इस इन्तज़ार में हो कि कब लड़की की शादी किसी और से होती है और कब तुम्हें छुट्टी मिलती है—क्यों?''

''और जो कहीं लड़की ने 'ना' कर दी तो फिर उसके पिता की 'हाँ' बेकार होगी। अगर दोनों ने 'ना' कर दी तो बहुत दुःख होगा।'' शैतान ने कहा।

''तुम्हारा सिद्धान्त मेरी समझ से बाहर की चीज़ है,'' बड्डी बोला। ''जो हो मैं यह परामर्श अवश्य दूँगा कि तुम उसके पिता से मिलते रहा करो।''

अगले दिन हम लोग दोपहर के समय उनकी कोठी की ओर चले। अभी सड़क पर ही थे कि भीतर से किसी बच्चे के रोने की आवाज़ सुनाई दी।

''आहा, लंच के लिए समय का हल्का-हल्का, प्यारा संगीत हो रहा है।'' शैतान बोले।

भीतर गए तो वहाँ किसी मकान की चर्चा हो रही थी, वे लोग मकान बदलना चाहते थे, दोपहर को मकान देखने का प्रोग्राम था। हमें भी निमंत्रित किया गया। वह मकान नदी के किनारे पर था।

शैतान बोले, ''मैंने सुना है कि नदी के किनारे पर जो मकान हों उनकी आयु एक साल से अधिक नहीं होती बल्कि शायद इससे पहले ही गिर पड़ते हैं।''

''तुमने यह किससे सुना?'' उन महाशय ने पूछा।

''बस सुना है।''

''किससे सुना?'' महाशय सचमुच नाराज़ हो गए। उन्हें बहुत जल्द क्रोध आता था।

''साहब! मुझे स्वयं अच्छी तरह मालूम नहीं लेकिन मेरे एक मित्र कह रहे थे कि उनका नौकर जब बाज़ार गया तो उसने एक दुकानदार को कहते सुना कि एक खरीदार ने कहीं से यह सुना कि कुछ आदमी एक जगह चरस आदि पीकर यह कह रहे थे...''

और वे महाशय ज़ोर-ज़ोर से हँसने लगे, बोले, ''बेटे! तुम मेरे क्रोध का विचार न करो। मेरा क्रोध ही क्या? पारा ऊपर पहुँचा नहीं कि तुरंत नीचे उतर आता है।''

''और अभी अच्छी तरह नीचे उतरा नहीं कि फिर ऊपर चला जाता है।'' शैतान बोले। और वे महाशय पुनः नाराज़ हो गए।

मैंने धीरे से शैतान को टोका, ''रूफ़ी, इस प्रकार तो तुम आयु भर लड़की को नहीं जीत सकते।''

''तुम्हारा अनुभव सीमित है, इसलिए विचार भी सीमित हैं,'' वे बोले।

हम लोग पैदल चले। हमारे साथ वे साहब भी थे जो मकान के सिलसिले में आए थे।

रास्ते में एक जगह मोटरों के लिए यह नोटिस लगा हुआ था—

'खबरदार! रफ़्तार पन्द्रह मील से अधिक नहीं होनी चाहिए।'

शैतान ने सब का ध्यान उधर खींचा और बोले, ''ज़रा धीरे चलिए।''

मकान देखा, योंही सा था। शैतान से राय पूछी गई, बोले, ''बस मकान है।'' मकान वाले साहब बार-बार नदी का ज़िक्र करते थे, ''नदी के किनारे है। देखिए वह रही नदी। नदी बिलकुल सामने है।''

शैतान बोले, ''साहब! यह क्या आप घड़ी-घड़ी नदी का हवाला देते हैं? मकान से इसका क्या संबंध? आप अपनी नदी को यहाँ से हटा लें तो क्या फ़र्क पड़ जाएगा।''

जब हम वापस आ रहे थे तो मकान वाले साहब, वे महाशय और मैं तीनों शैतान से तंग आ चुके थे।

मैं और शैतान सुबह-सवेरे ग्यारह बजे शेव कर रहे थे कि एक साहब पधारे। शैतान से बोले, ''क्यों हज़रत! रूफ़ी साहब आप ही हैं?''

''हो सकता है कि मैं रूफ़ी हूँ, संभव है कि रूफी नहीं हूँ। इसका निर्णय उस काम पर है, जिसके लिए आप पधारे हैं।''

और वास्तविकता यह थी कि पड़ोसी महोदय प्रतिदिन हमारी साइकिल के लिए अपना नौकर भेज देते थे। मालूम हुआ कि 'मकसूद घोड़े' ने हमें बुलाया है। मक़सूद घोड़ा एम. एस-सी. में पढ़ता था। वह शैतान की प्रेमिका के पड़ोस में रहता था। शायद 'कुंज गली' की कोई नई ताज़ा खबर सुनाना चाहता हो। हम जल्दी-जल्दी शेव करने लगे।

''लेकिन इस समय शायद वे लतीफ़ साहब के यहाँ होंगे। एक घंटे तक वापस लौटेंगे,'' संदेशवाहक बोला।

लतीफ़ भी साइंस पढ़ता था। संदेशवाहक को हमने विदा किया और स्वयं तैयार हो गए।

''उसका बैग ज़रूर ले चलना। महीनों से हमारे यहाँ मेहमान है,'' मैंने याद दिलाया। हम बैग लेकर चल पड़े।

लतीफ़ के घर पहुँचे। दरवाज़ा खोला ही था कि एक साहब ने जल्दी से शैतान के हाथ से बैग ले लिया और उनको एक कमरे में ले गए, जहाँ एक बच्चा बिस्तर में लेटा था। शैतान को डॉक्टर साहब कहकर सम्बोधित किया गया। कदाचित् वे लोग किसी डॉक्टर की प्रतीक्षा में थे। मेरे आश्चर्य का ठिकाना न रहा, क्योंकि शैतान ने बच्चे का बाकायदा निरीक्षण शुरू कर दिया। आँखों में उँगलियाँ डालीं, हा, हा, कराया। छाती ठोंक-बजाकर देखी। कमर में एक घूसा जमाकर कहा, ''दर्द हुआ?''

कोई आधे घंटे तक शैतान निरीक्षण करते रहे। उसके बाद बोले, ''जनाब, मैं डॉक्टर नहीं हूँ। एम.ए. का विद्यार्थी हूँ और लतीफ़ साहब से मिलने आया हूँ लेकिन मेरे विचार में यह केस 'एक्यूट टांसिलाइटिस' का है। साथ ही

'फ़जाइटिस' और 'हाइनाइटिस' भी है। आश्चर्य नहीं यदि 'ट्रेकी आइटिस' भी हो। खैर, घबराने की कोई बात नहीं।''

मालूम हुआ कि लतीफ़ रात से गायब है। सीधे मकसूद घोड़े के घर पहुँचे। वहाँ ताला लगा हुआ था। सड़क पर प्रतीक्षा करनी पड़ी।

ऊपर से किसी ने आवाज़ दी। देखा तो मकसूद घोड़ा हिनहिना रहा है।

''अबे कम्बख्त! बाहर ताला लगाकर भीतर बैठा है।''

उसने चाबी फेंकी। ताला खोलकर हम भीतर गए। मालूम हुआ कि उसकी परीक्षा के दिन निकट आ गए हैं इसलिए पढ़ाई में व्यस्त है।

''तो हमें क्यों बुलाया था?'' शैतान कड़ककर बोले।

''भई सुबह-सुबह शैतान की प्रेमिका के दर्शन हुए हैं। मैं छत पर बैठा पढ़ रहा था। उधर शायद उनकी भी परीक्षा है। वे पुस्तकें लेकर छत पर आईं कुछ देर पढ़कर वापस चली गईं। पूरी आशा है कि दोबारा ऊपर आएँगी।''

''आएगी कहो—आदर-वादर की कोई ज़रूरत नहीं,'' शैतान बोले। ''और मुझे ज़रा ठंडा पानी पिलाओ। मैं सौंदर्य के रौब से थर्रा रहा हूँ।''

मकसूद घोड़ा पानी लेने चला गया और न जाने कहाँ खो गया। जब काफ़ी देर हो चुकी तो शैतान ज़ोर से बोले, ''कहीं ऑक्सीजन और हाइड्रोजन लेकर निर्मल-स्वच्छ पानी तो नहीं बना रहा। अरे भाई, सादा पानी ही ले आ।''

मकसूद घोड़ा सरपट भागा आया और बोला, ''चलो छत पर।''

हम छत पर पहुँचे और बाकायदा मोर्चा बनाकर आड़ से देखने लगे। दूसरी छत पर कई लड़कियाँ बैठी थीं।

''ये तो कई हैं।'' शैतान बोले।

''तो क्या हुआ? इनमें शैतान की प्रेमिका भी तो है। पहचान लो।''

''कौन-सी है भई रूफ़ी?'' मैंने पूछा।

''वह हैं हरे दोपट्टे वाली!'' शैतान बोले।

''वही जिसने सफ़ेद जूते पहन रखे हैं?'' घोड़े ने पूछा।

''हम लड़कियों के जूतों की ओर ध्यान नहीं दिया करते,'' शैतान ने कहा। फिर जल्दी से बोले, ''अरे! हरे दुपट्टे वाली नहीं, वह प्याजी साड़ी वाली है।''

''अच्छा!'' हम दोनों ने बड़े ध्यान से देखना शुरू किया।

''रूफ़ी! यह तो क़ुछ नहीं। यह तो यूँही-सी है।'' घोड़ा बोला।

''तो फिर वह होगी, जिसकी दो चोटियाँ हैं, जो मुस्करा रही है।'' शैतान बोले।

''होगी से क्या मतलब है तुम्हारा? लानत है ऐसे आशिक़ पर जो अपनी प्रेमिका को न पहचान सके।''

''चश्मे के शीशे साफ़ करो,'' मैंने सुझाव दिया।

शीशे साफ़ किए गए। ''भई वही है हरे दुपट्टे वाली!'' शैतान ने अंतिम फ़ैसला सुना दिया।

इतने में नौकरानी आई और लड़कियों को बुला ले गई।

निश्चित यह हुआ कि लड़की अच्छी है लेकिन ऐसी नहीं है कि शैतान इतना गुल-गपाड़ा मचाएँ कि मित्रों के प्रोग्राम खराब कर दें।

''तुम दोनों बहुत घटिया रुचि के मालूम होते हो। मैं तुम्हारे इस घटियापन पर शोक प्रकट करता हूँ।'' शैतान बोले—''खैर बड्डी को दिखाएँगे। वह निर्णय देगा।''

घोड़े ने वायदा किया कि जब कभी ऐसा शुभ अवसर फिर आया, वह हमें तुरंत सूचना देगा और हम बड्डी को साथ लाएँगे।

चलते समय घोड़े ने कहा, ''रूफ़ी, मैं तो यही सलाह दूँगा कि तुम हरे दुपट्टे वाली की बजाय सफ़ेद दुपट्टे वाली पर आशिक़ हो जाओ तो ज़्यादा अच्छा होगा। आगे तुम्हारी मर्ज़ी।''

''मैं आशिक हूँ या मदारी?'' शैतान रूठकर बोले।

उसके बाद कुछ दिन बिलकुल खामोशी से व्यतीत हुए, क्योंकि शैतान की त्रैमासिक परीक्षा थी और शायद यह उनके जीवन में पहली परीक्षा थी जिसके लिए उन्होंने कुछ तैयारी की थी।

शैतान त्रैमासिक परीक्षा में सफल हो गए। यह समाचार बिजली की तरह शहर भर में फैल गया। ग़ज़ब हो गया। लोगों का ताँता बँध गया। पत्र आए। बधाई के तार आए। सब मित्रों ने फ़ैसला किया कि चूँकि बहुत समय के बाद यह शुभ घड़ी देखने को मिली है इसलिए इस खुशी में एक उत्सव मनाया जाए। रुपयों का प्रश्न उठा। शैतान के भाई साहब वहीं थे। शैतान बोले, ''भाई साहब से उधार लिए जाएँ।''

''और जो भाई साहब न दें तो?''

''उनसे पूछें ही क्यों? उन्हें पता चले बिना चुपचाप उधार ले आएँ।'' उत्सव हुआ। लगभग सब मित्र निमंत्रित थे।

शैतान बड़े आग्रह से उन महाशय को भी ले आए। मैंने बहुत कहा कि इस चाण्डाल-चौकड़ी में उन्हें बिलकुल न बुलाया जाए, लेकिन वे न माने। दुर्भाग्य-वश वे महाशय अपने साथ दो और महाशय ले आए। उनमें से एक तो काफ़ी बूढ़े थे और दूसरे इतने बूढ़े नहीं थे; उन दोनों के सामने वे महाशय अपनी आयु से कहीं कम बूढ़े नज़र आ रहे थे।

शैतान शर्बत लाए। महाशय ने इनकार कर दिया। शैतान तुरंत भीतर गए और उसी शर्बत को एक लंबोतरे गिलास में उँडेलकर दोबारा ले आए। महाशय ने धन्यवाद सहित गिलास उठा लिया और गट-गट पी गए।

प्रोग्राम शुरू हुआ। दो व्यक्ति शतरंज लेकर बैठ गए और चाल सोचने लगे। देर तक उन्होंने न मोहरों पर से अपनी नज़रें उठाईं और न कोई चाल चली। बरा सिर झुकाए सिर खुजाते रहे। उनके सामने ढोल बजाए गए, तबले खड़काए गए, शोर मचाया गया, उनका नाम ले-लेकर पुकारा गया, लेकिन क्या मजाल जो उनका ध्यान शतरंज से ज़रा हटा हो। उन्हें खेंच-खेंचकर एक ओर किया गया और खूब तालियाँ बजीं।

अब गप्पों का मुकाबला शुरू हुआ। हमारी योजना के अनुसार हर गप्प इस वाक्य से शुरू होती थी—"सज्जनो! वास्तविकता गल्प से कहीं आकर्षक होती है।" और इस वाक्य पर समाप्त होती थी, "विश्वास कीजिए, सज्जनो! यह मेरी आँखों-देखी घटना है।"

एक-से-एक बढ़कर गप हाँकी गईं। जजों ने फ़ैसला दिया कि सबसे अच्छी गप्पें ये थीं :

रुस्तम अली रीछ : एक दिन मैं समुद्र के किनारे ह्वेल मछलियाँ पकड़ रहा था। क्या देखता हूँ कि एक व्यक्ति समुद्र में कूदने की तैयारी कर रहा है—शायद आत्महत्या के लिए। इतने में एक राहगीर ने उसे दौड़कर पकड़ लिया और कारण पूछने लगा। वह व्यक्ति राहगीर को एक ओर ले गया। दोनों कुछ रागग तक बातें करते रहे। उसके बाद दोनों किनारे पर गए और इकट्ठे समुद्र में कूद गए।

बड्डी : ब्राजील के कुछ भागों में इतनी सर्दी पड़ती है कि वहाँ के निवासी कहीं और जाकर रहते हैं।

तरबूज लाल तरबूज : महा-मरुस्थल के कुछ भागों में इतनी चुप्पी है कि वहाँ आप अपने को सोचता हुआ सुन सकते हैं।

मकसूद घोड़ा : चीन के एक प्रसिद्ध स्थान पर इतना मलेरिया है कि वहाँ के मच्छरों को भी मलेरिया हो जाता है। खूब बुखार चढ़ता है।

शैतान : आजकल मैं बंदूक खूब चलाता हूँ। मेरे निशाने का अनुमान इससे लगाया जा सकता है कि कल मैंने एक गोली चलाई और दूसरी गोली से पहली के टुकड़े उड़ा दिए।

लोमड़ीचन्द जड़ाऊ : हमारे यहाँ एक बहुत पुराना क्लॉक है। उसके पेंडुलम की परछाईं दीवार पर दस साल से पड़ रही है और दीवार पर परछाईं का निशान पड़ गया है।

हकीम उम्र अय्यार : जब मैं घोड़े पर सवार होकर हिमालय पर्वत की सैर कर रहा था तो शाम को मैंने बर्फ़ पर एक वृक्ष के नीचे अपना बिस्तर लगाया, और घोड़े को वृक्ष से बाँधकर सो गया। सुबह क्या देखता हूँ कि बर्फ़ पिघल चुकी है। मैं वृक्ष की चोटी पर बैठा हूँ और घोड़ा टहनियों से लटक रहा है।

खाना शुरू हुआ।

"तरकारी में हल्दी ज़रा कम है," एक सज्जन बोले। कई सज्जनों ने उनका समर्थन किया। खाना समाप्त हो चुकने के बाद छोटी-छोटी पुड़ियाँ बँटी, पूछा, "यह क्या है?"

शैतान बोले, "इनमें हल्दी है। जिन सज्जनों ने हल्दी की कमी को बुरी तरह महसूस किया है वे अब फाँक लें।"

अब गाने की बारी आई। बड्डी को पकड़ लिया कि गाओ। वह बहाने करने लगा लेकिन कोई न माना और बड्डी को गाना पड़ा।

बड्डी के बाद शैतान की बारी आई। बोले, "मैं स्वयं तो बिलकुल नहीं गा सकता। हाँ किसी प्रसिद्ध गायक की नकल उतार सकता हूँ। उदाहरणत: अब मैं उस्ताद अब्दुल करीम खाँ की नकल उतारूँगा।" कहकर शैतान ने गाना शुरू किया और खूब गाया। किसी को अनुमान तक न था कि शैतान इतना अच्छा गा सकते हैं। खूब प्रशंसा हुई। शैतान बोले, "सज्जनो! यह तो नकल थी, मैं स्वयं तो बिलकुल नहीं गा सकता।"

वे महाशय बोले, "बहुत अच्छा मालकौंस था—तुम्हें कौन-कौन से राग आते हैं?"

शैतान आदरपूर्वक बोले, "केवल दो राग आते हैं। एक तो वह जो मालकौंस है और दूसरा वह जो मालकौंस नहीं है।" उत्सव समाप्त हो रहा था,

इसलिए सब अपनी-अपनी चीज़ें इकट्ठी करने लगे। उन महाशय के हाथ में टॉर्च थी और वे कुछ ढूँढ़ रहे थे। शैतान ने इस बारे में पूछा। वे बोले, "दियासलाई ढूँढ़ रहा हूँ।"

"क्या आप अपनी टॉर्च जलाना चाहते हैं? यह लीजिए।" यह कहकर शैतान ने दियासलाई उनके हाथ में दे दी।

उसके बाद सब खड़े हो गए और शैतान ने प्रार्थना की (हमारा हर उत्सव इसी प्रार्थना पर समाप्त होता था)। शैतान सिर झुकाकर बोले, "हे भगवान! हमें उल्लू की-सी बुद्धि प्रदान कर और ऊँट का-सा सन्तोष। हमें ऐसी दूरदर्शी आँखें प्रदान कर जिसके लिए ऐनक की आवश्यकता न पड़े। हमारे विचारों की गति ऐसी तेज़ हो कि आँधी को पीछे छोड़ जाए। हम में कम-से-कम दस हॉर्स पॉवर की शक्ति हो। हमारी आत्मा और दिल में टेलीफ़ोन का सिलसिला स्थापित हो जाए और तू स्वयं वायरलैस द्वारा हमें सदाचारी बनने के आदेश दे। ओम शांति! शांति!! शांति!!!"

सब ने ज़ोर से कहा, "ओम शांति! शांति!! शांति!!!" (सिवाय महाशयों के) और उत्सव समाप्त हुआ।

और मैंने शैतान से साफ़-साफ़ कह दिया कि उन महाशय के सामने ऐसी-ऐसी हरकतें करने के बाद उस कुटुम्ब में सर्वप्रिय तो क्या प्रिय तक नहीं हो सकते।

शनिवार को टीम का चुनाव होने लगा। रविवार को हमारा वार्षिक और अत्यन्त महत्त्वपूर्ण क्रिकेट मैच था। इस बार हम बाहर जा रहे थे। रात भर का सफ़र था। शनिवार की रात को चलकर रविवार की सुबह को वहाँ पहुँचना था। शैतान ने आग्रह किया कि उन्हें ज़रूर खिलाया जाए। कप्तान हिचकिचाता था क्योंकि शैतान खिलाड़ी कुछ ऐसे-वैसे ही थे। उनका अधिक-से-अधिक स्कोर पाँच रन्स था। उनके प्रिय स्ट्रोक दो थे। ऑफ़-बाई और लैग-बाई। अपने जीवन में उन्होंने दो कैच भी किए थे। पहला इस प्रकार कि एक मैच में शैतान और मैं स्लिप में खड़े बातें कर रहे थे। मैंने कोई चुटकुला सुनाया जो उनको बहुत पसन्द आया। हँसकर बोले, "मिलाओ हाथ।" उन्होंने मेरी ओर हाथ बढ़ाया और शप से एक गेंद उनके हाथ में आ गई। खिलाड़ी आउट हो गया। यह बात और थी कि बहुत ही अच्छा खिलाड़ी आउट हुआ था और शैतान ने कमाल का कैच किया था। दूसरा यों कि प्रतिद्वन्द्वी खिलाड़ी ने ज़ोर से हिट लगाई और

गेंद पेड़ में उलझ गई। शैतान लपक कर पेड़ पर चढ़ गए। गेंद उतार लाए और एम्पायर से प्रार्थना की कि गेंद पृथ्वी से ऊँची थी कि कैच कर ली गई। बड़ा झगड़ा हुआ। जब नौबत सत्याग्रह तक पहुँची तो सबने मान लिया कि वास्तव में शैतान ने यह कैच लिया है।

मैंने बहुत कोशिश की कि उन्हें बारहवाँ खिलाड़ी ही रख लिया जाए। आखिर शैतान स्कोरर के रूप में शामिल कर लिए गए। वे अपने इस निरादर पर रुष्ट अवश्य थे।

शाम को हम स्टेशन पर पहुँचे। गाड़ी रात के बारह बजे आती थी और सुबह सात बजे अपने स्थान पर जा पहुँचती थी। शैतान ने सूचना दी कि एक इन्टर का डब्बा यहाँ से उसी ट्रेन में लगाया जाता है। वह डब्बा उस समय स्टेशन के एक अंधकारमय कोने में खड़ा है। बड़ी सुविधा होगी यदि हम अभी से उस पर अधिकार कर लें और बिस्तर बिछा कर सो जाएँ। युक्ति अच्छी थी। हम सब शैतान के साथ हो लिए। कप्तान ने छानबीन की। इधर-उधर से सूँघा! जब अच्छी तरह से तसल्ली हो गई तो हमें आज्ञा दे दी। हमने बिस्तर बिछाए। हल्की-हल्की सर्दी थी। इसलिए दरवाज़े और खिड़कियाँ बंद कर दीं, और बत्ती बुझाकर लेट गए। शैतान का आग्रह था कि तुरंत सो जाएँ। कल मैच है, लेकिन नौ-दस बजे किस को नींद आती है। इधर-उधर की बातें होने लगीं। आखिर शैतान ने ज़बर्दस्ती पकड़-पकड़ कर सबको सुला दिया।

रात को मेरी आँख खुली। बिलकुल अँधेरा था। इधर-उधर झाँका। धीरे से बोला, "रूफ़ी!"

आवाज़ आई, "हाँ।"

"क्या बजा होगा?"

"मालूम नहीं—बस तुम अभी सो जाओ।"

"गाड़ी किसी स्टेशन पर खड़ी है शायद?"

"शायद!" शैतान बोले।

मैंने बहुत कोशिश की लेकिन नींद न आई। इतने में दो-तीन लड़के उठ खड़े हुए और समय पूछने लगे।

"मैं कोई घड़ी हूँ या चौकीदार?" शैतान रुष्ट होकर बोले, "अगर इसी तरह रात भर जागते रहे तो क्या खाक खेलोगे?"

"लेकिन दोस्त रूफ़ी! यह गाड़ी चलती क्यों नहीं? देर से खड़ी है।"

"किसी बड़े स्टेशन पर खड़ी होगी। या कहीं क्रॉस होगा," शैतान बोले।

एक साहब ने खिड़की खोलनी चाही। शैतान ने एक डाँट बताई, "ख़बरदार! जो किसी ने खिड़की खोली। मुझे ठंडी हवा लगते ही खट से निमोनिया हो जाता है। आखिर तुम लोग सो क्यों नहीं जाते?"

सब चुप हो गए। मेरी आँख लग गई। थोड़ी देर के बाद फिर जाग उठा। डब्बे में बहस हो रही थी। सब कह रहे थे कि गाड़ी खड़ी है लेकिन शैतान विश्वास दिला रहे थे कि चल रही है। उन्होंने विज्ञान के कुछ नियम बता कर प्रमाणित कर दिया कि जब गाड़ी तेज़ी से चल रही हो तो सवारियों को हरकत महसूस नहीं होती, और यों मालूम होता है जैसे खड़ी है।

इतने में एक गाड़ी तेज़ी से पास की पटरी पर से गुज़र गई। शैतान विजय पूर्ण स्वर में बोले—"यह देखा! हमारी गाड़ी ने एक स्टेशन छोड़ा है।"

शायद सब सन्तुष्ट हो गए और थोड़ी देर में सो गए।

जब मेरी आँख खुली तो मुझे कुकड़ूँ-कूँ सुनाई दी। कुछ मुर्गे बड़े ज़ोर से बाँगें दे रहे थे।

"रूफ़ी!" मैंने धीरे से कहा।

"हिश्त!" शैतान बोले, "सो जाओ।"

"ये मुर्गे कहाँ बोल रहे हैं?"

कुछ व्यक्ति उठ खड़े हुए। सब यही पूछने लगे कि ये मुर्गे कहाँ बोल रहे हैं?

शैतान ने झल्लाकर कहा, "यह तुम लोगों को हो क्या गया है? मुझे सोने क्यों नहीं देते। नरक में जाएँ मुर्गे और स्वर्ग को सिधारो तुम सब! इतनी सी बात नहीं समझ सकते कि साथ के डब्बे में किसी मुसाफ़िर के मुर्गे हैं जो बोल रहे हैं। क्या मुर्गे साथ लेकर सफ़र करना अपराध है?"

फिर चुप्पी छा गई लेकिन शीघ्र ही एक कोने में खुसर-फुसर शुरू हो गई और एक साहब ने दरवाज़ा खोल दिया। देखते क्या हैं कि सुबह का सुहावना समय है। पक्षी चहचहा रहे हैं। पवन मंदगति से अठखेलियाँ करती फिर रही है। मुर्गे बाँगें दे रहे हैं और डब्बा वहीं खड़ा है, जहाँ रात था। एक कुली जा रहा था।

उससे स्टेशन का नाम पूछा गया। मालूम हुआ कि हम सचमुच उसी स्टेशन पर हैं जहाँ से कल रात चले थे।

शाम को चाय पी रहे थे कि बड्डी आ गया। शैतान बोले, "बड्डी आज क्या पका है?"

बड्डी ने कुछ खानों के नाम गिनवा दिए। शैतान ने ताज़ा समाचार पूछा। बड्डी ने ताज़ा समाचार सुना दिए। शैतान ने शहर की सर्वोत्तम पिक्चर का नाम पूछा।

बड्डी बोला, " 'निर्धन प्रेमी' उर्फ़ 'निर्धन प्रेमिका'।"

"और मैं कुछ मोटा तो नहीं हो गया?"

"मोटा? मोटे क्या, तुम तो बाकायदा दुबले भी नहीं हो," बड्डी बोला।

बड्डी को अपना घर याद आ रहा था। वह अपने घर की बातें करने लगा। वहाँ के सुंदर दृश्य, सुहावनी ऋतु, सगे-संबंधी...

शैतान बोले, "तुम अपने घर के संबंध में कुछ इस प्रकार से बातचीत करते हो कि कभी-कभी तो मुझे भी तुम्हारा घर याद आने लगता है।"

हम ताश खेलने लगे। शैतान के कहने पर तय हुआ कि आज शर्त लगेगी।

"कल मैंने एक अत्यन्त मनोरम सपना देखा," मैंने कहा, "अत्यन्त मनोरम। बस सुनने से संबंध रखता है, आहा, हा!"

लेकिन शैतान चुप थे।

"सुनाऊँ?" मैंने पूछा।

"बिलकुल नहीं!" शैतान बोले।

"ऐसा सपना है कि..."

"बिलकुल नहीं! हरगिज़ नहीं," शैतान ने कहा।

"बड़े स्वार्थी हो रूफ़ी! बड़ा अफ़सोस है, तुमने हमारे सपने का अपमान कर दिया।"

"भई इस समय किसी प्रकार का सपना सुनने को जी नहीं चाहता। आज मैं कुछ उदास-सा हूँ।"

मालूम हुआ कि शैतान ने आज अपनी प्रेमिका को देखा था। वे उनके घर गए थे।

"आखिर हुआ क्या?" बड्डी ने पूछा।

"यह पूछो कि क्या नहीं हुआ? आज मैंने ऐसा दृश्य देखा कि भगवान की

सौंगध आत्महत्या करने को जी चाहता था, लेकिन तुम लोगों के कारण जीवित रहना पड़ा। आज मैंने देखा कि एक रुपए-पैसे वाले महाशय उस लड़की को देखने आए थे। पहले तो उन दोनों का परिचय कराया गया। फिर लड़की की बाकायदा नुमाइश शुरू हुई। चाय पर बुलाई गई। उसके काढ़ने-बुनने के नमूने दिखाए गए और अंत में लड़की ने गाना गाया...''

''कौन-सा राग था?'' मैंने बड़ी उत्सुकता से पूछा।

''मालकौंस नहीं था। लेकिन उस सारी नुमाइश में मुझे उसका गाना बहुत बुरा लगा। अब मैं उस लड़की से बहुत निराश हूँ। मक़सूद घोड़ा सच कहता था कि वह इतनी सुंदर भी नहीं है। उससे तो वह सफ़ेद दुपट्टे वाली ही अच्छी थी। अब मुझे प्रेम से घृणा और घृणा से प्रेम होता जा रहा है।''

''सच?'' हम दोनों ने पूछा।

''बिलकुल।''

''तुम्हारा प्रेम भी तो तुरप चाल की तरह है,'' बड्डी बोला। ''एकदम शुरू हो जाता है और बिलकुल ज़रा-सी देर रहता है।''

''और रंग बदलता रहता है,'' मैंने गिरह लगाई।

''तुरप चाल,'' शैतान ने पत्ता पटका।

मैं और बड्डी एक-दूसरे का मुँह देखने लगे।

''पत्ते डालते जाओ,'' शैतान बोले—''इस वक्त पाँच बजे हैं। बड्डी! मुझे मालूम है कि सड़क पर एक बड़ी सुंदर गाय जा रही है। और यह भी मालूम है कि सोफ़े के पीछे कोई नहीं है। यह तुम बदरंग क्यों डाल रहे हो-कह जो दिया तुरप चाल...!''

इब्राहीम जलीस

(1924—1977)

मेरे अपने बारे में

"मैं एक बिलकुल सामान्य व्यक्ति की तरह 12 अगस्त, 1924 की शाम को अनिच्छित रूप से इस संसार में आया। पिता रियासत हैदराबाद के एक बड़े सरकारी अफ़सर थे। इसलिए दस भाई होने पर भी अपना विद्यार्थी-जीवन बड़े ठाठ से व्यतीत किया। प्राइमरी से बी.ए. तक कहीं फ़ेल नहीं हुआ। 1942 में अलीगढ़ विश्वविद्यालय से बी.ए. किया और उसी साल 30 अगस्त को गुलबर्गा के एक लखपति व्यापारी की बेटी से मेरी शादी हो गई। उससे मेरे सात बच्चे हैं। जिनमें से आखिरी दो जुड़वाँ हैं और अभी तक उनकी राष्ट्रीयता निश्चित नहीं की जा सकी, क्योंकि वे कराची और हैदराबाद दक्खिन के बीच में एयर इंडिया के एक जहाज़ में उत्पन्न हुए थे।

शिक्षा-काल में शहज़ादों का-सा जीवन गुज़ारा था। क्रियात्मक जीवन में प्रवेश करने के बाद उससे सर्वथा विपरीत जीवन से परिचय हुआ। अब आर्थिक रूप से जीवन अत्यन्त कष्टप्रद है। एक बार गवालमंडी, चौक लाहौर में फुटपाथ पर बैठे दो आने के कबाब और दो आने की एक रोटी से दो वक्त का फाका खत्म करते हुए आँसू भी निकल आए थे।

राजनैतिक मामले में एक बार जेल गया था। और एक बार चीन। जेल-यात्रा और चीन-यात्रा मेरे जीवन के बड़े महत्त्वपूर्ण अनुभव हैं। एक से कद और दूसरे से आज़ादी के वास्तविक अर्थों को समझने में बड़ी सहायता मिली है। लगभग पन्द्रह पुस्तकों का लेखक हूँ। पहले साहित्य-कला की सेवा के उद्देश्य से लिखता था। अब पेट के लिए लिखता हूँ।

जीवन में बहुत से काम किए लेकिन टिककर एक भी न कर सका। आजकल एक फ़िल्म कंपनी से संबंधित हूँ। फ़िल्मी कहानीकार भी हूँ और

फ़िल्मी ऐक्टर भी। अर्थात् जिस तरह बिगड़ा शायर मरसिया-गो बन जाता है उसी प्रकार बिगड़ा कहानीकार ऐक्टर बन जाता है।

मेरा पता है : हैदराबाद कॉलोनी, कराची। ”

—इब्राहीम जलीस

दो शब्द-संपादक की ओर से

'व्यंग्य' तलवार की धार पर चलने से कम आपत्तिजनक और कम तपस्यापूर्ण काम नहीं। कदाचित यही कारण है कि संसार के साहित्य-भंडार में अच्छा व्यंग्य बहुत कम मात्रा में मिलता है। आधुनिक उर्दू साहित्य में 'पितरस', रशीद अहमद सिद्दीकी, और कन्हैयालाल कपूर के बाद जिन लेखकों ने गंभीरतापूर्वक इस कला की ओर ध्यान दिया है उनमें इब्राहीम जलीस का नाम विशेष रूप से उल्लेखनीय है।

इब्राहीम जलीस की अधिकतर कहानियाँ, कहानियाँ कम और 'स्केच' अधिक हैं। वह चरित्र-चित्रण पर अधिक ध्यान नहीं देता और कभी-कभी तो उसकी रचना चुटकुलेबाज़ी तक सीमित होकर रह जाती है (शायद बेतहाशा लिखने के कारण); लेकिन इन त्रुटियों के होते हुए भी उसकी हर रचना से हम प्रभावित होते हैं और उसकी कुछ रचनाएँ तो आधुनिक उर्दू साहित्य में अपना एक स्थायी स्थान रखती हैं। वह उपमानों तथा संकेतों की अपेक्षा हर बात बड़ी स्पष्टता से कहने का आदी है और चूँकि अपने अग्रगण्य व्यंग्य लेखकों की अपेक्षा उसके राजनैतिक बोध में अधिक निखार और प्रौढ़ता है अत: वह संसार की प्रत्येक वस्तु और समाज की समस्त मान्यताओं पर अपने व्यंग्य के तीर सीधे करने की बजाय केवल उन नासूरों पर नश्तर लगाता है, जिनके कारण मानव समाज में गन्दगी और मानव विकास में बाधा उत्पन्न होती है।

उर्दू के व्यंग्य-साहित्य को इब्राहीम जलीस से बडी आशाएँ हैं।

जानवर

इब्राहीम जलीस

"कल आधी रात को मौलवी फ़तह अली गोल बाग में एक औरत के साथ पकड़े गए।"

हर कोई यही कह रहा था और पूछ रहा था कि क्या यह सच है? मुझे कुछ मालूम नहीं था, मैं एक तरह से सच और झूठ के बीच खड़ा था। कभी ख़्याल आता, इतने लोग झूठ नहीं बोल सकते। कभी सोचता, आदमी भीतर कुछ और होता है और ऊपर कुछ और। जो आदमी गिलाफ़ के भीतर होता है, वह प्राय: उस आदमी से भिन्न होता है जो हमारी नज़रों के सामने होता है। अब यह मौलवी फ़तह अली—जिनके माथे पर सिजदे कर-कर के दाग पड़ गया है, ये हाथ भर लंबी गंगा-जमुनी दाढ़ी है और मोहल्ला पुरानी अनारकली के ऐसे आदरणीय और सर्वप्रिय निवासी हैं कि लोग-बाग अपने झगड़े-टंटे पुलिस थाने में चुकाने की बजाय इन्हीं के पास चुकाते थे। बड़े इमाम की अनुपस्थिति में उनके पीछे नमाज़ अदा करते थे और तो और घर में एक सदाचारी पत्नी, दो जवान लड़के और तीन ब्याहने योग्य लड़कियाँ भी मौजूद थीं। इस पर मौलवी फ़तह अली की यह अश्लील हरकत! फिर यह कि क्या उनकी आयु ऐसे कुकर्मों की आज्ञा देती थी? पैंतालीस-पचास के लगभग हो रहे थे। कब्र में पाँव लटकाए बैठे थे और कब्र के किनारे भी औरत-इलाही तौबा!

बात सारे मोहल्ले में फैल गई थी। बात-बातें बन गई थीं। लोग हँस रहे थे, हैरान हो रहे थे, लेकिन मुझे विश्वास न होता था। लेकिन आज जब मौलवी फ़तह अली दिन भर दफ़्तर न आए तो मुझमें और मेरे विश्वास में बहुत थोड़ा सा फ़ासला रह गया था। दफ़्तर के दूसरे क्लर्क-साथी कह रहे थे—"अगर यह बात झूठ है तो वह यों मुँह छुपाए क्यों घर बैठ रहे?—ज़रूर कोई बात है।" एक क्लर्क ने तो चुपके से सुपरिन्टेंडेंट को उनके स्थान पर अपनी बढ़ती के लिए आवेदन-पत्र भी दे दिया था। उसका ख़्याल था कि अब वे कभी दफ़्तर न आएँगे। ऐसी अश्लील घटना के बाद उनके पास दफ़्तर आने का कौन-सा

मुँह रह गया था? दफ़्तर में मौलवी फ़तह अली का बड़ा आदर होता था। वे हम सबसे सीनियर क्लर्क थे। मेहनती इतने कि सुबह सात बजे दफ़्तर आते तो शाम के आठ बजे निकलते। ड्राफ़्ट तो इतने अच्छे लिखते थे कि अंग्रेज़ अफ़सर तक उनमें से कोई शब्द न काटता, बस चुपचाप हस्ताक्षर कर देता था। वेतन न अधिक था न कम। लेकिन महंगाई के इस युग में जबकि हर क्लर्क के सपनों में रिश्वत के रुपयों के चमकीले ढेर लगे होते थे, मौलवी फ़तह अली ने कभी एक पैसे की रिश्वत न ली थी। लोग उनकी हथेली चमकाना चाहते तो वे मुस्कराकर उन्हें अपनी हथेली की रेखाएँ दिखा देते। 'हाथ में कैंची है, रुपया तो मेरे हाथ में है ही नहीं। आपका काम तो अल्लाह पूरा कर देगा'।''

उसके बाद वे स्वयं ही उसका काम कर देते थे।

इस प्रकार उनकी चर्चा पुरानी अनारकली के अतिरिक्त उस लाहौर में भी होने लगी थी जो डिप्टी कमिश्नर के कार्यालय के आस-पास फैला हुआ था।

लेकिन यही मौलवी फ़तह अली कल आधी रात को गोल बाग में एक औरत के साथ...

दफ़्तर से घर जाते हुए रास्ते में 'पाकिस्तान टी स्टाल' के पास मुझे गुलाम मोहम्मद मिला, जिसने अपनी बड़ी-बड़ी भयानक मूँछों में बल देते हुए पूरे गुंडेपन के साथ एक आँख मारकर मुझसे पूछा, ''सुनाओ जी, बाबूजी आपके दोस्त मौलवी फ़तह अली कहाँ हैं?''

इससे पहले कि मैं उनसे कुछ पूछूँ या कोई उत्तर दूँ, उसने एक ज़ोरदार कहकहा लगाया, जैसे उसके प्रश्न का उत्तर एक ऐसा ही भरपूर कहकहा हो सकता है।

मैंने उसे रोककर कुछ बातें करनी चाहीं लेकिन उसके साथ कोई आवारा औरत थी जिसे वह साइकल पर सामने के डंडे पर बिठाकर सवार हो गया और दौड़ गया।

गुलाम मोहम्मद की इस हरकत के बाद मुझे ऐसा लगा कि मौलवी फ़तह अली की उस अश्लील हरकत का गुलाम मोहम्मद से भी कोई गहरा संबंध है, क्योंकि गुलाम मोहम्मद, मौलवी का पड़ोसी था और यह पड़ोस बहुत पुराना था। पाकिस्तान बनने या लाहौर आने से पहले जब मौलवी फ़तह अली देहली में फाटक हबशखाँ में रहते थे, तब भी गुलाम मोहम्मद उनका पड़ोसी था। फिसादों के ज़माने में जब देहली लुटने लगी, जलने लगी, मरने लगी, उस समय किसी ने

यह खबर फैला दी थी कि वह सब्ज़ी मंडी के बलवे में मारा गया। मौलवी फ़तह अली उसकी बीवी और बच्चों को हुमायूँ के मकबरे वाले शरणार्थी कैम्प में ले आए। उन्हें बड़ी ढारस दी, और आयु भर खर्च देने का ज़िम्मा लिया, लेकिन हुमायूँ के मकबरे पहुँचकर उन्होंने बड़े आश्चर्य से देखा कि गुलाम मोहम्मद जीवित है और मकबरे की सीढ़ियों पर बैठा अपने बीवी-बच्चों के लिए दहाड़ें मार-मारकर रो रहा है। जब उसने मौलवी फ़तह अली और अपनी बीवी और बच्चों को देखा तो उनके पैरों पर गिर पड़ा। वह गुंडा जो फाटक हबशखाँ के अतिरिक्त दिल्ली के दूसरे मोहल्लों में भी बदमाशी और गुंडागर्दी में हीरो माना जाता था, जिसने पुलिस के आगे कभी सिर न झुकाया था, सदा-सदा के लिए मौलवी का बेदाम गुलाम हो गया। फिर दोनों एक साथ शरणार्थियों के आखिरी काफ़िले के साथ लाहौर पहुँचे और यहाँ आकर गुलाम मोहम्मद ने एक के बजाय दो मकानों पर अधिकार जमा लिया। बड़ा मकान स्वयं ले लिया और छोटा मौलवी फ़तह अली को दे दिया।

लेकिन लाहौर आकर दोनों के संबंध धीरे-धीरे बिगड़ते गए। एक कारण तो यह था कि दोनों पड़ोसी थे, तो फिर झगड़ा क्यों न हो? दूसरा कारण यह था कि मौलवी फ़तह अली यदि मसजिद थे तो गुलाम मोहम्मद मधुशाला। गुलाम मोहम्मद ने यहाँ आकर भी वही गुंडागर्दी शुरू कर दी जिसके कारण वह देहली में एक बार जेल भी जा चुका था। मौलवी फ़तह अली उसे हमेशा समझाते, मनाते, उपदेश देते, डाँटते, प्यार करते—गुलाम मोहम्मद उनका थोड़ा-बहुत सम्मान तो करता था लेकिन एक बार तो उसने उनके उपकारों का खूब बदला चुकाया।

एक बार रमजान शरीफ़ की रात थी। मौलवी फ़तह अली तसबीह पढ़कर आधी रात को घर लौट रहे थे कि गोल बाग के पास एक औरत के चीखने चिल्लाने की आवाज़ें आईं। मौलवी फ़तह अली दौड़े-दौड़े उस तरफ़ गए तो देखा कि गुलाम मोहम्मद और उसके तीन-चार साथी एक चौदह-पन्द्रह वर्ष की लड़की को घेरे खड़े हैं। लड़की ने ज्योंहि मौलवी को देखा, लपककर उनसे लिपट गई और चीखने लगी, ''मुझे बचाओ-खुदा के लिए इन गुंडों से बचाओ—खुदा के लिए...''

गुलाम मोहम्मद मौलवी का सारा आदर-सम्मान दिल से निकाल कर गुर्राया—

''मौलवी जी! इधर क्या नमाज़ पढ़ने आए हो? यह बाग़ है, मसजिद नहीं है। छोड़ दो इस लड़की को, यह हमारी है।''

मौलवी फ़तह अली ने गुलाम मोहम्मद को खूब डाँटा-फटकारा लेकिन उस पर कोई असर न हुआ। उसने जेब से एक चाकू निकाला लेकिन उसी समय टाउन हाल की ओर से आती हुई एक कार की रोशनी अँधेरे में फैल गई। गुलाम मोहम्मद और दूसरे गुंडे भाग खड़े हुए। कार जैसे ही निकट आई मौलवी ने आवाज़ देकर रोक ली। कार में कोई नौजवान जोड़ा था। मौलवी ने सारी बात उन्हें सुनाई और लड़की को उसी कार में बिठाकर उसके घर छोड़ आए।

दूसरे दिन सुबह इसी बात पर मौलवी फ़तह अली से गुलाम मोहम्मद झगड़ पड़ा कि उन्होंने शेर के सामने से मांस हटा लिया था। लेकिन मौलवी फ़तह अली कहते थे कि उन्होंने उस लड़की को नहीं बचाया है बल्कि गुलाम मोहम्मद की बीवी और बच्चों को दूसरी बार बचाया है।

इस घटना के बाद से मौलवी फ़तह अली और गुलाम मोहम्मद में बड़े ज़ोरों की ठन गई और वह मौलवी से बदला लेने के लिए उनके विरुद्ध बड़ी बे-सिर-पैर की और गन्दी बातें उड़ाने लगा। मैंने समझा कि कल रात मौलवी साहब का किसी औरत के साथ पकड़ा जाना भी एक ऐसी ही घटना है जो कंपनी बाग़ में घटने की बजाय गुलाम मोहम्मद के गंदे मस्तिष्क में घटी है। मैं गुलाम मोहम्मद की उस गोल बाग़ वाली घटना को अच्छी तरह जानता था इसीलिए मुझे विश्वास हो गया कि गुलाम मोहम्मद ने मौलवी फ़तह अली को अपमानित करने के लिए ही यह ओछा हथियार प्रयुक्त किया है और अपने जीवन की उस अँधेरी और बलात्कार की रात को ज़बर्दस्ती मौलवी फ़तह अली के जीवन में दाखिल कर दिया है, और उस रात के दृश्य में अपने स्थान पर मौलवी फ़तह अली को खड़ा किया है।

अब मुझे कुछ सन्तोष-सा प्राप्त हुआ। मैंने अपने घर जाने की बजाय पहले मौलवी फ़तह अली के घर जाना उचित समझा क्योंकि मेरे मन से वह मिथ्या-विचार बहुत हद तक दूर हो गया था, और अब उनसे मिलने में न मुझे कोई झिझक थी और न ही उनके लज्जित होने की कोई सम्भावना।

रास्ते में 'औरंगज़ेब होटल' के पास मुझे अब्दुलरशीद मिला जो मेरा और फ़तह अली दोनों का गहरा मित्र था। हम तीनों हर शाम 'औरंगज़ेब होटल' में बैठते, रेडियो पर रात की खबरें सुनते, समाचार-पत्र पढ़ते, चाय पीते और गप्पें

हाँकते थे। अब्दुलरशीद आज नियम-विरुद्ध शाम से पहले ही होटल में प्रवेश कर रहा था। मुझे देखकर उसने आवाज़ दी।

"ओह...आओ-आओ—तुम्हें एक बड़ी अजीब खबर सुनाऊँ।"

भीतर पहुँचकर उसने चाय का ऑर्डर दिया और इधर-उधर देखकर बड़े ऊँचे स्वर में बोला :

"क्या बताऊँ दोस्त! अपने मौलवी ने तो रात लुटिया ही डुबो दी। तुमने सुना, रात मौलवी..."

मैंने कहा, "हाँ मैंने सुना है लेकिन मेरा ख़्याल है कि यह झूठ है। इसमें मुझे गुलाम मोहम्मद का कोई षड्यंत्र दिखाई देता है।"

अब्दुलरशीद ने कहा, "नहीं यार किसी का षड्यंत्र नहीं। मुझे अभी ईदो मिला था जो यहाँ के थाने का सिपाही है। उसने मुझे बताया कि उसी ने कल रात मौलवी को एक औरत के साथ पकड़ा है। मौलवी और वह औरत रात भर हवालात में रहे।"

मैंने पूछा, "वह औरत कौन थी?"

रशीद ने उत्तर दिया, "न जाने कौन थी? किंतु जो भी थी बड़ी आवारा मालूम होती थी जो एक पैंतालीस-पचास के बूढ़े के साथ चली गई।"

मैंने फिर पूछा, "क्या तुम आज मौलवी से मिले थे?"

उसने उत्तर दिया, "अब उससे क्या मिलना है और वह क्या हमसे मिल सकता है?"

मैंने कहा, "आओ, चलो, उससे मिलें। कम-से-कम हमें तो उससे मिलना ही चाहिए। सच पूछो तो, जाने क्या बात है, मुझे विश्वास ही नहीं आता। मुझे विश्वास कर लेना चाहिए, सब यही कह रहे हैं, और तुम भी यही कह रहे हो। इसके बाद संशय की कोई बात नहीं रह जाती, लेकिन अब भी मेरे दिल में संशय और विश्वास में एक विलक्षण संघर्ष हो रहा है।"

अब्दुलरशीद ने कहा, "मैं तो अब उससे मिलना व्यर्थ समझता हूँ, वह नहीं मिलेगा।"

मैंने उसे विवश किया, "तुम चलो तो सही—यह समझकर मिलेंगे जैसे अंतिम बार मिल रहे हैं।"

हम दोनों औरंगज़ेब होटल से बाहर निकले। अमृतसरी भाइयों की तम्बाकू शॉप तक ही पहुँचे थे कि मौलवी फ़तह अली का बड़ा लड़का रफ़ी मिला जो

दवाइयों का बक्स उठाए जा रहा था, और जिसके पीछे डॉक्टर मंसूरअली एम.बी.बी.एस. चल रहा था। मैंने रफ़ी से पूछा :

"क्यों रफ़ी, क्या बात है...कुशल..."

रफ़ी बड़ा परेशान, घबराया हुआ-सा नज़र आ रहा था। उसने केवल इतना कहा : "अम्मी...अम्मी जी...!"

और यह कहकर वह चुप हो गया और तेज़-तेज़ चलने लगा। अब्दुलरशीद ने यह सुनकर मुझसे कहा, "मालूम होता है बेचारी भली महिला मौलवी की इस लज्जाजनक करतूत का सदमा नहीं सह सकी।"

रफ़ी चुपचाप चलता रहा। हम दोनों मौलवी के घर पहुँचे। दरवाज़ा खटखटाया। डॉक्टर भीतर था। रफ़ी बाहर निकला और बोला, "ठहरिए अभी अब्बा जी को बुलाता हूँ।"

हम दोनों को बाहर सड़क पर ही ठहरना पड़ा क्योंकि मौलवी के घर में कोई बैठक नहीं थी। केवल दो कमरों का घर था। इसीलिए मौलवी ने औरंगज़ेब होटल को अपना ड्राइंगरूम, दीवानखाना, बैठक, सभी कुछ बना रखा था।

बड़ी देर तक मौलवी बाहर न आया। जब डॉक्टर बाहर निकला तो हमने डॉक्टर से बात मालूम करनी चाही। मालूम हुआ कि मौलवी की बीवी ने आत्महत्या करने के लिए डेढ़ तोला अफ़ीम खा ली थी।

रफ़ी फिर डॉक्टर के साथ शायद दवा लेने चला गया।

हमें विश्वास हो गया कि मौलवी ने सचमुच मौलवियों की प्राचीन परंपराओं का पालन किया है। वह अब हमसे मिलना नहीं चाहता। हम वापस जाने को ही थे कि अचानक मेरी नज़र दरवाज़े पर पड़ी जो ज़रा-सा खुला हुआ था और जिसमें से मौलवी चोर की तरह झाँक रहा था। मैंने उसे पहचान लिया और पास जाकर कहा :

"मौलवी! दरवाज़ा खोलो। छुपने से क्या फ़ायदा। हम तुम्हारे बेतकल्लुफ़ और शुभचिन्तक मित्र हैं। यदि तुम्हें अब भी हमारी सहायता की आवश्यकता है तो हम तैयार हैं। हम इसीलिए तुम्हारे पास आए हैं।"

मौलवी ने दरवाज़ा खोल दिया। हम भीतर दाख़िल हुए। वह कमरा नहीं था बल्कि किचन, स्नान-घर, कबाड़खाना सभी कुछ था, जिसमें एक ओर चूल्हा था, दूसरी ओर नल था। एक ओर ट्रंक रखे थे और एक कोने में बरतन पानी की बाल्टी के पास पड़े थे। मौलवी ने हमें ट्रंकों पर बैठने के लिए कहा

और स्वयं मैले कपड़ों की बड़ी-सी गठरी पर बैठ गया। उसका सिर झुका हुआ था, चेहरा मुरझाया हुआ था। थोड़ी देर तक हम तीनों चुप रहे। फिर मैंने पूछा, "क्यों भई, भाभी अब खतरे से बाहर हैं ना?"

मौलवी ने बुझे हुए स्वर में उत्तर दिया, "हाँ, बच गई।"

रशीद ने पूछा, "क्यों भई, यह बात क्या हुई थी?"

मैंने क्रोध भरी नज़रों से रशीद की ओर देखा। मैं नहीं चाहता था कि उस समय रशीद कोई ऐसी बात पूछे जिसका संबंध कल वाली घटना से हो।

मौलवी ने रशीद की ओर देखा ओर फिर मेरी ओर और एकदम तेज़, तीखे स्वर में बोला, "तुम मेरा घर देख रहे हो? एक बड़े मकान के लिए कोई पन्द्रह-बीस दर्ख्वास्तें दे चुका हूँ, कुछ नहीं होता। यह-यही दो कमरे—बल्कि एक ही—यह—यह कमरा है? इसे कमरा कहा जा सकता है?"

वह हम दोनों की ओर देखकर घूरने लगा, जैसे उत्तर चाहता हो। जैसे उसे मालूम हो कि हम कोई उत्तर नहीं दे सकते। जैसे हम उसके प्रतिदिन मिलने वाले मित्र नहीं बल्कि 'पुनर्वास विभाग' के अफ़सर हों।

उसने पुनः कहना शुरू किया, "मुझे पाकिस्तान आए दो बरस हो गए हैं। दो बरस से मैं अपनी बीवी, दो जवान लड़कों और तीन जवान लड़कियों के साथ इसी कमरे में कैद हूँ—बताओ मैं कब तक कैद रहूँ? मैं भी इन्सान हूँ, मैं पागल हो जाऊँगा-जाओ मुझे इसी कैद में घुटकर मर जाने दो, यहाँ से चले जाओ—जाओ।"

और वह स्वयं ही उठकर भीतर चला गया। भीतर से उसकी पत्नी के कराहने की आवाज़ आ रही थी। हम दो-तीन क्षण वहीं बैठे रहे फिर उठकर बाहर चले आए।

रास्ते भर रशीद बिलकुल मौन रहा। मेरी समझ में कुछ नहीं आता था कि क्या बात की जाए। हम फिर औरंगज़ेब होटल में आ बैठे। वहाँ मोहल्ले का थानेदार खान रयाज़ मोहम्मद भी बैठा चाय पी रहा था। उसने हमें देखकर चाय पीने का निमंत्रण दिया। हम उसकी मेज़ पर जा बैठे तो उसने प्याली से चाय प्लेट में उँडेली। दो घूँट पिए और चाय में भीगी हुई अपनी बड़ी-बड़ी मूँछों को रूमाल से पोंछते हुए बोला :

"यार रशीद! वह तुम्हारा दोस्त मौलवी फ़तह अली भी अजीब आदमी

निकला—अपनी बीवी को सैर कराने आधी रात को गोल बाग चला आया। लाहौल-वला-कुव्वत! ऐसे कामों के लिए घर में कोई जगह नहीं थी... ?''

रशीद और मैंने एकदम तड़पकर आश्चर्य से पूछा :

''क्या? क्या वह उसकी बीवी थी?''

थानेदार अपनी रौ में बोले चला जा रहा था—''तौबा, तौबा! इन्सान जानवर से भी बदतर हो गया है। इतनी लंबी-लंबी दाढ़ियों वालों को भी पाकिस्तान की इज़्ज़त का कोई ख़्याल नहीं, तो फिर पाकिस्तान का क्या होगा? क्यों जी?''

लेकिन हम पुनर्वास-विभाग के अफ़सरों की तरह चुपचाप बुत बने बैठे थे।

कन्हैयालाल कपूर

(1910—1980)

मेरे अपने बारे में

"नाम कन्हैयालाल कपूर। शरीर बहुत दुर्बल। क़द छह फुट के लगभग। अपने शरीर के अतिरिक्त सबसे अधिक अपने नाम से चिढ़ है, क्योंकि यह पन्द्रहवीं शताब्दी का प्रतीत होता है।

जन्म : 27 जून सन् 1910 को हुआ। शिक्षा : एम.ए. (अंग्रेज़ी)। 1934 से 1947 तक डी.ए.वी. कॉलेज, लाहौर में अंग्रेज़ी पढ़ाता रहा। इसके पश्चात् डी.एम. कॉलेज, मोगा में नौकरी कर ली। अभी तक यहीं हूँ और उस समय तक रहूँगा जब तक कोई मुझे उठाकर किसी अच्छे शहर में नहीं ले जाता।

पाँच पुस्तकों का लेखक हूँ जिनके नाम हैं—'संग-ओ-खिश्त', 'शीशा-ओ-तेशा', 'चंग-ओ-रबाब', 'नोके-नश्तर', 'बाल-ओ-पर'। सारांश यह कि पंजाबी बोलता हूँ, उर्दू लिखता हूँ और अंग्रेज़ी पढ़ाता हूँ। पत्नी केवल एक, लेकिन बच्चे छह हैं। युवा तो युवावस्था में भी न था, अब क्या हूँगा?"

—कन्हैयालाल कपूर

दो शब्द-संपादक की ओर से

उर्दू साहित्य में जब एक नया नाम और उसके साथ एक विचित्र-सी रचना नज़र आई तो लोग एकदम चौंक उठे। कुछेक ने फब्तियाँ कसीं, कुछेक ने कीचड़ उछाला और कुछेक भीतर-ही-भीतर कुढ़े लेकिन कन्हैयालाल कपूर अपनी जगह से टस-से-मस न हुआ और बराबर समाज और समाज के विभिन्न पात्रों के खोखलेपन का भंडाफोड़ करता रहा। अपनी शैली के विशेष चटखारे द्वारा वह लोगों के होंठों पर मुस्कुराहट की रेखाएँ और हँसी और अट्टहास उत्पन्न करता है, लेकिन हँसी-हँसी में ऐसा कुठाराघात भी करता है कि हँसने और कहकहे लगा चुकने के बाद हमें अनुभव होने लगता है कि हम किसी अन्य पर

नहीं स्वयं अपने आप पर हँसते रहे हैं। स्वयं ही अपना मज़ाक उड़ाते रहे हैं।

कपूर की दृष्टि बड़ी दूरगामी है। बड़े-से-बड़े विषय को निभाने के साथ-साथ प्राय: वह ऐसी बातें भी हमारे सम्मुख रखता है जिन्हें साधारण जीवन में हम कोई विशेष महत्त्व नहीं देते, लेकिन कपूर का हाथ लगते ही जब उन पर से प्याज के छिलकों की तरह तहें उतरने लगती हैं और हर तह अपने भीतर एक पूरा इतिहास, मनोविज्ञान का एक पूरा ग्रन्थ लिए हुए हमारे सामने आती है, तो हम एकदम सोचने और गम्भीर हो जाने पर विवश हो जाते हैं। और मैं समझता हूँ उसका यही कमाल उसे अन्य व्यंग्य-लेखकों से अलग और ऊँचा करता है और इसी विशेषता के कारण वह आधुनिक उर्दू साहित्य का सबसे बड़ा व्यंग्य-लेखक है।

वाक़फ़ियत

कन्हैयालाल कपूर

कुछ दिन हुए एक बुजुर्ग गाँव से पधारे। कहने लगे, ''खान अकड़ बाज़ खाँ सब-इन्स्पैक्टर फलाँ पुलिस स्टेशन को जानते हो?'' मैंने कहा, ''नहीं।'' ''हवलदार तलवारसिंह से परिचय है?'' ''नहीं!'' ''शाम लाल सिपाही को पहचानते हो?'' ''नहीं!'' मेरे उत्तर सुनकर वे झल्लाकर बोले, ''बेड़ा गर्क!'' मैंने पूछा, ''किसका?'' फ़र्माया, ''मेरा, तुम्हारा और अख्तर का!'' मैंने घबराकर पूछा, ''बात क्या है?'' उन्होंने माथे से पसीना पोंछते हुए उत्तर दिया, ''अख्तर का स्वभाव तुम खूब जानते हो। आए-दिन झगड़ा मोल लिए बिना उसे चैन नहीं पड़ता। परसों अपने सुपरिंटेंडेंट पर चाकू से हमला कर दिया। पुलिस छान-बीन कर रही है। मैंने सोचा कि तुम्हारी पुलिस वालों से दोस्ती होगी और मिल-मिलाकर मामला ठंडा हो जाएगा। लेकिन तुमने तो लुटिया ही डुबो दी।'' मैंने गंभीरतापूर्वक कहा, ''लाहौर में केवल दो आदमियों को जानता हूँ—एक है मातादीन पनवाड़ी और दूसरा चिरंजीलाल धोबी।'' उन्होंने एक बार फिर ज़ोर से कहा, ''बेड़ा ग़र्क।'' और तशरीफ़ ले गए। तीन सप्ताह के बाद फिर मेरे पास आए और पूछने लगे, ''हीरालाल सब-जज को जानते हो?'' ''नहीं!'' ''मोतीलाल रीडर से जान-पहचान है?'' ''नहीं!'' ''चाँदी लाल चपड़ासी से सिफ़ारिश कर सकते हो?'' ''नहीं!'' क्रोध में आकर उन्होंने अपना तकिया कलाम दोहराया और चले गए।

उनके चले जाने के बाद मुझे अपनी सीमित जान-पहचान पर सचमुच आश्चर्य हुआ। मैंने सोचा, 'आज तो अख्तर का मामला है, कल यदि स्वयं मुझ पर कोई आपत्ति आ जाए तो?' बहुत कुछ सोचने के बाद इस परिणाम पर पहुँचा कि वाक़फ़ियत का दायरा विस्तृत किया जाए। मेरे मोहल्ले में एक सब-जज रहते हैं। मैंने कहा, ''चलो वाक़फ़ियत का श्रीगणेश उनसे ही किया जाए।'' एक इतवार की सुबह को उनकी कोठी पर उपस्थित हुआ। कार्ड भेजा। वेटिंगरूम में, जहाँ बहुत से 'मुलाकाती' विराजमान थे, मुझे भी बिठा दिया गया। समाचार-पत्रों

के पन्ने उलटे, जंभाइयाँ लीं। एक पैकेट सिग्रेट का समाप्त किया। दरबान की मिन्नतें कीं। आखिर जब सब मुलाकाती एक-एक करके विदा हो गए तो मेरी बारी आई। कमरे में प्रवेश करते ही झुककर सलाम किया। सब-जज साहब ने चश्मा उतारा। एक सैकिंड के लिए मेरी ओर देखा। चश्मा लगा लिया। कुर्सी पर बैठने का संकेत किया। फिर चश्मा उतारा और फ़र्माया, "कहिए?"

मैंने मुस्कराकर कहा, "फ़र्माइए?"

"कैसे आना हुआ?"

"योंही"

कुछ क्षणों तक हम दोनों चुपचाप बैठे रहे। सहसा मुझे ख़्याल आया कि अब विषय बदलना चाहिए। मैंने कहा :

"बहुत गर्मी पड़ रही है।"

"हूँ!"

"लाहौर की गर्मी से भगवान बचाए।"

"लेकिन जनाब, लाहौर की सर्दी तो गर्मी से भी अधिक कष्टदायक होती है।"

"हूँ!"

उन्होंने माथे पर त्योरी डालकर कहा, "अब केवल पतझड़ की बात रह गई है उसके बारे में भी कुछ कह डालिए।"

मैंने सादर निवेदन किया, "हजूर! वसन्त ऋतु को तो आप भूल ही गए।"

कुछ क्षणों तक फिर चुप्पी रही। मैंने सोचा, अब फिर विषय बदलना चाहिए।

"आखिर जंग खत्म हो ही गई।"

"जी हाँ!"

"आखिर हिटलर मर ही गया।"

"जी हाँ!"

आखिर आॅस्ट्रेलियन टीम जीत ही गई।"

उन्होंने तुनककर कहा, "काम की बात कीजिए।"

मैंने निवेदन किया, "अगर मेरी बातें पसन्द नहीं तो आप ही कोई बात सुनाइए।"

"मैं आपकी तरह बेकार नहीं हूँ।"

मैंने बेतकल्लुफ़ी का वातावरण उत्पन्न करने की कोशिश करते हुए कहा,

''यों कहिए आपको बातें बनानी नहीं आतीं।''

उन्होंने झुँझलाकर फ़र्माया, ''आपका मतलब?''

''कुछ नहीं।'' मैंने बात टालते हुए उत्तर दिया। ''सुनिए, मैं आपको एक बहुत दिलचस्प बात सुनाता हूँ। हमारे मोहल्ले में, मेरा मतलब है, जिस मोहल्ले में आप भी रहते हैं, मातादीन पनवाड़ी की दुकान है। उसके पास एक बकरी है जिसकी पाँच टाँगें हैं। आपने शायद वह बकरी नहीं देखी। सुना है यह बकरी तीन सेर दूध...''

''क्षमा कीजिए। मेरे पास व्यर्थ की बातों के लिए समय नहीं है। आप तशरीफ़ ले जाइए।''

''ज़रूर-ज़रूर, लेकिन कभी-कभी मिला कीजिए। मेरा मकान करीब ही है। मातादीन पनवाड़ी से पूछ लीजिएगा।''

वे कुछ बुड़बुड़ाए। मैं लज्जित-सा होकर कमरे से बाहर चला आया।

सब-जज साहब के यहाँ दाल गलती न देखकर मैंने पुलिस-स्टेशन की ओर रुख किया। सोचा, 'पुलिसवाले बड़े काम के लोग होते हैं, उनसे ही दोस्ती गाँठी जाए।' पुलिस-स्टेशन के निकट पहुँचा। देखा कि एक सिपाही बंदूक उठाए पहरा दे रहा है, दो सिपाही एक मुलज़िम की मरम्मत कर रहे हैं और एक हवलदार एक बहिशती को गालियाँ दे रहा है। दफ़्तर में प्रवेश किया। मुहर्रर को सलाम किया। उन्होंने पत्थर खैंच मारा ''आप कौन हैं? यहाँ क्यों आए हैं?'' निवेदन किया, ''इन्स्पैक्टर साहब से मुलाकात करना चाहता हूँ।'' पूछा, ''आप का नाम?'' नाम बताया। फिर पूछा, ''बाप का नाम? जाति, पेशा, निवास-स्थान?'' मैंने कहा, ''ये सब मत पूछिए, मैं सिर्फ़ दो-चार मिनट के लिए इन्स्पैक्टर साहब से मिलना चाहता हूँ। फ़र्माया कि इन्स्पैक्टर साहब शहर के कुछ सम्मानित नागरिकों से बातचीत कर रहे हैं। इसलिए आधे घंटे से पहले नहीं मिल सकते। दफ़्तर में बैठ गया और इधर-उधर झाँकने लगा। बाईं दीवार पर पन्द्रह-बीस हथकड़ियाँ लटकी हुई थीं। दाईं दीवार पर लटके हुए ब्लैकबोर्ड पर हवालात में बंद कैदियों की संख्या लिखी हुई थी। सामने की दीवार पर उन लोगों के चित्र फ्रेम में लगे हुए थे जो विभिन्न अपराध करने के बाद गायब हो गए थे और जिनकी गिरफ़्तारी के लिए सरकार ने पुरस्कार नियत कर रखे थे। एक बात रह-रहकर मेरे दिल में खटक रही थी, उनमें से बहुतों का हुलिया मुझ से मिलता था। मैं सोचने लगा कि यदि इन्स्पैक्टर साहब को सन्देह हो गया तो? इतने में हैडक्लर्क ने कहा, ''आप अंदर जा सकते हैं।''

इन्स्पैक्टर साहब को झुककर सलाम किया और बातचीत का प्रारंभ इस वाक्य से किया :

''इन्स्पैक्टर साहब, आपका पेशा भी अजीब है। हमेशा चोरों, बदमाशों से पाला पड़ता है।''

वे कुछ नाराज़ से हो गए और कहने लगे, ''हमेशा नहीं। अभी आपके आने से पहले कुछ बड़े प्रतिष्ठित लोगों से बातचीत कर रहा था।''

मैंने धीरे से कहा, ''मैं शिक्षा विभाग में काम करता हूँ। शिक्षा विभाग सबसे अधिक शिष्ट विभाग है।''

''आप यहाँ कैसे तशरीफ़ लाए?''

''इन्स्पैक्टर साहब! मैं आपसे एक बात पूछना चाहता हूँ। मान लीजिए कि मेरा कोई मित्र हँसी-मज़ाक में, मेरा मतलब है क्रोध की अवस्था में, किसी की हत्या कर बैठे, तो आप उसके साथ क्या सलूक करेंगे?''

''मैं उसे जेरदफ़ा 302 ताज़ीराते-हिन्द गिरफ़्तार कर लूँगा।''

''देखिए इन्स्पैक्टर साहब, भगवान के लिए ऐसा न कीजिएगा। कम-से-कम इस बात का लिहाज़ कीजिएगा कि वह मेरा मित्र है, मैं शिक्षा विभाग में काम करता हूँ और शिक्षा-विभाग सब से अधिक शिष्ट...''

''कर्तव्य कर्तव्य है,'' उन्होंने गरजकर कहा।

''सुनिए इन्स्पैक्टर साहब! वायदा कीजिए कि आप उसे कुछ नहीं कहेंगे। और मैं वायदा करता हूँ कि प्रिंसिपल साहब से सिफ़ारिश करके आपके लड़के की फ़ीस आधी करा दूँगा।''

''मुझे ऐसी भीख की ज़रूरत नहीं। आप मुझे यह बताइए कि हत्यारा कौन है, इस समय वह कहाँ है और घटना किस जगह हुई है?''

''इन्स्पैक्टर साहब! आप भी अजीब आदमी हैं! हद है, मैं तो ऐसे अपराध के संबंध में कह रहा था जो अभी हुआ नहीं और आप अपराधी को फाँसी पर लटकवाने के सपने देख रहे है।''

''अगर यह बात है तो आप व्यर्थ में मेरा समय नष्ट कर रहे हैं।''

''अच्छा सुनिए। मैं कोशिश करके सारी फ़ीस माफ़ करा दूँगा। कहिए यह सौदा आपको स्वीकार है?''

''व्यर्थ की बातें न बनाइए और पुलिस स्टेशन से अभी बाहर चले जाइए।''

पुलिस स्टेशन से वापस घर आ रहा था। रास्ते में पागलखाना पड़ता था। मैंने सोचा, 'चलो पागलखाने के सुपरिंटेंडेंट साहब से ही परिचय प्राप्त किया जाए। न जाने किस समय कोई मित्र पागल हो जाए।' सुपरिंटेंडेंट साहब से मुलाकात की। अभी मैंने ज़बान हिलाई ही थी कि एक नौकर ने आकर कहा, "जनाब, नम्बर पच्चीस तीन घंटे से चिल्ला रहा है, मैं हुक्म का यक्का हूँ। क्या किया जाए?" सुपरिंटेंडेंट साहब चीखे, "उस हरामी के कोड़े लगाओ, ठीक हो जाएगा।" इतने में एक और नौकर यह संदेश लाया, "हजूर, नम्बर बत्तीस ने सलाखों के साथ सिर पटक-पटक कर अपने आप को लहूलुहान कर लिया है।" सुपरिंटेंडेंट साहब ने फ़र्माया, "उसकी मुश्कें कस दो और हस्पताल में पहुँचा दो।"

यह आदेश देने के बाद मेरी ओर मुड़े, "आप कैसे पधारे? किसी रिश्तेदार से मुलाकात करना चाहते हैं?"

मैंने कहा, "मैं आपसे मिलने आया हूँ।"

"फ़र्माइए!"

"सुपरिंटेंडेंट साहब, अगर मेरा कोई लेखक-मित्र पागल हो जाए और पुकारना शुरू कर दे, 'मैं प्रेमचन्द हूँ, मैं टैगोर हूँ, मैं कालीदास हूँ।'—तो आप उसके साथ क्या सलूक करेंगे?"

"मैं उसे प्यार से समझाऊँगा कि प्यारे, तुम प्रेमचन्द नहीं दुनीचन्द हो।"

"अगर वह न माने?"

"तो मैं उसे कोड़े लगाऊँगा।"

"ऐसा ग़ज़ब न कीजिएगा सुपरिंटेंडेंट साहब! लेखक तो पहले ही अधमरे होते हैं।"

"आपको शायद पता नहीं कि पागल आदमी केवल चाबुक से डरता है।"

"क्या आप यह नहीं कर सकते कि उसे शम्स-उल-उलेमा या महामहोपाध्याय की उपाधि दिला दें?"

"आप अजीब बातें करते हैं।"

"मैं अजीब बातें करता हूँ या आप! ज़रा किसी से पूछिए तो।"

"किससे पूछूँ? यहाँ सब पागल रहते हैं।"

"पागल लोग बड़े समझदार होते हैं सुपरिंटेंडेंट साहब! शेक्सपियर ने

कहा है—प्रेमी, कवि और पागल एक ही थैली के चट्टे-बट्टे हैं!''

सुपरिंटेंडेंट साहब ने अर्थपूर्ण नज़रों से मेरी ओर देखा और धीरे से कहा, ''हूँ! तनिक मेरे निकट आइए और मुझे अपनी आँखों में एक मिनट के लिए झाँकने दीजिए।''

मैंने कहा, ''अजी मैं किस योग्य हूँ? यदि आपको सचमुच आँखों में आँखें डालने की लालसा है तो किसी अच्छी चीज़ से आँखें लड़ाइए।''

सुपरिंटेंडेंट साहब पैतरा बदलकर कहने लगे, ''आप क्या काम करते हैं?''

''पढ़ाता हूँ।''

''कितने घंटे काम करते हैं?''

''बारह घंटे।''

''दूध पीते हैं?''

''कभी-कभी।''

''नींद का क्या हाल है?''

''जिस दिन पाँच पीरियड (Period) पढ़ाता हूँ, उस दिन नींद नहीं आती।''

''हुँ! मुझे पहले ही संदेह था।''

यह कहकर उन्होंने ज़ोर से घंटी बजाई। एक चपड़ासी भागा हुआ आया। मेरी ओर संकेत करके कहने लगे, ''इन्हें पहचानते हो? मेरा ख़्याल है, यह वही हैं जो पिछले साल कमरा नम्बर चालीस से भागे थे।''

चपड़ासी ने बड़े ध्यान से मेरी ओर देखने के बाद निर्णय दिया कि मैं चालीस नम्बर से मिलता अवश्य हूँ, किन्तु चालीस नम्बर नहीं हूँ।''

सुपरिन्टेन्डेंट साहब ने कहा, ''आप तशरीफ़ ले जा सकते हैं। देखिए, काम की मात्रा तनिक कम कर दीजिए।''

घर में प्रवेश करने से पहले क्षण भर के लिए मैं मातादीन पनवाड़ी की दुकान पर रुका। मातादीन ने कहा, ''कहिए क्या हाल है?''

''आपकी कृपा है। बकरी का क्या हाल है?''

''अजी साहब, बकरी तो कमाल कर रही है, अब सवा तीन सेर दूध, देती है।''

''सच?''

"हाँ साहब! लेकिन आज आपकी आँखें क्यों लाल हो रही हैं?"

"धूप में चलता रहा हूँ।"

"नहीं साहब, यह बात नहीं है, आपका जिगर बढ़ गया है, बकरी का दूध पिया कीजिए। कहें तो भिजवा दूँ।"

"ज़रूर-ज़रूर।"

"हाँ साहब, स्वास्थ्य का अवश्य ख़्याल रखा कीजिए। स्वास्थ्य नहीं तो कुछ भी नहीं।"

रामानन्द सागर

(1917—2005)

मेरे अपने बारे में

"मेरा नाम रामानन्द, उपनाम 'सागर' है। मैं 26 दिसम्बर, 1917 को लाहौर के निकट अपने ननिहाल के गाँव में उत्पन्न हुआ था। सुना है उस दिन बहुत ज़ोर का तूफ़ान आया था। यातायात के समस्त रास्ते बंद हो गए थे। गाँव एक टापू बन गया था, फिर भी मैं आ गया। बस जीवन में भी हमेशा यही व्यवहार रहा है। बड़े-से-बड़े तूफ़ानों से डरकर कभी पीछे नहीं हटा, हमेशा क़दम बढ़ाता रहा हूँ।

पाँच साल की आयु में एक संबंधी ने गोद लेकर मुझे मेरे माता-पिता से अलग कर दिया। बचपन तथा किशोरावस्था बहुत क्रूर प्रकृति के लोगों के साथ गुज़री। इसीलिए एक पीड़ित की घुटन ने जवानी से पहले ही एक बीमार-सी गम्भीरता उत्पन्न कर दी। लिखने का शौक इसी घुटन का परिणाम है।

मैंने शिक्षा डी.ए.वी. हाईस्कूल व एस.पी. कॉलेज श्रीनगर में पाई।

सत्रह वर्ष की आयु में गोद लेने वालों से शादी के मामले में दहेज की बात पर बिगाड़ हो गया और मैं घर छोड़-छाड़कर आज़ाद जीवन व्यतीत करने लगा। तब से आज तक मोटर-लॉरी के क्लीनर से लेकर फ़िल्म के कहानी और संवाद लेखक व डायरेक्टर और प्रोड्यूसर तक बहुतेरे काम किए, जिनमें बीस रुपए से लेकर कई हज़ार रुपए तक मासिक वेतन पाया। आजकल बम्बई में हूँ और 'फ़िल्मी धंधा' करता हूँ।

कहानियों का पहला संग्रह 'ज्वारभाटा' 1943 में और 'आइने' 1944 में छपा। भारत-विभाजन के बाद एक उपन्यास 'और इन्सान मर गया' उर्दू-हिन्दी दोनों भाषाओं में प्रकाशित हुआ।

मेरा पता है : 24—भाटिया बिल्डिंग, लेडी हार्डिंग रोड, माहिम, बम्बई।"

—रामानन्द सागर

दो शब्द-संपादक की ओर से

इधर एक समय से रामानन्द सागर ने लिखना छोड़ रखा है और पंजाब के फ़सादों पर एक उपन्यास *और इन्सान मर गया* के बाद तो उसने एक भी कहानी नहीं लिखी। लेकिन आज से आठ-दस साल पहले की लिखी हुई उसकी कहानियाँ—बख़्शीश, टंगमर्ग के अड्डे पर, तश्ना तकमील, क्लर्क और इक और ताजियाना ऐसी कहानियाँ अपने वातावरण और शैली की गम्भीरता के साथ-साथ व्यंग्य और स्वाभाविक कथावस्तु के कारण सदैव याद की जाएँगी।

कृश्न चन्दर की तरह सागर की प्रारम्भिक कहानियाँ अधिकतर कश्मीर से संबंधित हैं, लेकिन उसने वहाँ की खूबसूरती और बदसूरती के भेद को जिस कला-कौशल से प्रस्तुत किया है, वह पढ़ने वाले को बहलाता कम और चौंकाता अधिक है। कश्मीर के अतिरिक्त उसने मैदानों अर्थात् शहरों और ग्रामों से भी अपनी कहानियों के लिए विषय लिए हैं, और उनके साथ भी पर्याप्त न्याय किया है। आठ-दस साल पहले की उर्दू साहित्य की काम-धारा में मंटो, इस्मत और मुमताज मुफ़्ती की तरह वह भी बेतरह बहा, लेकिन इसके साथ-साथ चूँकि उसने विभिन्न सामाजिक समस्याओं को विस्मृत नहीं किया, इसलिए उसके यहाँ काम-प्रवृत्ति अपेक्षाकृत कम नज़र आती है। इस पर उसके यहाँ निरीक्षण एवं प्रेक्षण को जो महत्त्व दिया जाता है उससे उसकी कहानियाँ हमारे दैनिक जीवन की घटनाएँ मालूम होती हैं और मेरी नज़र में इसी निरीक्षण एवं प्रेक्षण में ही उसके एक सफल कहानीकार होने का भेद निहित है।

एक और कोड़ा

रामानन्द सागर

रास्ते भर उसका हृदय अशान्त रहा। दफ़्तर ही से वह कुछ बेसिर-पैर के वाक्य धीरे-धीरे बुड़बुड़ाता आ रहा था लेकिन वास्तव में ये एक ही विचार क्रम की कड़ियाँ थीं जो यौवन की उठान की भाँति कहीं-कहीं से उभर आई थीं। एक विचारक्रम—जिसका प्रारम्भ मालिक की तनी हुई भौंहों से हुआ था और जिसका मकड़ी-तार दफ़्तर की डाक, पैंडिंग रैक, अर्जेन्ट फ़ाइलों और समय से एक घण्टा बाद होने वाली छुट्टी में से होता हुआ अब तारकोल की सड़क के शोकातुर चेहरे में प्रतिबिम्बित होते हुए डूबते सूरज में विलीन होता दिखाई दे रहा था।

"बड़ा बना फिरता है...मालिक कहीं का...मैं छुट्टी नहीं दूँगा। क्लर्क हूँ, दास तो नहीं हूँ...मेरा काम भी तो आवश्यक है जिस पर मेरे भविष्य का आधार है। ऐसे अवसर कब रोज़-रोज़ मिलते हैं। वेतन कुछ नहीं, कुल साठ रुपए। यहाँ से तो फिर भी पन्द्रह अधिक हैं...जगह भी अच्छी है। वास्तव में विदेशी लोग ही मूल्य आँक सकते हैं। मनुष्य चाहे कितना ही योग्य क्यों न हो जाए, अपनों को तो वह उसी लंगोटबंद, भिखमंगे के से रूप में नज़र आता रहता है जो उसके बचपन की याद दिलाता था। सुना है वह मालिक बड़ा गुणज्ञ है। ऐसे व्यक्ति स्वयं बहुत योग्य होते हैं...और मनुष्य को पहचानने वाले भी। मुझे तो वहाँ यह भी कहने की आवश्यकता न होगी कि मैं अपनी कक्षा में बहुत अच्छा लड़का गिना जाता था। चौथी कक्षा में ही मैंने छात्रवृत्ति प्राप्त की थी। दसवीं में भी करता, किन्तु बीमारी के कारण उपस्थितियाँ कम हो गई थीं। यों तो मैं छठी कक्षा तक उस शिशुपाल की टक्कर के नम्बर लेता रहा, जिसने बाद में मैट्रिक, एफ.ए. और बी.ए. में विश्वविद्यालय के रिकॉर्ड तोड़े थे। मैं तो घरेलू परिस्थितियों से विवश हो कॉलेज में एफ.ए. भी न कर सका 'फिर मरती हुई बूढ़ी दादी की पोपली आशाओं की भेंट चढ़कर स्त्री का फंदा गले में डलवा लिया और फिर बच्चों का गधे जैसा बोझ उठाकर भी किन-किन विपत्तियों से, रातों

को जाग-जागकर, बी.ए. किया है। लेकिन सुना है वह तो मनुष्य को देखते ही अनुमान लगा लेता है—स्वयं ही हज़ारों में से पहचान लेगा कि वह है रत्न...और फिर...क्लर्क...सुपरिन्टैंडैन्ट...डायरेक्टर...डायरेक्टर-इंचीफ़...रायबहादुर ओ. वी.ई....के.सी....।

उसकी बगल से एक बेबी-कार सन से निकल गई। अब तक डूबते सूरज का प्रतिबिंब भी डूब चुका था और फ्लेमिंग रोड शोकातुर, तारकोल लपेटे, उदास-सी, किसी अपाहिज भिखमंगे की तरह, धूल में लथपथ पड़ी थी।

उस दिन आ जाएगा—"मुझे रायबहादुर जी से मिलना है"...डायरेक्टर से मिलने के लिए कितने-कितने यत्न नहीं करेगा...आज भविष्य के इस बड़े व्यक्ति को दो दिन की छुट्टी तक नहीं दे सकता...ये लोग भी कितने अंधे होते हैं...कितने स्वार्थी कुछ भी हो, वह मेरा रास्ता तंग नहीं कर सकता...मैंने भी प्रार्थना-पत्र दे ही डाला है। अधिक-से-अधिक यही होगा न कि मैं बिना आज्ञा चला जाऊँगा...नौकरी से निकाल देगा? अच्छा ही है, मुझे नए काम पर जाने के लिए त्याग-पत्र देने की आवश्यकता न रहेगी...दो-चार दिन के बाद ही...

सिपाही की निरन्तर सीटियों ने उसे सड़क के चौथाई भाग से वापस लौट जाने पर विवश कर दिया। सामने कांस्टेबल की लाल और नीली पगड़ी के ठीक ऊपर एक बड़ा-सा लैम्प लटक रहा था जिसका प्रकाश बिलकुल चाँदनी की नकल था। इस कृत्रिम चाँदनी में माल-रोड कुछ ऐसी दिखाई दे रही थी जैसे कोई साँवली-सलोनी स्त्री जहाँगीर-काल की ढाका की बनी हुई शबनम का दोपट्टा ओढ़े पड़ी हो। सामने चौक के ठीक बीचोंबीच कांस्टेबल खड़ा था। दाँतों में ह्विसल दबाए और दाहिने बाजू को घड़ी के पेंडुलम की तरह नियमबद्ध हिलाता हुआ...उसके सामने से कारें, लैंडोबाडी, रेसिंग, टूरिंग, लखनवी रंडियों की-सी नुकीली, रंगदार, चमकदार...हर प्रकार की कारें, पंक्ति-दर-पंक्ति, सुंदर, सजीली तथा लचकीली सवारियों को उठाए शबनम के दोपट्टे में लिपटी हुई कई साँवली-सलोनी स्त्रियों की छातियों को रौंदती भागी जा रही थीं। सवारियाँ स्वरिगम साड़ियों, जारजैट के ब्लाउजों, बाटा की सैंडलों, बोरजुये के पाउडरों और 'ईवनिंग्ज इनहेल' लिपस्टिकों के बोझ से इस बुरी तरह दबी हुई थीं कि उनके हाथ सिपाही को संकेत तक न कर सकते थे। अतएव मोटरों के पहलुओं से सुर्ख शीशे के बने हुए हाथ उठते और जिधर को जाना होता था, उधर को संकेत कर देते थे। वह उन सबका रक्षक था...उन्हें दुर्घटनाओं से

बचाने वाला...लेकिन स्वयं? क्लब से पी-पिलाकर आने वाले 'साहबों' की डगमगाती कारों और चोटियों के गिर्द लिपटे हुए मोतियों के हारों की सुगंधि से बसे हुए इस अर्ध-अँधेरे-अर्ध-उजाले वातावरण से पूरा-पूरा लाभ उठाने वाले, जो फ्रंट सीट पर पहलू में बैठी हुईं सुंदरियों की ओर झुक-झुक जाते थे, उन सबके बीचोंबीच खड़ा वह स्वयं कितना आरक्षित था किसी एक की मस्ती भरी चूक और टैनिस के बाल की तरह एक निर्जीव शव उछलकर परे गन्दी नाली के गढ़े में जा गिरेगा...यदि कार के कोई आघात आ गया तो तुरंत बीमा कंपनियों में भगदड़ मच जाएगी। उसी मस्ती भरी चूक के कारण चाँदी के हज़ारों सिक्के उन्हें मिल जाएँगे 'इधर कई मुसीबतें...अफ़सरों की कोठियों पर एक विधवा और चार बच्चों का नहार-मुँह जा बैठना और दफ़्तर जाते समय उनके सामने भिखमंगों की तरह हाथ बाँधकर खड़े हो जाना...महीनों की दफ़्तरी कारवाहियाँ...और फिर उनके लिए आधे वेतन के साढ़े आठ रुपए मासिक की स्वीकृति और फिर एक नया व्यक्ति घंटे के पैंडुलम की तरह अपने दाहिने बाजू को हिला-हिलाकर उनकी रक्षा कर रहा होगा लेकिन वह स्वयं?

यह इसी प्रकार होता रहेगा...हम आरक्षित सहारों पर खड़े होकर उनकी रक्षा करते रहेंगे...उनकी कारों की रक्षा...फटी हुई जिल्दों वाली भारी लैजरों, कैश बुकों की रक्षा...उसके बदले में हमें माँगने पर दो दिन की छुट्टी नहीं मिलेगी...एक विधवा और चार बच्चों को साढ़े आठ रुपए मासिक मिलेंगे...चार बच्चे और एक विधवा...लेकिन ये इतने बच्चे क्यों उत्पन्न हो जाते हैं। 'सत्रह रुपए में चार बच्चे पल भी सकते थे?...मेरा वेतन पैंतालीस रुपए है और तीन बच्चे...एक के लिए पायजामा नहीं, दूसरा केवल एक पायजामा ही पहने फिरता है और तीसरे के लिए तो केवल एक लंगोटी ही मौजूद है...और चौथा...जिसके उत्पन्न होने में अभी महीना-पन्द्रह दिन बाकी हैं, लेकिन जो पिछले हफ़्ते ही से उतावला मालूम होता है और फिर...बधाइयों की बौछार...भाँड...हिजड़े...नाई...धोबी...डोम भंगी हर ओर से बधाई की आवाज़...लेकिन बच्चे मरे हुए भी तो उत्पन्न हो सकते हैं... होते भी हैं। भाग्यवानों के यहाँ तो बच्चे कोठों से भी गिर पड़ते हैं, मोटरों तले भी कुचले जाते हैं, भीड़-भड़क्के में खो जाते हैं...काश...काश!

इन्हीं विचारों में वह चौक को बहुत पीछे छोड़ आया। गणेशघाट के निकट से गुज़रते समय उसे न जाने क्या ख़्याल आया कि वह नित्यानन्द ज्योतिषी की बैठक को चला गया...

"पण्डित जी! मैं पिछले कई दिनों से तरह-तरह के सपने देख रहा हूँ। आपसे उनका अर्थ पूछने आया हूँ।"

पण्डित जी ने अपनी खशखशी दाढ़ी को खुजलाते हुए सामने रक्खी हुई जन्मपत्री पर से नज़रें हटाकर उसकी ओर देखा।

"क्या सपने देखते हो?"

"कल तो मैंने देखा, जैसे मैं मोटे-मोटे रस्सों में जकड़ दिया गया हूँ और एक काला भुजंग भयंकर-सा व्यक्ति मेरी नंगी पीठ पर कोड़े लगाए चला जा रहा है। जब शाप से चोट पड़ती है तो ऐसा लगता है कि उसकी रस्सी मांस में धँस जाती है और जब वह उसे वापस खींचता है तो लंबोतरे घावों से खून रिसना शुरू हो जाता है। यों सैंकड़ों कतरे उसी काले आदमी के पैरों पर गिरते चले जा रहे हैं, वह हँसता चला जा रहा है और कोड़े की हर नई चोट पर पीछे से कोई पुकार उठता है—बधाई!"

पण्डित जी ने ऐनक अपने माथे से फिसलाकर आँखों के सामने कर ली और एक पोथी निकालकर उसमें कुछ देखने लगे। वह भी खुले पन्ने पर झुककर पढ़ने लगा।

"...रात के पहले पहर में जो सपना देखा जाए उसका फल चार महीनों तक, जो प्रभात समय देखा जाए उसका फल दो सप्ताह के भीतर मिलेगा...स्वप्न में राजा, गाय, ब्राह्मण को देखना अच्छा है...लाल वस्त्रों की कोई स्त्री देखो तो मकान को आग लगेगी...पानी में कूदो तो सख्त खतरा है हाँ पार कर जाओ तो समझो कि बच गए पहाड़ की चोटी पर चढ़ना..."

वह यहाँ-वहाँ से व्याख्याएँ पढ़ रहा था कि एकाएक पण्डित जी ने सिर उठाया।

"बड़ा अच्छा सपना है तुम्हारा..."

"क्या है अर्थ इसका?"

"ग्रंथकार तो लिखता है कि ऐसे व्यक्ति को कोई बहुत बड़ा लाभ होगा। उसका पद अचानक बढ़ने वाला है, जिससे उसे चारों ओर से बधाइयाँ मिलेंगी।"

उसने एक चवन्नी पण्डित जी की पोथी पर रख दी और चला आया।

"ज्योतिषी भी कितने विद्वान होते हैं, भाग्य की बात बता देते हैं...पद बढ़ने वाला है, इसमें अब संदेह ही क्या है। व्यक्तिगत परिश्रम से मैंने शिक्षा

ग्रहण की है, इसका मूल्य बाहर वाले ही जानते हैं। ऐसे ही परिश्रमी जीवों ने संसार में अपनी धाक जमाई है...अमरीका के प्रधान बने हैं...प्रधानमंत्री बने हैं... यूहरर बने हैं...।

"तुम्हारा इकबाल दूना हो बाबू...एक बेवा पर भी तरस खाता जा। तुम जैसे बड़े लोगों के सहारे ही हम जीते हैं..."

फुटपाथ के एक ओर एक सिमटी-सिमटाई बुर्कापोश औरत अपनी झोली फैलाए बैठी थी। उसके समीप ही तीन नन्हे-नन्हे, अध-नंगे बच्चे सिर पर आती हुई रात के धुँधलके में अपने चेहरे छुपाए पड़े थे...यह बुढ़िया बुर्के में से भी मेरे बड़प्पन को महसूस कर रही है। कहा करते हैं कि बड़े आदमी को देखते ही उसकी महानता का अनुभव हो आता है। अवश्य ही उनके इर्द-गिर्द के शून्य में कोई शक्ति रहती होगी!

उसने जेब में हाथ डाला और बड़ी लापरवाही से तीन सिक्के निकालकर उसकी झोली में डाल दिए। उसने देखा तक नहीं कि क्या दिया है। कदाचित उसकी 'महानता' इतनी हीनता सहन न कर सकती थी। इस समय उसे ऐसा लग रहा था जैसे उसे इसीलिए 'महानता' प्रदान की गई है कि वह दुखी, विशेषत: आर्थिक रूप से पीड़ित, लोगों का आश्रय बन जाए।

दहलीज़ के भीतर पैर रखते ही नन्हे बद्री ने शोर मचाना शुरू कर दिया... पैसा...पैसा...

और जब तक उसने कपड़े उतारे, बद्री ने रोना भी शुरू कर दिया। उसने एक पैसा उसके हाथ में थमा तो दिया लेकिन बद्री के रोने से उसका मस्तिष्क खलबला गया।

"एक अलग कमरा होना चाहिए मेरे लिए—जहाँ मैं अपनी मानसिक शांति के साथ पाँच मिनट बैठ सकू यहाँ एक ही कमरा है जो ड्राइंग-रूम, स्लीपिंग-रूम, वेटिंग-रूम, अर्थात् सब कुछ है, खैर..."

वह इसी कमरे के साथ के एक पाँच फुट चतुष्कोण कमरे में प्रविष्ट हुआ। उसकी पत्नी अंगीठी को फूँकने का असफल प्रयत्न कर रही थी। बढ़े हुए पेट के कारण वह झुक न सकती थी। उसके पास ही एक डेढ़ साल का बच्चा "रें-रें" कर रहा था। पत्नी हर दो मिनट के बाद पेट के निचले भाग को हाथ से दबाकर मुँह बिसूरती थी।

"क्या आज ज़्यादा तकलीफ़ है?"

"कुछ है तो सही...आप अभी तक कुछ भी सामान नहीं लाए। बाद में लाने से फ़ायदा? और आपने दाई को भी नहीं कहलाया..."

"मैं सब कुछ ला दूँगा...अभी दाई को क्या करोगी...उनके हाथ गंदे होते हैं। वे नाखून तक नहीं काटतीं। तुम्हारे लिए नर्स का इन्तज़ाम करूँ?"

"नर्स के लिए पाँच रुपए रोज़ की फ़ीस भी तो है।"

"ओह कोई बात नहीं। खैर, अब के तू गुज़र कर ले-आगे को खास नर्स रखा करूँगा...अच्छा, क्या-क्या कहा था लाने को...जायफल, मीठा तेल, घी और।"

"सोंठ, गुड़, खाँड और।"

"खाँड? खाँड पर तो कंट्रोल हो गया है। खैर...।"

दुकानदार ने पुड़ियाँ बाँधते-बाँधते हिसाब करके कहा।

"आठ रुपए।"

"आठ रुपए? आठ रुपए किस तरह?"

"देख लीजिए, आपके सामने धरा है सब सौदा। यह दो रुपए का घी, एक रुपए का..."

"दो रुपए का घी? दो का नहीं भाई, एक ही का कर दो, मेरी जेब में फुटकर सात ही रुपए हैं, वरना सौ का नोट है।"

दुकानदार घी वापस निकालने लगा। उसने बटुवा अपनी हथेली पर उलट लिया। पाँच का एक नोट, एक रुपया और दो पैसे अपने लाल और श्वेत चेहरे दिखाने लगे। उसने बटुवे को बहुतेरा उल्टाया, घुमाया। कोनों में उँगलियाँ ठोंस कर उसे एक जगह से उधेड़ भी दिया, लेकिन वह सातवाँ रुपया कहाँ था? वह हिसाब करने लगा।

"सवा पाँच आने मेरी जेब में थे। सात रुपए रफ़ी टाइपिस्ट से उधार लिए। पण्डित जी को चवन्नी दी...घर आकर बद्री को एक पैसा दिया और, हाँ, उस बुर्के वाली को जाने क्या दिया था...और तो कहीं खर्च नहीं किया...तो इसका मतलब है बुर्के वाली को एक रुपया दो पैसे दिए....तभी इतने गुण गा रही थी। दुआएँ तो एक पैसे में भी बीस प्राप्त की जा सकती हैं...एक रुपया...एक रुपए में उससे क्या कुछ प्राप्त नहीं किया जा सकता था..."

"लीजिए बाबू जी! क्या कोई कुली भी चाहिए?"

"कुली?" उसने चौंककर दुकानदार की ओर देखा जैसे अभी-अभी

दुकानदार ने कहा हो, 'क्या एक और कोड़े की चोट सहन कर सकते हो?'

उसने चाहा कि पूरा सौदा सिर पर उठा ले और दुकानदार से कह दे कि नहीं। अभी तुम लोग और कितने कोड़े मारोगे? ये सब कोड़े ही तो हैं, यह जायफल, यह सोंठ, यह खाँड के बने हुए मीठे कोड़े, ये बच्चे और फिर यह कुली...बेगाना कुली क्यों? आखिर हम बच्चे किसलिए उत्पन्न करते हैं—ये बच्चे जिनका बोझ पश्चिमी राज्य अपने ऊपर ले लेते हैं; फिर भी यहाँ सरकारी बर्थ कंट्रोल कलंक है और हमारे यहाँ वह महात्मा जी का उपदेश—ब्रह्मचर्य रखो, स्त्री से बहन का-सा व्यवहार करो—अर्थात् यदि किसी के सुंदर बदन को देखकर हममें कोड़े की चोटें सहन करने की शक्ति विद्यमान रहती है तो वह भी न रहे...अर्थात् प्रकृति ने लिंगाकर्षण, अंगों की भिन्नता और...और सब कुछ व्यर्थ में बनाया है। अन्य जीवों के बिलकुल विपरीत हमें पत्नियों को माँ-बहनें बनाने को कहा जा रहा है। यह भी तो एक कोड़ा है...कोड़ा...जिसकी चोट पूरी-की-पूरी जाति को मौत की नींद सुला सकती है...

''आप क्या सोच रहे हैं बाबू जी...कुछ खो गया है क्या?''

दुकानदार ने दूसरे ग्राहक को आते देखकर कहा।

''नहीं, कुछ नहीं, अच्छा यह लो दाम...''

''यह तो छह रुपए हैं!''

''हैं...हाँ...घी नहीं चाहिए...कल ही एक टीन ग्रोकाड़ा से मँगवाया था, मुझे भूल ही गया था।''

''मैंने कहा, कुली बुलवाऊँ?''

''हाँ जी, कुली के बिना कैसे होगा?''

और वह चोट खाकर भागने वाले की तरह फुर्ती से एक ओर चल दिया मानो इस प्रकार चोट की पीड़ा कम हो जाती हो।

'आखिर कुली के बिना किस तरह काम चल सकता है? रास्ते में भी तो अच्छे-अच्छे लोग मिलते हैं। काक साहब ही हैं, कितने बड़े आदमी हैं। लेकिन यों मिलते हैं जैसे मैं असेम्बली का प्रेज़ीडेंट हूँ और वे एक उम्मीदवार। जिन्हें बड़ा बनना हो, निःसन्देह पहले ही उनके इर्द-गिर्द के शून्य में शक्ति विराजमान रहती होगी। यदि वे रास्ते ही में मिल गए तो? कम्बख्त नाई भी तो कितने ही दिनों से नहीं मिला। मेरे नाखून कितने बढ़ रहे हैं...'

उसने नाखूनों की ओर देखा। और यह बूट पालिश का धब्बा! उसने दोनों

हाथ कोट की जेब में छुपा लिए, जैसे काक साहब सामने खड़े बातें कर रहे हों और उनकी नज़रें उसके हाथों पर ही केंद्रित हो गई हों। उसने जेब के भीतर ही भीतर हाथों को घिसाकर पालिश का धब्बा साफ़ करने का प्रयत्न किया और फिर अपने सूट पर एक छिछलती-सी नज़र डाली जिस पर पूरे एक मास का वेतन खर्च हुआ था। अपना सूट देखकर वह फिर संतुष्ट-सा हो गया।

अचानक बगल से एक खूबसूरत कार निकल गई। वह उसकी दूर होती हुई नम्बर-प्लेट बड़े ध्यान से देखता रहा—'काक साहब की कार! उन्होंने देखा नहीं होगा! कार तो बड़ी खूबसूरत है लेकिन है शिवरले। मैं तो जब खरीदूँगा फोर्ड ही खरीदूँगा! भला फोर्ड का क्या मुकाबिला? ब्यूक, पौण्टेक, चजलर... भला यह भी कोई गाड़ियाँ हैं! ज़रा-सी खराबी उत्पन्न हो जाए तो मुसीबत आ जाती है। मैं तो...'

उस रात उसे कई बार जागना पड़ा। पत्नी को पीड़ा हो रही थी। समय से पूर्व की प्रसव-पीड़ा का एक ही हितकर परिणाम हो सकता था कि बच्चा जीवित नहीं होगा।

पत्नी ने पूछा, "आप घी क्यों नहीं लाए?"

"उसके पास था नहीं, कहता था, सुबह दुकान खोलते ही दे दूँगा।" लेकिन दिल में वह सोच रहा था कि 'बच्चा ही मुर्दा होगा तो फिर घी को क्या करेगी! वह तो न तेरा दूध पीएगा न मेरा खून...'

दफ़्तर जाते समय उस बेचारी से खाना भी तो न पकता था। उसने कहा, "आज दफ़्तर से छुट्टी ही ले लेते।"

"आज किस तरह ले लूँ? कल मुझे फिर चाहिए। आज दरख्वास्त का जवाब आने वाला है। कल मुझे इंटरव्यू के लिए जाना होगा। इसी पर हमारे भविष्य का आधार है। यों भी घबराना नहीं चाहिए। शाम तक कुछ नहीं होगा। ये काम इतनी जल्दी नहीं हो जाते..."

माँ के निकट बैठा हुआ छोटा बच्चा कोई चिंगारी आ पड़ने से अचानक चीख उठा। पत्नी ने बच्चे को उसकी ओर ढकेलते हुए कहा, "ज़रा इसे सम्भालिएगा।"

"एक तो बच्चों ने नाक में दम कर रखा है। आदमी कोई स्कीम ही सोचे, कोई बड़ी बात ही सोचे, लेकिन ये कहाँ सोचने देते हैं। इन्हें खिलाने का काम तो नौकरों का होता है..."

पत्नी की आँखों में आँसू आ गए।

"नौकर आएँगे कहाँ से? आप तो हवाई किले बनाते-बनाते बिगड़ जाते हैं। इन बेचारों को हर वक्त 'खाऊँ, खाऊँ' करते रहते हैं।"

पत्नी के आँसू देखकर उसे कुछ ग्लानि हुई। वह अपने पेट के निचले भाग को थामकर मुँह बिसूर रही थी।

"मुझसे तुम्हारा कष्ट देखा नहीं जाता। लेकिन तुम मुझे पागल समझती हो। विश्वास करो, यह बस कुछ ही दिनों की बात है, फिर मैं तुम्हें बताऊँगा कि जीवन-स्तर क्या होता है? हमने तो अपनी 35 वर्ष की आयु में अभी तक जीवन ही नहीं पाया। मुझे बच्चे बुरे तो नहीं लगते। मैं तो इनके बारे में भी बड़ी बातें सोचता रहता हूँ। देखो आज सवेरे बद्री एक छोटी-सी लकड़ी को तलवार की तरह कमर से लटकाए फिरता था। इससे स्पष्ट है कि उसके स्वभाव में सैनिक प्रवृत्ति है। विलायत वाले अपने बच्चों को उनकी प्रवृत्तियों के अनुसार बचपन ही से शिक्षा देते हैं और वे बड़े आदमी बनते हैं। तुम देख लेना, अगले महीने दूसरी नौकरी से जब अधिक वेतन आएगा तो मैं इसे एक फ़ौजी वर्दी, लौंग-बूट और खेलने की तलवारें, बंदूकें ले दूँगा। विश्वास रखो, हमारा बद्री किसी दिन मेजर होगा या कर्नल...और हमारा शील तो कोई कवि है। तुमने देखा नहीं कि किस प्रकार जहाँ पानी देखे, घंटों बैठा रहता है। उसे अपने बाग में नन्हे-नन्हे तालाब और बोट बनवा दूँगा और उसे चारों भाषाओं का साहित्य पढ़ाऊँगा...और फिर..."

दफ़्तर में डाकिए ने उसे एक लिफ़ाफ़ा दिया। उसने जो प्रार्थना-पत्र भेजा था, सर्टीफ़िकेटों की भरमार से उसका वज़न अधिक हो गया था, अतएव दो पैसे का बैरंग होकर, और लेने वाले के इन्कार करने पर, उसके पास वापस आ गया था।

उसने चुपके से इकन्नी डाकिए के हवाले कर दी। उधर से रफ़ी टाइपिस्ट भागा-भागा आया।

"तुम्हें बाहर कोई बुढ़िया बुलाती है।"

बाहर आकर देखा तो पड़ोस की विधवा ब्राह्मणी थी।

"जल्दी चल, तेरे घर लड़का हुआ है..."

"ज़िन्दा है?"

"तेरी जीभ को क्या हुआ रे। चन्दा-सा है, चन्दा-सा। सकल देखोगे तो बधाई दूँगी।"

अचानक पीछे से कोई पुकार उठा, ''बधाई हो!''

मुड़कर देखा तो रफ़ी टाइपिस्ट दूसरे क्लर्कों को बुला रहा था।

''अरे जल्दी आओ, इसे बधाई दो, मिठाई खाने का मौक़ा है।'' कई आवाज़ें पुकार उठी, ''बधाई...बधाई...बधाई!''

एक साथ इतनी चोटें वह सहन न कर सका। उसका दिमाग धुँधला गया और उसमें आड़ी-तिरछी रेखाएँ, बेजोड़ चित्र बड़ी तेज़ी से घूमने लगे...चंदा-सा लड़का...सर...डायरेक्टर-इंचीफ़...कर्नल...मेजर...घड़ी के पेंडुलम की तरह बाज़ू हिलाता हुआ कांस्टेबल, जार्जेट के ब्लाउज़, किसी की मस्ती-भरी चूक...और एक विधवा के पहलू में बैठा हुआ अध-नंगा, अबोध, अनाथ, भिखमंगा लड़का...साढ़े आठ रुपए मासिक...कुली...मोटे-मोटे रस्सों में जकड़ा हुआ व्यक्ति लंबोतरे घावों से रिसता हुआ लहू...बधाई...बधाई...

इस्मत चुग़ताई

(1915—1991)

मेरे अपने बारे में

"भई, मेरी जीवनी बिलकुल इस योग्य नहीं है कि उसे गर्व से बताया जा सके। बचपन घर में पिटते-पिटाते गुज़रा। शिक्षा बड़े बेढंगेपन से हुई। अध्यापक हमेशा मुझसे निराश रहे। अलीगढ़ और लखनऊ में पढ़ी हूँ। अध्ययन का शौक बड़ा बेढब है। नहीं पढ़ती तो दैनिक-पत्र तक नहीं पढ़ती और जो पढ़ना शुरू करती हूँ तो दिन-रात एक हो जाते हैं। यही हाल लिखने का है।

सबसे पहला लेख बचपन लिखा था जो 'तहजीब-ए-नसवाँ' (पत्रिका) को भेजा जिसके सम्पादक इमत्याज़ अली साहब ने लिखा कि इस लेख में तुमने 'कुरान' की तालीम का मज़ाक उड़ाया है। अतएव लिखने का इरादा ठप्प! फिर किसी तरह फसादी (कहानी) लिखी और साहस करके 'साकी' को भेज दी, परंतु यह भी लिख दिया कि खुदा के लिए कहानी पर मेरा नाम मत छापिएगा।

वास्तव में मुझे बदनामी का भय था कि लोग क्या कहेंगे, कितना 'गंदा' लिखा है। पता नहीं इतनी गुमनाम होते हुए भी बदनामी का भय क्यों था।

यह 1938 का ज़िक्र है। उस समय से बराबर लिख रही हूँ। अब तक कहानियों के चार संग्रह—'ड्रामा', 'धानी बाँके', 'ज़िद्दी' और उपन्यास 'टेढ़ी लकीर' प्रकाशित हो चुके हैं। आजकल फ़िल्म लाइन में हूँ और करीब-करीब लिखना छूट गया है।

जीवनी के प्रसंग में शायद मुझे यह भी बताना पड़ेगा कि शादी कब हुई? लेकिन यह बताने में मुझे हानि पहुँचने का डर है क्योंकि एक बार एक आलोचक महोदय ने फ़र्माया था कि जब से मैंने शादी करके हंडिया-चूल्हा सँभाला है मेरी रचनाओं में वह रस और जीवन नहीं रहा। अगर आपको मालूम

हो गया तो आप हिसाब लगाकर न जाने मेरी कौन-कौन-सी कहानियाँ रद्दी की .फ़ेहरिस्त में दाखिल कर देंगे।

मेरा पता है : 3—इंडस कोर्ट, .फ़र्स्ट .फ़्लोर, ए. लेन, मेरिन ड्राइव, बम्बई-1 "

—इस्मत चुग़ताई

दो शब्द-संपादक की ओर से

इस्मत चुग़ताई का नाम लेते ही 1939-40 का वह ज़माना याद आ जाता है जब 'भद्र' लोग उसके नारी होने पर संदेह करते थे। उसकी स्पष्टोक्ति और 'धृष्टता' पर उसे गालियाँ देते थे। जिस पत्र-पत्रिका में उसकी कहानी छपती थी उसे घर की महिलाओं से बचा-बचाकर रखते थे, लेकिन स्वयं छुप-छुपकर पढ़ते थे और आनंदित होते थे।

इस्मत चुग़ताई ने समाज की कुछ ऐसी मज़बूत दीवारों में छिद्र किए हैं कि जब तक वे अडोल खड़ी थी, कई मार्ग आँखों से ओझल थे। पर्दे की लानत और घर की कड़ी चारदीवारियों में घिरी हुईं जवानियाँ, जो जवान होने से पहले ही बूढ़ी हो जाती हैं, और अपने जन्म से अपनी मृत्यु तक का सफ़र विचित्र निराशा, पीड़ा लेकिन मूक भाव से तय करती हैं, इस्मत की कहानियों की विशेष पात्र हैं। अपने इन जवान लेकिन बूढ़े पात्रों द्वारा उसने जीवन के जिन सूक्ष्म अंगों का ऑपरेशन किया है और अपनी नज़र का तीखा नश्तर चलाया है, वह किसी नारी का, और वह भी इस्मत चुग़ताई ही का, भाग था। इस प्रकार की कई विशेषताओं के अतिरिक्त जो चीज़ इस्मत को अन्य महिला कहानी-लेखिकाओं से ऊँचा उठाती है, वह है उसकी भाषा तथा शैली की महानता। महिलाएँ ही क्यों, मेरी राय में तो उर्दू में अभी तक कोई पुरुष कहानी-लेखक भी ऐसा उत्पन्न नहीं हुआ जो इस्मत की भाषा के रस तथा लालित्य का मुकाबला कर सके।

इस्मत का व्यक्तित्व उर्दू साहित्य के लिए अत्यंत गौरवशाली है।

बहू-बेटियाँ

इस्मत चुग़ताई

यह मेरी सबसे बड़ी भाभी हैं। मेरे सबसे बड़े भाई की सबसे बड़ी पत्नी। इससे मेरा अभिप्राय कदापि यह नहीं है कि मेरे भाई की, भगवान न करे, बहुत-सी पत्नियाँ हैं। वैसे यदि आप इस ओर से उभरकर प्रश्न करें तो मेरे भाई की कोई पत्नी नहीं। वह अब तक कुँवारा है। उसकी आत्मा कुँवारी है। यों लोगों की नज़र में वह बड़ी भाभी का स्वामी और ईश्वर, तथा पौन दर्जन बच्चों का पिता है। उसका विवाह हुआ, वह दूल्हा बना, घोड़े पर चढ़ा, दुल्हन को घर लाकर पलंग पर बिठाया, फिर स्वयं भी पास बैठ गया और तब से बराबर बैठ रहा है लेकिन दार्शनिक बातें समझने वालों ही को मालूम है कि वह कुँवारा है और सदा कुँवारा रहेगा। उसका दिल न ब्याहा जा सका और न कभी ब्याहा जाएगा। वह न कभी दूल्हा बना, न घोड़े पर चढ़ा, न दुल्हन को लाया, न उसके संग उठा-बैठा। वह तो उसका पिता था, जिसने उसका विवाह तय किया—ऐरे-गैरे नत्थू-खैरे की राय से। वह विद्रोह की ज्वाला में झुलसता रहा लेकिन चूँ न कर सका, क्योंकि वह जानता था कि उसके पिता के हाथ बहुत तगड़े और जूते उससे भी तगड़े हैं। इसलिए उसने उचित समझा कि वीरगति तो वह प्राप्त कर ही रहा है, जूते द्वारा वीरगति प्राप्त न करे तब भी कोई फ़र्क नहीं पड़ता। अतएव वह दूल्हा बना और सेहरे के पीछे ताड़ने वालों ने ताड़ लिया कि एक और सेहरा बँधा है जो उसकी अभिलाषाओं के रक्त में डूबे हुए आँसुओं से गूँथा गया है, जिसमें सुनाई न देने वाली सिसकियाँ पिरोई हुई हैं, जिसमें उसकी मसली हुई भावनाएँ और कुचली हुई प्रसन्नताएँ बँधी हुइ हैं। वह घोड़े पर नहीं चढ़ा, उसका शव माता-पिता की हठधर्मी के घोड़े पर लटका दिया गया है। वह अपनी दुल्हन नहीं लाया बल्कि वह उसके माता-पिता की दुल्हन थी, उन्हीं की ब्याहता थी।

लेकिन एक आज्ञाकारी पुत्र की तरह, बिना चीखे-चिल्लाए, वह दुल्हन के पास भी गया। उसका घूँघट भी हटाया। लेकिन वह यही सोचता रहा कि वह स्वयं वहाँ नहीं है, वरन् यह उसका पिता है जो उस दुल्हन का दूल्हा है। लेकिन

चूँकि मेरी भाभी उस समय बड़ी न थी—मेरा मतलब है शारीरिक रूप से वह दुबली-पतली तथा नाज़ुक-सी छोकरी थी इसलिए क्षणभर के लिए मेरे बड़े भाई का शरीर उससे ब्याह गया। लेकिन बहुत शीघ्र ही वह दुबली-पतली स्त्री बढ़ने लगी। मेरे भाई ने उसके ऊपर चढ़ते हुए माँस को न रोका। उसकी जूती रोकती! वह उसकी थी ही कौन?

लेकिन वे बच्चे...उसके माता-पिता के बच्चे, जिन्हें वह कभी भूले से भी न छूता, संख्या में बढ़ते रहे। नाकें सुड़सुड़ाते, मैली टाँगें उछालते, बावेला मचाते लेकिन मेरे भाई के दिल के दरवाज़े वैसे ही बंद रहे। वह वैसा ही कुँवारा और बाँझ रहा। मेरी भाभी कुछ ऐसी समस्याओं में फँसी कि उसने पलटकर भी भैया की ओर न देखा। जैसे कहती हों—मैं पहले सास-सुसर की बहू हूँ, ननद की भाभी हूँ, बच्चों की माँ हूँ, नौकरों की मालकिन हूँ, मोहल्ले-टोले की बहू-बेटी हूँ, फिर यदि समय मिला तो तुम्हारी पत्नी भी बन जाऊँगी।

भैया को इस प्रकार की साझे की हाँडी बड़ी फीकी और बेमज़ा लगी। उसने अपना दिल सँभालकर उठाया, बिखरे कण समेटे और तलाश में निकल खड़ा हुआ। उमने कितनी ही दहलीज़ों पर उन चकनाचूर काँच के टुकड़ों को जाकर रखा लेकिन कोई मरहम, कोई दवा ऐसी न मिली जो उन टुकड़ों को जोड़ देती। इसलिए वह अब भी अपना कुँवारा दिल लिए फिर रहा है, किसी दिलवाली की तलाश में।

उसने दिलवालियों को वेश्याओं के कोठों पर ढूँढ़ा, गंदी गलियों में घूमने वाली टकयाइयों में तलाश किया। रेडियो-स्टेशनों में गाने वाली सुंदरियों और कलाकारों में टटोला। अस्पतालों की नर्सों में भी खोजा, फ़िल्मी परियों की गुफाओं में भी भटका और एक्स्ट्रा लड़कियों के झुरमुट में भी झाँका। गाँव की उजड्ड गँवारियों, सड़क कूटने वालियों, मछेरनों और भटियारियों के आगे भी हाथ फैलाया। ड्राइंग-रूम में उगने वाली और बॉल-रूम में थिरकने वाली शिष्ट महिलाओं से भी भीख माँगी, लेकिन उसे कहीं दिलवाली न मिली। लाखों ही घूँघट पलट डाले लेकिन वही स्त्री, वही सास-ससुर की बहू, वही उसके बाल-बच्चों की माँ दिखाई दी।

मेरी भाभी सबसे बड़ी सही लेकिन अधिक बुद्धिमान कदापि नहीं। उसने पति को झूठे बहलावे कभी न दिए, जैसे पहली ही रात को वह समझ गई हो कि अपनी जान घिसाना मूर्खता है—इन तिलों से तेल नहीं निकलेगा। काले कलूटे,

टेढ़े-भेंगे बच्चे तो स्वयं ही उसके पेट में पनपते रहे और उसने उबकाइयाँ लेने और बेडौल बनने के अतिरिक्त कुछ भी न किया और ये बच्चे मेरे भैया से प्रतिशोध लेने का बड़ा सुंदर साधन बने। जब नाक चाटते, नंग-धड़ंग बिसूरते हुए केंचुए किसी महफ़िल-पार्टी में मेरे भैया को छू देते हैं तो वह ऐसे उछल पड़ते हैं जैसे बिच्छू ने काट लिया हो और जब कभी भूले से कोई मूर्ख मेहमान घर में घिर जाता है तो सभ्यता तथा शिष्टता के शत्रु उसकी छाती पर मूँग दलकर उसको डूब मरने की प्रेरणाएँ दिया करते हैं।

इनके अतिरिक्त घर के मैले बिछौने, मैले फ़र्श और छछलोटे बरतन एक स्वच्छता-प्रिय आत्मा को स्थायी मरघट में सुलगाने के लिए पर्याप्त न पाकर मेरी भाभी ने समस्त कल्याणकारी विधियों तथा मधुर बोलों के सुनहले नुस्खे प्रयोग में ला, आने-जाने या स्थायी रूप से रहने वाले सम्बन्धियों का पत्ता भी काट दिया।

इसीलिए तो बेचारा दिलवालियों की तलाश में तन-मन-धन लुटाता फिरता है। कभी-कभी उसे कोई प्रेयसी मिल भी जाती है। वह उसे लेकर एक नए बँगले में एक नई आशा के भरोसे पर एक नया संसार बना डालता है। लेकिन इस जीर्ण केन्द्र पर घूमने का अभ्यस्त यह संसार शीघ्र ही पुराना हो जाता है। वह प्रेयसी अवसर पाकर उसका फ़र्नीचर बेचकर, मकान पगड़ी पर उठाकर, यहाँ तक कि उसके कपड़े भी अपने नए प्रेमी के लिए लेकर भाग जाती है और वह फिर वैसा ही लंडोरा और अनाथ रह जाता है।

वैसे भी उसे प्रेम रास नहीं आता। संसार-भर के लोग क्या कुछ नहीं करते लेकिन घंटियाँ किसी के गले में नहीं लटक जातीं। वह तो यदि भूले से किसी की ओर मुस्कराकर भी देख ले तो वह स्त्री तुरंत गर्भवती हो जाती है और उसकी सेवा में एक नया उपहार भेंट कर देती है जिसे वह बिल्ली के गू की तरह जगह-जगह छुपाता फिरता है। वह अपने वैध बच्चों से ज़रा नहीं शर्माता लेकिन उनकी दुर्वृत्तियों से उसकी इज़्ज़त पर बट्टा लगने का भय है। वह बड़ा इज़्ज़तदार है ना!

वह अपनी इस मुसीबत को संसार की सबसे बड़ी विपत्ति समझता है। जब उसके दिल की दुनियाँ उजाड़ पड़ी है तो लोगों को भूख, महँगाई और बेकारी जैसी तुच्छ बातों के बारे में कुछ सोचने का क्या अधिकार है। दिल है तो सब कुछ है। आप समझेंगे कि वह कोई यौन रोगी है, स्त्री का भूखा है। जी

नहीं, इस अत्याचारी स्त्री के कारण तो उसे कई बार बड़े भयंकर ढंग का अजीर्ण रोग भी हो चुका है। बात वास्तव में यह है कि वह ऐसे वातावरण की उपज है जहाँ सांसारिक दु:खों को परलोक के सुखों की आड़ में छिपाना सिखाया जाता है। जहाँ प्रत्येक शारीरिक त्रुटि का आरोप भाग्य के सिर और मानसिक पिपासा का ठेका प्रेयसी के ज़िम्मे। वह भाग्य के पीछे डंडा लेकर पड़ा हुआ है। एक दिन भाग्य उसे कहीं दुबका हुआ मिल जाएगा और वह उसका सिर फोड़ डालेगा। फिर वह होगा और उसकी प्रेयसी। लेकिन उसे इतना भी नहीं मालूम कि उसका भाग्य उसकी पीठ पर बैठा है और उसकी चर्बी चढ़ी आँखों को कभी नज़र नहीं आएगा।

और इन कड़वे-कसैले माँ-बाप और जीर्ण व्यवस्था की छाया में पौन दर्जन बच्चे परवान चढ़ रहे हैं। आने वाली पौद उग रही है और जीवन साँचों में ढल रहे हैं—किसी अज्ञात मंज़िल तक घिसटने के लिए, संसार में कटुता तथा निर्धनता की पाल-पोस करने के लिए।

यह मेरी दूसरी भाभी है। मेरे भाई की अनमोल दुल्हन, उसके भाग्य का चमकता-दमकता सूरज, मार्ग सुझाने वाली मशाल। मेरा भाई बहुत ही भाग्यशाली है। उसने एक निर्धन घर में जन्म लिया। दीये के अधमरे प्रकाश में पढ़-पढ़कर एक दिन जब प्रकाशमान सितारे की तरह जगमगाने लगा तो एक बड़ी-सी मछली आई और उसे पूरे का पूरा निगल गई।

ज्योंही उसने बी.ए. पास किया, नवाब घम्मन की कृपादृष्टि उस पर पड़ गई। न जाने किधर के रिश्ते-नाते जोड़कर प्रोफ़ेसरों के द्वारा काँटा मारा और देखते-ही-देखते एक छोड़ हज़ार जान से उस पर आसक्त हो गए। फिर उसे अपनी सबसे चहेती बाँदी की सबसे लाडली बेटी बख्श दी। बाबा बहुतेरे फुदके लेकिन एक ओर तो थी नवाबजादी और इंग्लैंड जाने का खर्चा और दूसरी ओर खूसट बाप और अपाहिज माँ और बिन ब्याही बहनों की पलटन और अध-पढ़े भाइयों की सेना। प्रत्यक्ष है कि बाज़ी बड़े कण्ठ वाली मछली के हाथ रही और शेष जोंकें मुँह देखती रह गईं। चट मंगनी पट ब्याह। माँ का समधिन बनने का चाव और बहनों के चोंचले दिल-के-दिल में रह गए और पूत पतंगा बनकर सात समुंदर पार उड़ गया।

माँ ने जी पर पत्थर रख लिया था कि बला से हड्डी नीची है तो दहेज ही से आँसू पुँछ जाएँगे। इतने सामान से पलटन के दो-चार सिपाही तो लेस हो

ही जाएँगे। दूल्हा की सलामी से ही दो-तीन भाइयों की नाव पार उतर जाएगी। लेकिन सब अरमान, सारे हौसले फुर्र से उड़ गए जब नवाब की एक कोठी दुल्हन का मायका और दूसरी कोठी ससुराल बनी और बहू एक कोठी से दूसरी कोठी को ब्याह दी गई।

इंग्लैंड से लौटकर दूल्हा ससुराल चला गया और माता-पिता नए सिरे से दूसरा पौधा सींचने में जुट गए। फिर किसी दिन उस पौधे के चिकने-चिकने पात किसी माली को नज़र आ गए तो वह इसे भी इस घूरे से समेटकर अपने 'समर हाउस' में ले जाकर रख देगा और माता-पिता एड़ियाँ रगड़ते-रगड़ते अंतिम मंज़िल को जाकर पकड़ लेंगे।

अब यह पहला पौधा अपने ससुर की रियासत में मुफ़्तखोरों वाले किसी पद पर चौकड़ी मारे बैठा है। वेतन के अतिरिक्त मोटर, घोड़ागाड़ी, कोठी, बँगला, नौकर-चाकर और एक नग नवाबजादी उसे मिली हुई है। सुबह उठकर दरबार में तीन सलाम झाड़ चुकने के बाद वह दिनभर पड़ा कोठी में ऐंठता रहता है। कभी-कभी उसे ऐसा लगता है जैसे उसका महत्त्व नसल बढ़ाने के लिए इस्तेमाल किए जाने वाले साँड से अधिक नहीं जो थान पर बँधा जुगाली किए जा रहा है।

उसकी पत्नी अर्थात् नवाबजादी कभी उसके गंदे घर में पाँव न रखती लेकिन जब बूढ़े बाप ने दुनिया की जंग से तंग आकर हथियार डाल दिए तो वह अपने पूरे ताम-झाम के साथ दो घड़ी के लिए आई। उस समय बेचारे नवाबी जँवाई की लज्जावश बुरी हालत हो गई। जैसे गवर्नर, वायसराय की सवारी आ रही हो तो एक साफ़-सी सड़क चुनकर झंडियाँ लगा दी जाती हैं ताकि वायसराय समझे कि पूरा देश ऐसा ही साफ़ और झंडियों से सजा हुआ है, उसी प्रकार घर का सारा कूड़ा-कचरा नज़रों से ओझल रख दिया गया। शव उठने से पूर्व ही नवाबज़ादी उठकर चल दी और साथ-साथ वह जँवाई भी।

लेकिन बड़ा भावुक दिल रखता है वह। सब-कुछ समझता है और हर समय उसके दिल पर बर्फ़ के मूँसे लगा करते हैं। इसलिए वह शीघ्रातिशीघ्र उस वातावरण में स्वयं को समोने का प्रयत्न करता रहता है। और आत्म विस्मृति के लिए शराब पीता है। तब वह सब-कुछ भूल जाता है। यह भी भूल जाता है कि सुहावनी ऋतु आ गई है और आस-पास की रियासतों के रंगीले सैर और शिकार को आ जा रहे हैं। उसकी पत्नी अन्य नवाबज़ादियों की तरह हिरनी बनकर

चौकड़ियाँ भर रही है। वह स्वयं तीन सलाम झाड़ रहा है। आरामदेह कमरे में सिर-पैर से बेसुध पड़ा है। अब तो उसे अपनी जीवन-साथी की आँखों में से गुज़रते हुए प्रश्न भी नहीं जगा सकते। वह यही तो कहती है कि "तुम्हारा मूल्य क्या है? मेरे माता-पिता की जल्दबाज़ी ने तुम्हें इस स्वर्ग में ला डाला है, जो यह न होता तो जूतियाँ चटखाते फिरते।" ऐसे अवसर पर उसका जी चाहता है कि वह संसार को दोनों हाथों से उठाकर दे पटके और...

लेकिन वह इस विचार को अपने मस्तक में जड़ पकड़ने से पहले ही उखाड़ फेंकता है। दुनिया जानती है कि वह इंगलैंड से कोई डिग्री या डिप्लोमा तो ला नहीं सका। उसके जाते ही भद्र महिला को दिल के दौरे पड़ने लगे और उसने रो-रोकर उसे वापस बुला लिया। इस बेचारे की हालत उस अधपकी रोटी जैसी है जो पकने से पूर्व ही तवे से फिसलकर घी में आ गिरी हो। ऊपर से आलस्य और बेकारी की फफूँद ने उसे और भी अपव्ययी बना दिया है। वह एयर-कंडीशन कमरों में सो-सोकर अपनी पुरानी कच्ची खपरैल की याद से काँपने लगा है। फ़्लश का आदी होकर उसे गंदे कच्चे संडास के विचारमात्र से बुखार चढ़ता है। उसके भाग्य का नक्षत्र ऊँचाइयों पर टिमटिमा रहा है जिसे पकड़ने के लिए वह आवारा बगुले की तरह सिर पटक रहा है।

और जब वह बहुत थक जाता है तो क्रोध में आकर ह्विस्की की मात्रा पैग में दुगनी करके शांतमयी जम्हाइयाँ लेने लगता है। यही उसका जीवन संघर्ष है। नमक की खान में जाकर वह नमक बन चुका है।

जब इन नमक की खानों पर फावड़ों की चोट पड़ेगी और इनके पर्खच्चे उड़ाकर रोटियों में डाले जाएँगे तो इस विशेष नमक के टुकड़े की रोटी नमकीन नहीं बल्कि किरकिरी होगी। फिर इस किरकिरी रोटी का कौर भी थूक दिया जाएगा।

मेरी एक और भाभी भी है। वह शिक्षित कहलाती है। उसे एक सफल पत्नी बनने की पूर्ण शिक्षा मिली है। वह सितार बजा सकती है। पेंटिंग कर सकती है। टेनिस खेलने, मोटर चलाने, और घोड़े की सवारी में प्रवीण है। बच्चे का पालन-पोषण आया से बड़ी अच्छी तरह से करवा सकती है। एक समय में सौ डेढ़ सौ मेहमानों की आव-भगत कर सकती है। मेरा मतलब बैरा लोगों को अपनी निगरानी में लेकर। बड़े लाड़-प्यार से कॉन्वेंट में उसकी शिक्षा-दीक्षा हुई और जब अठारह वर्ष की हुई तो मनस्वी माता-पिता ने उसकी सेवा में योग्य

उम्मीदवारों की एक रेज़िमेंट को प्रस्तुत होने की आज्ञा दे दी। उनमें आई.सी. एस. भी थे। सुंदर और शिक्षित भी थे। कुरूप और दोधारी गाएँ भी। अशरफ़ियों की थैलियों के साथ-साथ मुँह का मज़ा बदलने को कुछ लेखक और कवि भी थे। और फिर उससे कह दिया गया कि बेटी तेरे आँखें भी हैं और नाक भी, खूब ठोंक-बजाकर एक बकरा छाँट ले।

सो उसने खूब जाँच-पड़ताल कर अपने ही पल्ले का एक भारी-भरकम वर चुन लिया और उस पर मोहित हो गई, जिसकी प्रशंसा उसके माता-पिता ने बहुत बड़े दहेज के रूप में की।

लोग इस हंस-हंसनी के जोड़े को ईर्ष्या की नज़रों से देखते हैं और वे भी प्रेम-सागर में डूबकर एक-दूसरे को 'अलिंग' कहते हैं।

दोनों पति-पत्नी एक ही साँचे के बने हुए हैं। एक-सा उनका स्वभाव तथा पसंद-नापसंद है। अर्थात् हर बात एक-सी है। दोनों एक ही क्लब के मैम्बर हैं, दोनों एक ही सोसाइटी के चहेते पात्र—एक ही थैली के चट्टे-बट्टे हैं। यही कारण है कि उन्हें एक-दूसरे से इतनी घोर घृणा है। वे महीनों एक-दूसरे की शक्ल नहीं देखते, अवकाश ही नहीं मिलता।

पति का एक-दूसरे उच्च अधिकारी की पत्नी से विख्यात प्रकार का प्रेम चल रहा है और पत्नी को उनके एक सहयोगी में दिलचस्पी है जिसकी पत्नी अपनी सहेली के पति से अटकी हुई है। यह सहेली एक सार्जेंट के प्रेम-जाल में गिरफ़्तार है जिसकी अपनी पत्नी एक बोझल से सेठ के पास रहती है जिसकी पुरानी चेचक मारी पत्नी मैनेजर से उलझी हुई है जो एंग्लो-इण्डियन लड़कियों के चक्कर में पड़ा हुआ है, जो मिलिट्री के तरुण...ऊँह, छोड़िए भी; यों टाँग अड़ाने में क्या लाभ! मेरे बाल नाई के पास, नाई का उस्तरा मेरे पास, मेरा उस्तरा घसियारे के पास। इस प्रकार यह ज़ंजीर एक कड़ी के मुँह में दूसरे की पूँछ लिए दुनिया के गिर्द चक्कर काट रही है। मेरी भाभी भी इस ज़ंजीर की एक कड़ी है और वहाँ तब तक लटकी रहेगी जब तक ज़ंजीर इस भूमण्डल को जकड़े रहेगी।

और मेरी तीसरी भाभी तो जग-दुल्हन है। वह उस सड़क के समान है जिस पर सब चलते हैं। उस छाँव की तरह है जो हर थके-माँदे को अपनी गोद में थपकियाँ देकर आत्मविसर्जन के साधन जुटाती है। वह साझे की हाँडी है जो अंत में चौराहे में फूटेगी। वे, जिनमें मुँह का स्वाद बदलने के लिए अपने खाद्य-भण्डार में माल-मसाला रखने की सामर्थ्य नहीं, वे इस प्रीति-भोज से लाभ उठाते हैं।

वह रोज़ शाम को नए दूल्हे की दुल्हन बनती है और सुबह को विधवा हो जाती है। वह अपनी उन बहनों से कम भाग्यवान है जो भगवान की कृपा से एक रात में दस-बारह बार दुल्हन बनती हैं। दस बरातें चढ़ती हैं और दस बार राँड होती हैं। कुछ लोग नक-चढ़ी पड़ोसिनों की तरह उस पर टेढ़ी-टेढ़ी नज़र डालते हैं। उनका ख़्याल है कि वह नीच है। कोई पाप कर रही है।

लेकिन स्वयं उसकी समझ में नहीं आता कि वह कौन-सा पाप कर रही है। संसार में क्या नहीं बिकता और क्या नहीं खरीदा जाता? जो लोग उसे शरीर बेचता देखकर इतना बिलबिला उठते हैं, क्या वे लोग पैसे के बदले में अपना मस्तक नहीं बेचते? अपनी रचनाओं का सौदा नहीं करते, अपनी आत्मा नहीं बेचते? मासूमों का लहू भी तो आटे में गुँध कर बिकता है। कारीगर का गाढ़ा पसीना भी तो कपड़े के थान रंग कर बेचा जाता है। एक क्लर्क का पूरा जीवन चालीस रुपए मासिक पर बिक जाता है, एक अध्यापक का आयु-भर का सौदा इतने ही दामों पर हो जाता है। तो फिर इस पार्थिव शरीर के लिए इतनी ले-दे क्यों?

और उसका पिता काले बाज़ार का सम्मानित स्तंभ था। उसका भाई अवैध साधनों से अवैध लोगों तक पहुँचता था। उसका दूसरा भाई पुलिस का ज़िम्मेदार पात्र होते हुए भी गैर ज़िम्मेदार हरकतें किया करता था और दुनिया इन सबको जानते हुए भी उन्हें छाती से लगाए बैठी है। वह भी तो आखिर उन्हीं में से एक है। जहाँ आबे का आवा ही टेढ़ा है, वहाँ इसकी भी खपत होनी चाहिए।

वैसे वह कोई खानगी वेश्या नहीं है। इसमें उसका क्या दोष, वह कला की सेवा करने फ़िल्म-जगत् में गई और वहाँ से लोग न जाने कब और कैसे उसे धीरे-धीरे इस कोने में खींच लाए। उसने यही तो किया कि फ़िल्म-स्टार बनने के लिए हर दहलीज़ पर माथा टिकाया। फाइनैंसर से लेकर एक्स्ट्रा तक के घर की खाक छानते-छानते वह स्वयं छलनी बन गई। इस गड़बड़ में वह न जाने कौन-सा रिहर्सल ग़लत कर गई जो वह फ़िल्म-आकाश का चमकीला सितारा बनने की बजाय यहाँ सड़क के किनारे टिमटिमाने लगी।

यह नहीं कि उसने विवाह न किया हो। उसने इस गली से गुज़रकर भी देख लिया। लेकिन विवाह के कुछ ही महीने बाद उसका पति, नियमानुसार इधर-उधर जाने लगा। वह शायद तंगी-तुर्शी में भी गुज़ारा कर लेती लेकिन वह तो जितने पैर सिकोड़ती गई, उतनी ही वह चादर कतरता गया।

सिवाय पत्नी बनने के उसे कोई कला न आती थी। वह चाहती तो तीस-पैंतीस की अध्यापिका बन सकती थी लेकिन इतने पैसों से तो उसे शेम्पू का खर्च चलाने की भी आदत न थी। या अस्पताल में नर्स बनने का प्रयत्न करती और साठ रुपयों के बदले में रक्त, पीप, खाँसी, बुखार, कै, दस्त में कलाबाज़ियाँ खाती लेकिन वह अच्छी तरह जानती थी कि इस प्रकार की मूर्खताओं में जान खपाने का शौक उसकी प्रकृति का अंग नहीं है। विवश हो उसे फ़िल्म-जगत् का दरवाज़ा खटखटाना पड़ा।

भारत में रंगीन फ़िल्म बनती तो उसका श्वेत रंग शायद कुछ बिजली गिरा सकता लेकिन इन काली-श्वेत फ़िल्मों में उसकी चौड़ी-चकली नाक और चुंधी आँखों ने उसकी लुटिया डुबो दी। दो-चार थकी-हारी फ़िल्में बनाकर वह फाइनैंसर की गोद से गिरकर डायरेक्टर के पास आई। वहाँ से फिसली तो हीरो और साइड-हीरो के हत्थे चढ़ी। उसके बाद एक कैमरामैन ने लपका। वहाँ से भी टपकी तो गुमनामी के कुएँ में खिसक गई और जब आँख खुली तो उसने स्वयं को इस बाज़ार में लटकते पाया। लेकिन अब वह बड़ी समझदार हो गई है। अपने ग्राहकों को बड़ी चतुराई से नापती-तोलती है। यदि किसी दिन कोई मोटी मुर्गी, कुरूप पत्नी और गंदे बच्चों की हँकाली हाथ आ गई तो वह उसे अपना स्थायी ग्राहक बना डालेगी और राज्य से इस भद्रता का प्रमाणपत्र ले काले बाज़ार के भावी स्तंभ स्थापित करना प्रारंभ कर देगी।

ये हैं आदम और हव्वा के उत्तराधिकारी। निर्माण के ध्वजवाहक और जगत की गाड़ी को चलाने वाले जो बजाय चलाने के उसे लात-घूँसों से आगे पीछे ढकेल रहे हैं।

लेकिन ठहरिए, मेरी एक और भाभी भी है, पर वह न जाने कहाँ है। मैंने एक-आध बार केवल उसकी झलक देखी है। कभी उसके माथे पर ढलके हुए आँचल को देखा है लेकिन उसे पताका बनते नहीं देखा। उसके दूध जैसे माथे पर परिश्रम की बिंदिया देखी है। इस बिंदिया में ऊदे, पीले, नीले सब रंग हैं लेकिन सुहाग की सुर्खी की झलक नज़र नहीं आती। मैंने उसकी सुंदर उँगलियाँ तो देखी हैं लेकिन उन्हें उलझे केशों को सुलझाते नहीं देखा। उसके साँवली संध्या को शर्माने वाले केशों की घटाएँ देखी हैं लेकिन उन्हें किसी के थके हुए कंधों पर बिखरते नहीं देखा। मैंने उसका चिकना, मैदे की लुई जैसा, पेट तो देखा

है लेकिन उसमें अभी आशा के पौधे को फूटते नहीं देखा। मैंने उसकी चितवनें देखी हैं लेकिन उन्हें खड़्ग बनते नहीं देखा।

सुनते हैं सुनहले देशों में वह आन बसी है और माथे की बिंदिया अमर सुहाग का सिंदूर बन चुकी है...उसके महकते केश चौड़े-चकले कंधों पर बिखर रहे हैं...उसकी पतली-पतली उँगलियाँ उलझे केश ही नहीं सुलझा रहीं बल्कि बंदूकों में कारतूस भर रही हैं और वह तलवारों की धार पर अपनी तीखी चितवनों से सान रख रही है।

मेरा इरादा है कि एक दिन मैं भी किसी सुनहरी धरती पर जाऊँगी और उन सुहागनों के माथे का थोड़ा-सा सिंदूर माँग लाऊँगी और उसे अपनी माँग में रचा लूँगी।

और फिर वह मेरी चहेती भाभी मेरे देस के कोने-कोने में आ बसेगी। यदि इन सास-ननदों के डर से मेरी भाभी बनकर न आ सकी तो मैं पूरे विश्वास से कह सकती हूँ कि वह मेरी बहू बनकर तो अवश्य आएगी।

गुलाम अब्बास

(1909—1982)

मेरे अपने बारे में

"17 नवम्बर 1909 को अमृतसर में मेरा जन्म हुआ। शिक्षा-दीक्षा लाहौर में हुई। चार लड़कियों और एक लड़के का बाप हूँ।

तेरह-चौदह वर्ष की आयु में लिखना शुरू कर दिया। पहले बच्चों के लिए कहानियाँ और ड्रामे लिखे, जिन्हें पंजाब प्रकाशन विभाग ने 1927 में प्रकाशित किया। फिर साहित्यिक पत्रिकाओं ('हज़ारदास्तान', 'हुमायूँ', 'नैरंगे-ख़्याल', 'मखजन' आदि) में बाकायदा कहानियाँ लिखीं। 1928 में 'फूल' का संपादक और 'तहजीबे निसवाँ' का उप-संपादक नियत हुआ। यह सिलसिला नौ वर्ष तक चलता रहा। बाद में, अर्थात् 1937 में, ऑल-इण्डिया रेडियो की उर्दू व हिन्दी पत्रिकाओं 'आवाज़' और 'सारंग' का संपादक बना। भारत विभाजन के बाद 1948 में 'रेडियो पाकिस्तान' के लिए 'आहंग' निकाला। 1946 में बी. बी. सी. ने अपने पाकिस्तानी सैक्शन के लिए मुझे बुला भेजा। तीन वर्ष लन्दन में रहा। 1952 में वापस आया। उस समय से 'रेडियो पाकिस्तान' के प्रकाशन विभाग का संपादक हूँ।

मेरी दो-एक उल्लेखनीय पुस्तकें ये हैं :

'अलहमरा' 1930 में लिखी। वास्तव में यह वाशिंगटन ईवनिंग की कहानियों का स्वतंत्र अनुवाद है। 'जजीरा-ए-सुखनवरा' एक संक्षिप्त व्यंग्यात्मक उपन्यास है जिसका मौलिक विषय फ्रांसीसी भाषा से लिया गया है। 'आनंदी' कहानियों का पहला संग्रह है। इस पर पाकिस्तान सरकार ने 1948 को सर्वोत्तम साहित्यिक रचना के तौर पर पुरस्कार दिया।

मेरा पता है : 7—एच. (ब्लॉक 6), पी. ई. सी. एच. सोसाइटी, नियर ग्रीन नर्सरी, कराची-4"

—गुलाम अब्बास

दो शब्द-संपादक की ओर से

गुलाम अब्बास ने बहुत कम कहानियाँ लिखी हैं, लेकिन जो लिखी हैं खूब लिखी हैं। प्रसिद्ध लेखक पितरस के कथनानुसार उसकी कहानियाँ समस्त उर्दू कहानियों से निराली हैं और उनमें से कुछेक तो ऐसी हैं कि यदि उनका अनुवाद योरुप की किसी भाषा में हो जाए तो अन्य देशों के लोग भी उनसे आनंदित हों।

और इसमें किसी सन्देह की गुंजायश नहीं है कि उसकी लगभग प्रत्येक कहानी तकनीक और विषय-वस्तु में अपना उदाहरण आप होती है और सूक्ष्म चित्रण में तो वह उर्दू के उन कहानीकारों में से एक है जिनका नाम उँगलियों पर नहीं बल्कि एक उँगली पर गिना जा सकता है। जीवन की विभिन्न समस्याओं की तह में उतरने और एक अनुभवी गोताखोर की तरह बड़ी सफ़ाई से आवश्यक और हितकर वस्तु बाहर निकाल लाने में गुलाम अब्बास को जो क्षमता प्राप्त है, उसकी जितनी प्रशंसा की जाए कम है। अनुभव तथा निरीक्षण द्वारा उसने ऐसी दृष्टि पाई है कि उसकी कहानियों के अध्ययन से इस बात का तीव्र अनुभव होता है कि हमारे आस-पास बहुत-सी ऐसी बातें थीं जो गुलाम अब्बास के बिना आज तक नज़रों से ओझल रहीं और जिनके कारण अब जीवन के बहुत से अँधेरे कोने रंगारंग हो उठे हैं।

काश! वह कुछ तेज़ी से कथा-साहित्य की रचना करके उर्दू साहित्य को मालामाल करे!

आनन्दी

गुलाम अब्बास

म्युनिसिपल कमेटी की बैठक ज़ोरों पर थी। हॉल खचाखच भरा हुआ था और पुरानी परिपाटी के विपरीत आज एक भी सदस्य अनुपस्थित नहीं था। विचाराधीन समस्या यह थी कि वेश्याओं को शहर से बाहर निकाल दिया जाए क्योंकि उनकी मौजूदगी मानवता, शिष्टता और सभ्यता के स्वच्छ दामन पर काला धब्बा है।

कमेटी के एक भारी-भरकम सदस्य, जो देश तथा जाति के सच्चे हितैषी तथा शुभचिंतक समझे जाते थे, बड़ा युक्तियुक्त भाषण दे रहे थे :

"...और फिर सज्जनो! आप यह भी सोचिए कि उनका ठिकाना शहर के एक ऐसे भाग में है जो न केवल शहर के बीचोंबीच राजपथ है बल्कि शहर का सब से बड़ा व्यापार-केन्द्र भी है। अतएव हर भद्र-पुरुष को विवश हो उसी बाज़ार से होकर गुज़रना पड़ता है। इसके अतिरिक्त हम सबकी बहू-बेटियाँ इस बाज़ार के व्यापारिक महत्त्व के कारण यहाँ आने और आवश्यक वस्तुएँ खरीदने पर मजबूर हैं। महानुभावो! जब ये भद्र महिलाएँ इन सतीत्व बेचने वाली, अर्धनग्न वेश्याओं के बनाव-शृंगार को देखती हैं तो स्वाभाविक रूप से उनके मन में भी बनाव-शृंगार की नई-नई उमंगें और अभिलाषाएँ उत्पन्न होती हैं और वे अपने निर्धन पतियों से तरह-तरह के पाउडरों, लेवेंडरों, भड़कीली साड़ियों और मूल्यवान आभूषणों की माँग करने लगती हैं। परिणाम यह होता है कि उनकी स्वर्ग जैसी घर-गिरस्ती सदा के लिए नरक के समान बन जाती है...

"...और सज्जनो! फिर आप यह भी सोचिए कि हमारे देश के नौनिहाल जो पाठशालाओं में विद्या ग्रहण कर रहे हैं और जिनसे देश की उन्नति की आशाएँ हैं—और निःसन्देह इन्हीं के सिर एक-न-एक दिन देश की नाव को भंवर से निकालने का सेहरा बँधेगा—इन्हें भी सुबह-शाम उसी बाज़ार से होकर आना-जाना पड़ता है। ये चरित्रहीन स्त्रियाँ जो हर समय सोलह शृंगार किए हर राहगीर पर अपने नैन-बाण बरसाती हैं और उनका आचार भ्रष्ट करती हैं,

क्या उन्हें देखकर हमारे भोले-भाले, अनुभवहीन, जवानी के नशे में मस्त, अच्छाई-बुराई से बेपरवाह देश तथा जाति के सुपुत्र अपने विचारों तथा अपने उच्च जीवन-चरित्र को पाप की घिनौनी प्रेरणाओं से सुरक्षित रख सकते हैं? सज्जनो! क्या उनका रमणीय सौंदर्य हमारे बच्चों को सही मार्ग से भटका कर उनके दिलों में पाप के रहस्यमय आनन्दों की कामना उत्पन्न करके एक बेचैनी, एक विकलता, एक उथल-पुथल न मचा देता होगा...''

इस अवसर पर एक सदस्य, जो किसी समय अध्यापक रह चुके थे, और आँकड़ों में विशेष दिलचस्पी रखते थे, बोल उठे :

''सज्जनो! याद रहे कि परीक्षाओं में असफल रहने वाले विद्यार्थियों का अनुपात पिछले पाँच वर्ष की अपेक्षा ड्योढ़ा हो गया है।''

एक सदस्य ने, जो चश्मा लगाए हुए थे और एक साप्ताहिक पत्र के अवैतनिक सम्पादक थे, भाषण देते हुए कहा—''सज्जनो! हमारे शहर से दिन-प्रतिदिन लज्जा, सुशीलता, पौरुष तथा संयम-सदाचार उठते जा रहे हैं और इनकी जगह निर्लज्जता, बदमाशी, नपुंसकता, चोरी और उठाईगीरी का बोलबाला होता जा रहा है। नशों का प्रयोग बहुत बढ़ गया है। हत्या, मारधाड़, आत्महत्या और दीवाले निकलने की दुर्घटनाएँ बढ़ती जा रही हैं। इसका केवल मात्र कारण इन वेश्याओं का अपवित्र अस्तित्व है, क्योंकि हमारे भोले-भाले नागरिक इनकी नज़र के तीरों से घायल हो अपने होश खो बैठते हैं और उन तक पहुँचने की अधिक-से-अधिक कीमत अदा करने के लिए हर उचित-अनुचित ढंग से पैसा प्राप्त करते हैं। कभी-कभी वे इस कोशिश में मानवता की सीमा भी लाँघ जाते हैं और घोर अपराध कर बैठते हैं। परिणामस्वरूप या तो अपने बहुमूल्य जीवन से हाथ धो बैठते हैं या जेलखाने में पड़े सड़ते हैं।''

एक पैन्शन पाए हुए बूढ़े सदस्य, जो एक विशाल कुटुम्ब के अभिभावक थे और संसार की ऊँच-नीच देख चुके थे और अब जीवन-संघर्ष से थककर शेष आयु सुस्ताने और अपने पुत्र-पौत्रों को अपनी छत्र-छाया में फलते-फूलते देखने के इच्छुक थे, भाषण देने उठे। उनकी आवाज़ काँप रही थी और स्वर में फ़रियाद की झलक थी। बोले—''सज्जनो! रात-रात भर इन लोगों के तबले की थाप, इनकी गलेबाज़ियाँ—इनके चाहने वालों की धींगामुश्ती, गाली-गलौच, शोर-गुल, हा, हा, हा, हो, हो, हो, सुन-सुनकर आस-पास के रहने वाले शरीफ़ लोगों के कान पक गए हैं। जान मुसीबत में फँस गई है। न दिन को चैन, न

रात को आराम। इसके अतिरिक्त इनके संपर्क से हमारी बहू-बेटियों के आचार पर जो बुरा प्रभाव पड़ता है, उसका अनुमान सन्तान रखने वाला प्रत्येक व्यक्ति लगा सकता है...।''

अंतिम वाक्य कहते-कहते उनका कण्ठ भर आया और वे इससे अधिक कुछ न कह सके। सब सदस्यों को उनसे सहानुभूति थी क्योंकि दुर्भाग्यवश उनका मकान उस बाज़ार के ठीक बीच में था।

उनके बाद एक सदस्य ने, जो प्राचीन सभ्यता के प्रशंसक थे और रूढ़ियों को अपनी संतान से भी प्रिय समझते थे, भाषण देते हुए कहा :

''सज्जनो! बाहर से जो पर्यटक इस ऐतिहासिक नगर को देखने आते हैं, जब वे इस बाज़ार में से गुज़रते हैं और इस संबंध में पूछते हैं तो विश्वास कीजिए कि हम पर घड़ों पानी पड़ जाता है।''

अब प्रधान महोदय भाषण देने उठे। यद्यपि कद नाटा और हाथ-पाँव छोटे-छोटे थे लेकिन सिर बड़ा था जिसके कारण बड़े प्रतिभावान व्यक्ति मालूम होते थे। स्वर में अत्यन्त गम्भीरता थी। बोले—''सज्जनो! मैं इस बात पर बिलकुल आपसे सहमत हूँ कि इन लोगों का अस्तित्व हमारे नगर तथा हमारी सभ्यता एवं संस्कृति के लिए अत्यन्त हानिकारक है। लेकिन कठिनाई यह है कि किया क्या जाए? यदि इन लोगों को विवश किया जाए कि अपना यह जलील पेशा छोड़ दें तो प्रश्न उठता है कि वे लोग खाएँगे क्या?''

एक सज्जन बोले : ''ये औरतें शादी क्यों नहीं कर लेतीं?''

इस पर एक क़हक़हा लगा और हॉल के गम्भीर वातावरण में ज़रा देर के लिए रौनक-सी आ गई। जब पुनः चुप्पी हुई तो सभापति महोदय बोले, ''सज्जनो! यह प्रस्ताव कई बार इन लोगों के सामने रखा जा चुका है। इनकी ओर से हमेशा यह उत्तर आता है कि समृद्ध लोग सम्मानित कुल की मान-मर्यादा के ख़्याल से उन्हें अपने घरों में घुसने नहीं देंगे और निर्धन और निचले वर्ग के लोगों को जो केवल उनके धन के लिए उनसे शादी करने पर तैयार होंगे, उन्हें वे स्वयं मुँह नहीं लगाएँगी...''

इस पर एक सदस्य बोले, ''कमेटी को इनके निजी मामलों में पड़ने की ज़रूरत नहीं। कमेटी के सामने तो यह समस्या है कि ये लोग चाहे कुएँ में जाएँ, लेकिन यह नगर खाली कर दें।''

प्रधान ने कहा, ''सज्जनो! यह भी आसान काम नहीं है। उनकी संख्या

दस-बीस नहीं, सैकड़ों तक पहुँचती है और फिर उनमें से बहुत-सी औरतों के अपने मकान हैं।''

इस समस्या पर म्युनिसिपल कमेटी में महीने भर तक बहस होती रही और अंत में सर्वसम्मति से यह बात तय हुई कि वेश्याओं के निजी मकानों को खरीद लेना चाहिए और उन्हें रहने के लिए शहर से काफ़ी दूर कोई अलग-थलग इलाक़ा दे देना चाहिए। उन औरतों ने कमेटी के इस फ़ैसले का बहुत विरोध किया। कुछेक ने अवज्ञा कर भारी जुर्माने और कैदें भुगतीं, लेकिन कमेटी के फ़ैसले के आगे उनकी एक न चली और विवश हो उन्हें चुप रह जाना पड़ा।

इसके बाद कुछ समय तक उन वेश्याओं के मकानों की सूचियाँ और नक्शे तैयार होते रहे और मकानों के ग्राहक पैदा किए जाते रहे। अधिकतर मकानों को नीलामी द्वारा बेचने का फ़ैसला हुआ। उन औरतों को छह महीने तक शहर में अपने पुराने मकानों में ही रहने की आज्ञा दे दी गई ताकि इस बीच में वे उस इलाके में जो उनके लिए तय किया गया था, मकान आदि बनवा सकें।

उन औरतों के लिए जो इलाका चुना गया, वह शहर से छह कोस दूर था। पाँच कोस तक तो पक्की सड़क जाती थी और उससे आगे कोस-भर का रास्ता कच्चा था। किसी ज़माने में वहाँ कोई बस्ती होगी लेकिन अब तो खंडहरों के सिवा कुछ न रहा था, जिनमें साँपों और चमगादड़ों का निवास था और दिनदहाड़े उल्लू बोलते थे। इस इलाके के आस-पास कच्चे घरौंदों वाले कई छोटे-छोटे गाँव थे। किसी का फ़ासला यहाँ से दो-ढाई मील से कम न था। इन गाँवों के बसने वाले किसान दिन के वक्त खेती-बाड़ी करते या यों ही फिरते-फिराते उधर निकल आते; अन्यथा आमतौर पर उस उजाड़ वीराने में मनुष्य की सूरत नज़र न आती थी। कभी-कभी दिन के प्रकाश ही में गीदड़ उस इलाके में फिरते देखे गए थे।

पाँच सौ से कुछ ऊपर वेश्याओं में से केवल चौदह ऐसी थीं जो अपने चाहने वालों की चाहत या किसी अन्य कारण से शहर के निकट स्वतंत्र रूप में रहने पर विवश थीं और अपने धनाढ्य चाहने वालों की स्थायी आर्थिक सहायता के भरोसे—'मरता क्या न करता' के अनुसार—उस इलाके में रहने पर राज़ी हो गई थीं, अन्यथा शेष औरतों ने सोच रखा था कि वे या तो उसी शहर के होटलों को आबाद करेंगी, या शरीफ़ औरतों का रूप भरकर शहर के शरीफ़ मोहल्लों में जा छुपेंगी, या फिर उस शहर ही को छोड़कर किसी और नगर में जा बसेंगी।

ये चौदह औरतें अच्छी-खासी मालदार थीं। इस पर शहर में उनके अपने मकान थे जिनके दाम अच्छे मिल गए थे और इस इलाके में ज़मीन का मूल्य नाममात्र था और सबसे बढ़कर यह कि उनके मिलने-जुलने वाले जी-जान से उनकी सहायता करने को तैयार थे। अत: उन्होंने उस इलाके में जी खोलकर बड़े-बड़े आलीशान मकान बनवाने की ठान ली। एक ऊँचा और समतल स्थान जो टूटी-फूटी कब्रों से हटकर था, चुना गया। ज़मीन साफ़ कराई गई और अपने काम में निपुण नक्शा-नवीसों से मकानों के नक्शे बनवाए गए और कुछ ही दिनों में काम शुरू हो गया।

दिन भर ईंट, मिट्टी, चूना, शहतीर, गार्डर और अन्य इमारती सामान लॉरियों, छकड़ों, खच्चरों, गधों और आदमियों पर लदकर आता और मुन्शी साहब हिसाब-किताब की कॉपियाँ बग़लों में दबाए उन्हें गिनवाते और कॉपियों में दर्ज करते। इमारत का इन्चार्ज राजगीरों को काम के बारे में हिदायतें देता। राजगीर मज़दूरों को डाँटते-डपटते। मज़दूर इधर-उधर भागते फिरते, मज़दूरनियों को चिल्ला-चिल्लाकर पुकारते और अपने साथ काम करने के लिए बुलाते। अर्थात् दिनभर एक शोर, एक हंगामा मचा रहता और सारा दिन आस-पास के गाँवों के देहाती अपने खेतों में और देहातनें अपने घरों में हवा के झोंकों के साथ दूर से आती हुई खट-खट की धीमी आवाज़ें सुनती रहतीं।

इस बस्ती के खंडहरों में एक जगह मस्जिद के चिह्न थे और उसके पास ही एक कुआँ था जो बंद पड़ा था। राजगीरों और मज़दूरों ने कुछ तो पानी प्राप्त करने, कुछ बैठकर दम लेने और कुछ पुण्य कमाने और अपने नमाज़ी भाइयों को सहूलियत के लिए सबसे पहले उसकी मरम्मत की। चूँकि यह लाभदायक तथा पुण्य कार्य था, इसलिए किसी ने आक्षेप नहीं किया। अत: दो-तीन दिन में ही मस्जिद तैयार हो गई।

दिन के बारह बजे जैसे ही खाना खाने की छुट्टी होती, दो-ढाई सौ राजगीर मज़दूर, इमारतों के इंचार्ज, मुंशी और उन वेश्याओं के सबंधी या कर्मचारी जो मकानों के निर्माण कार्य की निगरानी पर नियत थे, उस मस्जिद के आस-पास एकत्रित हो जाते और अच्छा-खासा मेला सा लग जाता।

एक दिन एक देहाती बुढ़िया जो पास के किसी गाँव में रहती थी, उस बस्ती की खबर सुनकर आ गई। उसके साथ एक छोटा-सा लड़का था। दोनों ने मस्जिद के निकट एक पेड़ के नीचे घटिया सिग्रेट, बीड़ी, चने और गुड़ की बनी

हुईं मिठाइयों का खोमचा लगा दिया। बुढ़िया को आए अभी दो दिन भी न हुए थे कि एक बूढ़ा किसान कहीं से एक मटका उठा लाया और कुएँ के पास ईंटों का एक छोटा-सा चबूतरा बनाकर पैसे के दो-दो शक्कर के शर्बत के गिलास बेचने लगा। एक कुंजड़े को जो खबर हुई तो वह एक टोकरे में खरबूजे भर लाया और खोमचे वाली बुढ़िया के पास बैठकर 'ले लो खरबूजे, शहद से मीठे खरबूजे' की हाँक लगाने लगा। एक व्यक्ति ने क्या किया कि कुछ मांस पका, देगची में रख, खोमचे में लगा, थोड़ी-सी रोटियाँ, मिट्टी के दो-तीन प्याले और टीन का एक गिलास लेकर आ गया और उस बस्ती के कर्मचारियों को जंगल में घर की हंडियों का मज़ा चखाने लगा।

सुबह-शाम की नमाज़ के समय इमारतों के इंचार्ज, मुन्शी, राजगीर और अन्य लोग मज़दूरों से कुएँ से पानी निकलवा-निकलवाकर 'वुज़ू' करते नज़र आते। एक व्यक्ति मस्जिद में जाकर अजान देता। फिर एक को इमाम बनाया जाता और दूसरे लोग उसके पीछे खड़े होकर नमाज़ पढ़ते। किसी गाँव में एक मुल्ला के कान में जो यह भनक पड़ी कि फलाँ मस्जिद में इमाम की ज़रूरत है तो वह दूसरे ही दिन सवेरे सब्ज जुज़दान (बस्ता) में *कुरान शरीफ़*, पंजसूरा, रहल और मसले-मसायल की कुछ छोटी-मोटी पुस्तिकाएँ बाँध आ मौजूद हुआ और उस मस्जिद की इमामत बाकायदा तौर पर उसे सौंप दी गई।

प्रतिदिन तीसरे पहर गाँव का एक कबाबी सिर पर अपने सामान का टोकरा उठाए आ जाता और खोमचे वाली बुढ़िया के पास ज़मीन पर चूल्हा बना कबाब, कलेजी, दिल और गुर्दे सीखों पर चढ़ा बस्ती वालों के हाथ बेचता। एक भटियारिन ने जो यह हाल देखा तो अपने पति को साथ ले मस्जिद के सामने मैदान में धूप से बचने के लिए फूस का एक छप्पर डाल तन्दूर गरम करने लगी। कभी-कभी एक नौजवान देहाती नाई फटा-पुराना झोला गले में डाले जूती की ठोकर से रास्ते के रोड़ों को लुढ़काता इधर-उधर गश्त करता देखने में आ जाता।

इन वेश्याओं के मकानों के निर्माण की निगरानी उनके संबंधी या कर्मचारी तो करते ही थे, किसी-किसी दिन दोपहर के खाने से निबटकर अपने चाहने वालों के साथ वे स्वयं भी अपने-अपने मकानों को बनता देखने आ जातीं और सूर्यास्त से पहले न जातीं। इस अवसर पर भिखमंगों की टोलियों-की-टोलियाँ न जाने कहाँ से आ जातीं और जब तक भीख न ले लेतीं अपने आशीर्वादों से बराबर शोर मचाती रहतीं और उन्हें बात तक न करने देतीं। कभी-कभी शहर के

लुच्चे-लफँगे शहर से पैदल चलकर वेश्याओं की इस नई बस्ती की सैर करने आ जाते और यदि उस दिन वेश्याएँ भी आई होतीं तो जैसे उनकी पाँचों उँगलियाँ घी में हो जातीं। वे उनसे दूर हटकर उनके इर्द-गिर्द चक्कर लगाते रहते। वाक्य कराते, बेतुके कहकहे लगाते, अजीब-अजीब शक्लें बनाते और ऊट-पटाँग हरकतें करते। उस दिन कबाबी की खूब बिक्री होती।

इस इलाके में जहाँ पहिले गहरा सन्नाटा छाया रहता था अब चारों ओर चहल-पहल और गहमा-गहमी नज़र आने लगी। शुरू-शुरू में इस इलाके की वीरानी के कारण उन वेश्याओं को यहाँ आकर रहने के ख़्याल से जो घबराहट होती थी, वह बड़ी हद तक जाती रही थी और अब वह हर बार खुश-खुश अपने मकानों की सजावट और अपने प्रिय रंगों के बारे में राजगीरों को हिदायतें दे जाती थीं।

बस्ती में एक जगह एक टूटा-फूटा मज़ार था जो अवश्य ही किसी बुजुर्ग का होगा। ये मकान आधे से अधिक बन चुके तो एक सुबह बस्ती के राजगीरों और मज़दूरों ने देखा कि मज़ार के पास धुआँ उठ रहा है और एक लाल-लाल आँखों वाला लंबा तड़ंगा मस्त फ़कीर लंगोट बाँधे सिर मुड़ाए उस मज़ार के इर्द-गिर्द फिर रहा है और कंकड़-पत्थर उठा-उठाकर परे फेंक रहा है। दोपहर को वह फ़कीर एक घड़ा लेकर कुएँ पर आया और पानी भर-भरकर मज़ार पर ले जाने और उसे धोने लगा। एक बार आया तो कुएँ पर दो-तीन राज-मजदूर खड़े थे। उन्मत्त-सा हो वह उनसे कहने लगा, "जानते हो वह किसका मज़ार है? कड़क शाह पीर बादशाह का! मेरे बाप-दादा इसके मजावर (रक्षक थे)।" इसके बाद उसने हँस-हँसकर और आँखों में आँसू भर-भरकर पीर कड़क शाह के कुछ तेजस्वितापूर्ण चमत्कार भी उन राज-मज़दूरों को सुनाए।

शाम को यह फ़कीर कहीं से माँग-ताँग कर मिट्टी के दीये और सरसों का तेल ले आया और पीर कड़क शाह की कब्र के सिरहाने और पैताने दीये जला दिए। रात के पिछले पहर कभी-कभी उस मज़ार से 'अल्ला-हू' का मस्त नारा सुनाई दे जाता।

छह महीने गुज़रने न पाए थे कि ये चौदह मकान बनकर तैयार हो गए। ये सब-के-सब दो-मंज़िला और लगभग एक जैसी ही बनावट के थे। सात एक ओर और सात दूसरी ओर। बीच में चौड़ी-चकली सड़क थी। हर मकान के नीचे चार चार दुकानें थीं। मकान की ऊपर की मंज़िल में सड़क की ओर

विशाल बरामदा था। उसके आगे बैठने के लिए नाव की आकृति की रौंस बनाई गई थी, जिसके दोनों सिरों पर या तो संगमरमर के मोर नृत्य करते हुए बनाए गए थे या जलपरियों की मूर्तियाँ तराशी गई थीं, जिनका आधा धड़ मछली का और आधा औरत का था। बरामदे के पीछे जो बड़ा कमरा बैठने के लिए था उसमें संगमरमर के नाज़ुक-नाज़ुक खम्भे बनाए गए थे। दीवारों पर बड़ी सुंदर पच्चीकारी की गई थी। फ़र्श चमकदार पत्थर का बनाया गया था। जब संगमरमर के खम्भों का प्रतिबिम्ब उस चमकीले फ़र्श पर पड़ता तो ऐसा लगता जैसे श्वेत पंखों वाले राजहंसों ने अपनी लंबी-लंबी गरदनें झील में डुबो दी हैं।

बुध का शुभ दिन इस बस्ती में आने के लिए नियत किया गया। इस दिन उस बस्ती की सब वेश्याओं ने मिलकर बहुत दान दिया। बस्ती के खुले मैदान में ज़मीन को साफ़ कराकर शामियाने गाड़ दिए गए। देगें खड़कने की ध्वनि और मांस और घी की सुगंधि बीस-बीस कोस से भिखारियों और कुत्तों को खींच लाई। दोपहर होते-होते पीर कड़क शाह के मज़ार के पास जहाँ लंगर बँटना था इतनी संख्या में भिखारी एकत्रित हो गए कि ईद के दिन किसी बड़े शहर की जामा मस्जिद के पास भी न हुए होंगे। पीर कड़क शाह के मज़ार को खूब साफ़ करवाया और धुलवाया गया और उस पर फूलों की चादर चढ़ाई गई और मस्त फ़कीर को नया जोड़ा सिलवाकर पहनाया गया, जिसे उसने पहनते ही फाड़ डाला।

शाम को शामियाने के नीचे दूध-सी उजली चाँदनी का फ़र्श कर दिया गया, गाव तकिए लगाए गए और राग-रंग की महफ़िल सजाई गई। दूर-दूर से बहुत-सी वेश्याओं को बुलाया गया जो उनकी सहेलियाँ या बिरादरी की थीं। उनके साथ उनके बहुत से मिलने वाले भी आए जिनके लिए एक अलग शामियाने में कुर्सियों का प्रबंध किया गया और उनके सामने की ओर चिकें डाल दी गईं। अनगिनत गैसों के प्रकाश से यह स्थान दिन का रूप धारे हुए था। उन वेश्याओं के काले भुजंग और तोंदियल साजिंदे भारी काम की शेरवानियाँ पहने, इत्र में बसे हुए फाहे कानों में उड़से इधर-उधर मूँछों को ताव देते फिरते। और भड़कीले वस्त्र और तितली के पंख से भी पतली साड़ियाँ पहने, गजरों और सुगंधियों में बसी हुईं सुंदरियाँ अठखेलियों से चलतीं। रात भर नाच-गाना होता रहा और जंगल में मंगल हो गया।

दो-तीन दिन बाद जब इस उत्सव की थकान उतर गई तो ये वेश्याएँ सामान आदि जुटाने और मकानों की सजावट में व्यस्त हो गईं। झाड़, फ़ानूस

मानवाकार आइने, निवाड़ी पलंग, चित्र और सुनहले चौखटों में जड़े हुए ग़ज़लों के शे'र लाए गए और करीने से कमरों में लगाए गए और कोई आठ दिन में जाकर ये मकान कील-काँटे से लैस हुए। ये औरतें दिन का अधिकतर भाग तो उस्तादों से नृत्य की शिक्षा लेने, ग़ज़लें याद करने, धुनें बिठाने, पाठ पढ़ने, तख्ती लिखने, सीने-पिरोने, काढ़ने, ग्रामोफ़ोन सुनने, उस्तादों से ताश और कैरम खेलने और नोक-झोंक से मन बहलाने और सोने में व्यतीत करतीं और तीसरे पहर गुसलखानों में नहाने जातीं जहाँ उनके नौकरों ने हाथ के पम्पों से पानी निकाल-निकाल कर टब भर रखे होते। उसके बाद वे बनाव-शृंगार में जुट जातीं।

जैसे ही रात का अँधेरा फैलता, ये मकान गैसों के प्रकाश से जगमगा उठते। जो यहाँ-वहाँ संगमरमर के अधखिले कमलों में बड़ी सफ़ाई से छुपाए गए थे और उन मकानों की खिड़कियों और दरवाज़ों के किवाड़ों के शीशे जो फूल-पत्तियों के आकार के काटकर जड़े गए थे, उनकी इन्द्रधनुष की-सी रोशनियाँ दूर से झिलमिल-झिलमिल करती हुई बहुत भली मालूम होतीं। ये वेश्याएँ बनाव-शृंगार किए बरामदों में टहलतीं, आस-पास वालियों से बातें करतीं, हँसतीं, खिलखिलातीं। जब खड़े-खड़े थक जातीं तो भीतर कमरे में चाँदनी के फ़र्श पर गाव-तकियों से लगकर बैठ जातीं। उनके साज़िन्दे साज मिलाते रहते और वे छालियाँ कुतरती रहतीं। जब रात ज़रा भीग जाती तो उनके मिलने वाले टोकरों में शराब की बोतलें और फल-फुलारी लिए अपने मित्रों के साथ मोटरों या ताँगों में बैठकर आते। उस बस्ती में उनके क़दम रखते ही एक विशेष गहमागहमी और चहल-पहल होने लगती। राग-रंग, बाजों के सुर, नृत्य करती हुई सुंदरियों के घुँघरुओं की ध्वनि शराब की सुराही की कल-कल में मिलकर एक अजीब नशा-सा पैदा कर देती और मालूम भी न होता और रात बीत जाती।

उन वेश्याओं को इस बस्ती में आए कुछ ही दिन हुए थे कि दुकानों के किरायेदार उत्पन्न हो गए, जिनका किराया इस बस्ती को आबाद करने के ख़्याल से बहुत ही कम रखा गया था। सबसे पहले जो दुकानदार आया वह वही बुढ़िया थी जिसने सबसे पहले मस्जिद के सामने पेड़ के नीचे खोमचा लगाया था। दुकान को भरने के लिए बुढ़िया और उसका लड़का सिग्रेटों के बहुत से खाली डब्बे उठा लाए और उन्हें ऊपर-तले सजा कर रख दिया गया। बोतलों में रंगदार पानी भर दिया गया ताकि मालूम हो, शर्बत की बोतलें हैं। बुढ़िया ने अपनी सामर्थ्य के अनुसार कागज़ी फूलों और सिग्रेटों की खाली डिब्बियों से

बनाई हुईं बेलों से दुकान की कुछ सजावट भी की। कुछ ऐक्टर और ऐक्ट्रेसों के चित्र भी पुरानी फ़िल्मी पत्रिकाओं से निकाल कर लेई से दीवारों पर चिपका दिए। दुकान का असल माल दो-तीन प्रकार के सिग्रेटों के तीन-तीन, चार-चार पैकेटों, बीड़ी के आठ-दस बंडलों, दियासलाई की आधा दर्जन डिब्बियों, पानों की ढोली, पीने के तम्बाकू की तीन-चार टिकियों और मोमबत्ती के आधे बंडल से अधिक न था।

दूसरी दुकान में एक बनिया, तीसरी में हलवाई, चौथी में कसाई, पाँचवीं में कबाबी और छठी में एक कुंजड़ा आ बसा। कुंजड़ा आस-पास के गाँवों से सस्ते दामों पर चार-पाँच किस्म की सब्ज़ियाँ ले आता और यहाँ अच्छे लाभ पर बेच देता। एकाध टोकरा फलों का भी रख लेता। चूँकि दुकान खासी खुली थी, एक फूलवाला उसका साझी बन गया। वह दिन भर फूलों के हार, गजरे और तरह-तरह के गहने बनाता रहता और शाम को उन्हें चंगेरी में डालकर एक-एक मकान में ले जाता और न केवल फूल ही बेच आता, बल्कि हर जगह एक-एक दो-दो घड़ी बैठकर साज़िन्दों से गप-शप भी हाँक लेता और हुक्के का दम भी लगा आता। जिस दिन तमाशबीनों की कोई टोली उसकी उपस्थिति में ही कोठे पर चढ़ आती और गाना-बजाना शुरू हो जाता, तो वह साज़िन्दों के नाक-भौं चढ़ाने पर भी घंटों उठने का नाम न लेता। मज़े से गाने पर सिर धुनता और मूर्खों की तरह हरेक की सूरत ताकता रहता। जिस दिन रात अधिक हो जाती और कोई हार बच जाता तो वह उसे अपने गले में डाल लेता और बस्ती के बाहर गला फाड़-फाड़ कर गाता फिरता।

एक दुकान में एक वेश्या का बाप और भाई जो दर्ज़ी का काम जानते थे, सीने की मशीन रखकर बैठ गए। होते-होते एक नाई भी आ गया और अपने साथ एक रंगरेज़ को भी लेता आया। उसकी दुकान के बाहर अलगनी पर लटके हुए तरह-तरह के रंगों के दुपट्टे हवा में लहराते हुए आँखों को बहुत भले लगते।

कुछ ही दिन गुज़रे थे कि एक टटपूँजिया बिसाती, जिसकी दुकान शहर में चलती नहीं थी, बल्कि दुकान का किराया निकालना भी कठिन हो जाता था, शहर को छोड़कर इस बस्ती में आ गया। यहाँ उसे हाथों-हाथ लिया गया और उसके तरह-तरह के लैवेंडर, पाउडर, साबुन, कंघियाँ, बटन, सुई-धागा, लेस-फीते, सुगंधित तेल, रूमाल, मंजन आदि की खूब बिक्री होने लगी।

इस बस्ती के रहने वालों के सद्भावनापूर्ण व्यवहार के कारण इसी प्रकार

दूसरे-तीसरे कोई-न-कोई टटपूँजिया दुकानदार, कोई बजाज, कोई पनसारी, कोई हुक्के के नेचे बनाने वाला, कोई नानबाई मंदी के कारण या शहर के बढ़े हुए किराए से घबराकर उस बस्ती में आ शरण लेता।

एक बड़े-मियाँ अत्तार जो अपने आपको हकीम कहलाना पसंद करते थे, उनका जी शहर की घनी आबादी और हकीमों, वैद्यों और औषधालयों की भरमार से जो घबराया तो वे अपने शिष्यों को साथ ले शहर से उठ आए और उस बस्ती में एक दुकान किराए पर ले ली। सारा दिन बड़े-मियाँ और उनके शिष्य औषधियों के डिब्बों, शर्बत की बोतलों, और मुरब्बे, चटनी, अचार के बयामों को अलमारियों में अपने-अपने ठिकाने पर रखते रहे। एक अलमारी में कुछ वैद्यक संबंधी पुस्तकें रख दीं। किवाड़ों की पुश्त पर और दीवारों में जो जगह खाली बची, वहाँ उन्होंने अपनी बनाई हुई विशेष रामबाण औषधियों के विज्ञापन काली स्याही से मोटे-मोटे अक्षरों में लिखकर और गत्तों पर चिपका कर लटका दिए। प्रतिदिन सुबह को वेश्याओं के नौकर गिलास ले-लेकर मौजूद होते और शर्बत बजूरी, शर्बत बनफ़शा, शर्बत अनार और ऐसे ही और स्वादिष्ट और आनन्ददायक शर्बत और अर्क और दिल को ताकत पहुँचाने वाले मुरब्बे चाँदी के वर्क़ों समेत ले जाते।

जो दुकानें बच रहीं, उनमें उन वेश्याओं के भाई-बंदों और साज़िन्दों ने अपनी चारपाइयाँ डाल दीं। दिन भर ये लोग उन दुकानों में ताश, चौसर और शतरंज खेलते, बदन पर तेल मलवाते, भंग घोटते, बटेरों की लड़ाइयाँ कराते, तीतरों से 'सुबहान तेरी कुदरत' की रट लगवाते और घड़ा बजा-बजाकर गाते।

एक वेश्या के साज़िन्दे ने एक दुकान खाली देखकर अपने भाई को, जो साज बनाना जानता था, उसमें ला बिठाया। दुकान की दीवारों के साथ-साथ कीलें ठोककर टूटी-फूटी मरम्मत-योग्य सारंगियाँ, सितार, तंबूरे, दिलरुबा आदि टाँग दिए। यह व्यक्ति सितार बजाने में भी कमाल रखता था। शाम को वह अपनी दुकान में सितार बजाता जिसकी मीठी आवाज़ सुनकर आस-पास के दुकानदार अपनी दुकानों से उठ-उठकर आ जाते और देर तक बुत बने सितार सुनते रहते। इस सितार बजाने वाले का एक शिष्य था जो रेलवे के दफ़्तर में क्लर्क था। उसे सितार सीखने का बहुत शौक था। जैसे ही उसे दफ़्तर से छुट्टी होती, वह सीधा साइकिल उड़ाता हुआ इस बस्ती का रुख करता और घंटा-डेढ़-घंटा दुकान ही में बैठकर अभ्यास किया करता। अर्थात् इस सितार बजाने वाले

के दम से बस्ती में खासी रौनक रहने लगी।

मस्जिद के मुल्लाजी, जब तक तो यह बस्ती बनती रही रात को गाँव में अपने घर चले जाते रहे, लेकिन अब जबकि उन्हें दोनों वक्त खूब तर माल पहुँचने लगा तो वे रात को भी यहीं रहने लगे। धीरे-धीरे कुछ वेश्याओं के घरों से बच्चे भी मस्जिद में पढ़ने आने लगे, जिससे मुल्लाजी को रुपए-पैसे की भी आय होने लगी।

एक शहर-शहर घूमने वाली घटिया दर्जे की नाटक कंपनी को जब ज़मीन के चढ़े हुए किराए के कारण शहर में कहीं जगह न मिली तो उसने इसी बस्ती का रुख किया और उन वेश्याओं के मकानों से कुछ फ़ासले पर मैदान में तम्बू खड़े करके डेरे डाल दिए। उसके अभिनेता अभिनय की कला से अनभिज्ञ थे। उनके वस्त्र फटे-पुराने थे जिनके बहुत से सितारे झड़ चुके थे और ये लोग तमाशे भी बहुत पुराने और घिसे-पिटे करते थे। किन्तु फिर भी इस कंपनी का काम चल निकला। इसका कारण यह था कि टिकट के दाम बहुत कम थे। शहर के मज़दूरी-पेशा लोग, कारखानों में काम करने वाले और अन्य निर्धन लोग जो दिन भर के कड़े परिश्रम की कसर शोरगुल, उछल-कूद और तुच्छ मनोरंजन से निकालना चाहते थे, पाँच-पाँच, छह-छह की टोलियाँ बनाकर, गले में फूलों के हार डाले, हँसते-बोलते, बाँसुरी और अलगोजे बजाते, राह चलतों पर आवाज़ें कसते, गाली-गलौच बकते, शहर से पैदल चलकर नाटक देखने आते और लगे हाथों बाज़ारे-हुस्न की भी सैर कर जाते। जब तक नाटक शुरू न होता कंपनी का एक मस्खरा तम्बू के बाहर एक स्टूल पर खड़ा कभी कूल्हा हिलाता, कभी मुँह फुलाता, कभी आँखें मटकाता। अजीब-अजीब गंदी हरकतें करता जिन्हें देखकर ये लोग ज़ोर से कहकहे लगाते और गालियों के रूप में दाद देते।

धीरे-धीरे अन्य लोग भी इस बस्ती में आने शुरू हुए। अत: शहर के बड़े-बड़े चौकों में ताँगेवाले आवाज़ें लगाने लगे : "आओ कोई नई बस्ती को!" शहर से पाँच कोस तक जो पक्की सड़क जाती थी उस पर पहुँचकर ताँगेवाले सवारियों से इनाम पाने के लोभ में या उनके कहने पर ताँगों की दौड़ें कराते। मुँह से हॉर्न बजाते और जब कोई ताँगा आगे निकल जाता तो उसकी सवारियाँ नारों से आकाश सिर पर उठा लेतीं। इस दौड़ में बेचारे घोड़ों का बुरा हाल हो जाता और उनके गले में पड़े हुए फूलों के हारों से बजाय सुगंधि के पसीने की दुर्गन्ध आने लगती।

रिक्शावाले, ताँगेवालों से क्यों पीछे रहते! वे उनसे कम दाम पर सवारियाँ बिठा, फर्राटे भरते और घुँघरू बजाते उस बस्ती को जाने लगे। इसके अतिरिक्त हर शनिवार की शाम को स्कूलों व कॉलेजों के विद्यार्थी एक-एक साइकिल पर दो-दो लदे, बेतहाशा पैडल मारते इस रहस्यपूर्ण बाज़ार की रौनक देखने आ जाते, जिससे उनके विचारानुसार उनके बड़ों ने खामखाह उन्हें वंचित कर दिया था।

धीरे-धीरे इस बस्ती की चर्चा चारों ओर फैलने लगी और मकानों और दुकानों की माँग होने लगी। वे वेश्याएँ जो पहले इस बस्ती में आने को तैयार न हुई थीं, अब उसकी दिन-दूनी रात चौगुनी उन्नति देखकर अपनी मूर्खता पर अफ़सोस करने लगीं। कई-एक ने तो झट ज़मीनें खरीद उन वेश्याओं के साथ-साथ उसी ढंग के मकान बनवाने शुरू कर दिए। इसके अतिरिक्त शहर के महाजनों ने भी इस बस्ती के आस-पास सस्ते दामों में ज़मीनें खरीद-खरीदकर किराए पर उठाने के लिए छोटे-छोटे कई मकान बनवा डाले। परिणाम यह हुआ कि वे रंडियाँ जो होटलों और शरीफ़ मोहल्लों में गुप्त रूप से रहती थीं, सहसा अपने तहखानों से निकल आईं और इन मकानों में आबाद हो गईं। कुछ छोटे-छोटे मकानों में इस बस्ती के वे किरायेदार आ बसे जो बच्चेदार थे और रात को दुकानों में न सो सकते थे।

इस बस्ती में आबादी तो खासी हो गई थी, लेकिन अभी तक बिजली की रोशनी का प्रबंध नहीं हुआ था। अतः उन वेश्याओं और बस्ती के सब निवासियों की ओर से सरकार के पास बिजली के लिए प्रार्थना-पत्र भेजा गया जो थोड़े दिन के बाद स्वीकार कर लिया गया। उसके साथ ही एक डाकघर भी खोल दिया गया। एक बूढ़ा डाकघर के बाहर एक सन्दूकचे में लिफ़ाफ़े, कार्ड और क़लम-दवात रख, बस्ती के लोगों के खत-पत्र लिखने लगा।

एक बार बस्ती में शराबियों की दो टोलियों में झगड़ा हो गया, जिसमें सोडा-वाटर की बोतलों, चाकुओं और ईंटों का खूब खुलकर प्रयोग किया गया और कई लोग बुरी तरह घायल हुए। इस पर सरकार को ख़्याल आया कि बस्ती में एक थाना भी खोल देना चाहिए।

नाटक कंपनी दो महीने तक रही और अपने ख़्याल में खासा कमा ले गई। इस शहर के एक सिनेमा के मालिक ने सोचा कि क्यों न इस बस्ती में भी एक सिनेमा- हॉल खोल दिया जाए। यह विचार आने की देर थी कि उसने झट

एक मौके की जगह चुनकर खरीद ली और उसी दिन उसारी का काम शुरू करा दिया। कुछ ही महीनों में सिनेमा-हॉल तैयार हो गया। उसके अंदर एक छोटा-सा बगीचा भी लगवाया गया ताकि सिनेमा देखने वाले यदि सिनेमा शुरू होने से पहले आ जाएँ तो आराम से बगीचे में बैठ सकें। उनके साथ बस्ती के लोग यों ही सुस्ताने या रौनक देखने के ख़्याल से आ-आकर बैठने लगे। यह बगीचा खासी सैरगाह बन गया। धीरे-धीरे सक्के कटोरा बजाते इस बगीचे में आने और प्यासों की प्यास बुझाने लगे। सिर की तेल-मालिश वाले अत्यन्त घटिया प्रकार के तेज़, सुगंधित तेलों की शीशियाँ बास्कट की जेबों में खोंसे कंधे पर मैला-कुचैला तौलिया डाले, 'दिल पसन्द', 'दिल बहार' की हाँक लगाते सिर-दर्द के रोगियों को अपनी सेवाएँ भेंट करने लगे।

सिनेमा के मालिक ने सिनेमा-हॉल की इमारत के बाहर दो-एक मकान और कई दुकानें भी बनवाईं। मकान में होटल खुल गया, जिसमें रात को रहने के लिए कमरे भी मिल सकते थे और दुकानों में एक सोडा वाटर की फ़ैक्टरी वाला, एक फोटोग्राफ़र, एक साइकिल की मरम्मत वाला, एक लॉण्डरी वाला, दो पनवाड़ी, एक बूट शॉप वाला और एक डॉक्टर आ बसे। होते-होते पास ही एक शराबखाना खोलने की आज्ञा मिल गई। फ़ोटोग्राफ़र की दुकान के बाहर एक कोने में एक घड़ीसाज़ ने आ डेरा जमाया और हर समय उभरा हुआ शीशा आँख पर चढ़ाए घड़ियों के कल-पुर्ज़ों में उलझा रहने लगा।

इसके कुछ ही दिन बाद बस्ती में नल, रोशनी और सफ़ाई के बाकायदा प्रबंध की ओर ध्यान दिया जाने लगा। सरकारी कर्मचारी लाल झंडियाँ, जरीबें और ऊँचाई-निचाई मापने के यंत्र ले-लेकर आ पहुँचे और नाप-नाप कर सड़कों और गली-कूचों की नींव डालने लगे और बस्ती की कच्ची सड़कों पर सड़क कूटने वाला इंजन चलने लगा...''

इस बात को बीस साल हो चुके हैं। यह बस्ती अब भरा-पूरा शहर बन गई है, जिसका अपना रेलवे स्टेशन भी है और टाउन-हॉल भी, कचहरी भी और जेलखाना भी। आबादी ढाई लाख के लगभग है। शहर में एक कॉलेज, दो हाई स्कूल, एक लड़कों के लिए, एक लड़कियों के लिए, और पाँच प्राइमरी स्कूल हैं, जिनमें म्युनिसिपल कमेटी की ओर से निःशुल्क शिक्षा दी जाती है। छह सिनेमा हैं और चार बैंक जिनमें से दो संसार के बड़े-बड़े बैंकों की शाखाएँ हैं। शहर से दो दैनिक, तीन साप्ताहिक और दस मासिक पत्र-पत्रिकाएँ प्रकाशित

होती हैं। इनमें से चार साहित्यिक, दो सामाजिक और धार्मिक हैं। एक उद्योगों से तथा एक औषध-विज्ञान से संबंध रखती है। एक नारियों के लिए है और एक बच्चों के लिए। शहर के विभिन्न भागों में बीस मस्जिदें, पन्द्रह मंदिर और धर्मशालाएँ, छह यतीमखाने, पाँच अनाथालय, और तीन बड़े सरकारी हस्पताल हैं जिनमें से एक केवल स्त्रियों के लिए है।

शुरू-शुरू में कई साल तक यह शहर अपने निवासियों के आधार पर 'हुस्न आबाद' (सौन्दर्य नगर) के नाम से पुकारा जाता रहा, लेकिन बाद में इसे अनुचित समझकर इसमें थोड़ा-सा संशोधन कर दिया गया। अर्थात् 'हुस्न आबाद' की बजाय 'हस्न आबाद' कहलाने लगा। लेकिन यह नाम चल न सका क्योंकि जनसाधारण 'हुस्न' और 'हस्न' में से किसी एक पर कायम न रहते। आखिर बड़ी पुरानी पुस्तकों के पन्ने उलटने और पुराने हस्तलिखित लेखों की छानबीन के बाद इसका असल नाम ढूँढ़ निकाला गया, जिससे यह बस्ती आज से सैंकड़ों वर्ष पूर्व उजड़ने से पहले पुकारी जाती थी और वह नाम है—'आनन्दी।'

यों तो सारा शहर भरा-पूरा, साफ़-सुथरा और सुंदर है लेकिन सबसे सुंदर, सबसे रौनक वाला और व्यापार का सबसे बड़ा केन्द्र वही बाज़ार है, जिसमें वेश्याएँ रहती हैं।

आनन्दी म्युनिसिपल कमेटी का अधिवेशन ज़ोरों पर है। हॉल खचाखच भरा हुआ है। पुरानी परिपाटी के विपरीत आज एक भी सदस्य अनुपस्थित नहीं। विचाराधीन प्रश्न यह है कि वेश्याओं को शहर से बाहर निकाल दिया जाए, क्योंकि उनकी मौजूदगी मानवता, शिष्टता और सभ्यता के स्वच्छ दामन पर काला धब्बा है।

देश तथा जाति के एक हितैषी तथा शुभचिंतक सदस्य भाषण दे रहे हैं—''न जाने इसमें क्या नीति थी कि इस अपवित्र और चरित्रहीन वर्ग को हमारे इस प्राचीन और ऐतिहासिक नगर के ठीक बीचोंबीच रहने की आज्ञा दी गई...''

इस बार इन औरतों के लिए जो इलाका नियत किया गया वह शहर से बारह मील दूर था।

सआदत हसन मंटो

(1912—1955)

मेरे अपने बारे में

"...मेरे जीवन की सबसे बड़ी घटना मेरा जन्म था। मैं पंजाब के एक अज्ञात गाँव 'समराला' में उत्पन्न हुआ। यदि किसी को मेरी जन्मतिथि से दिलचस्पी हो सकती है तो वह मेरी माँ थी, जो अब जीवित नहीं है। दूसरी घटना 1931 में हुई जब मैंने पंजाब यूनिवर्सिटी से दसवीं की परीक्षा लगातार तीन साल फ़ेल होने के बाद पास की। तीसरी घटना वह थी जब मैंने 1939 में शादी की, लेकिन यह घटना दुर्घटना नहीं थी और अब तक नहीं है। और भी बहुत-सी घटनाएँ हुईं, लेकिन उनसे मुझे नहीं दूसरों को कष्ट पहुँचा। उदाहरणस्वरूप मेरा कलम उठाना एक बहुत बड़ी घटना थी, जिससे 'शिष्ट' लेखकों को भी दुख हुआ और 'शिष्ट' पाठकों को भी।

मैंने कुछ साल बम्बई में गुज़ारे और फ़िल्मी कहानियाँ लिखीं। आजकल लाहौर में हूँ और फ़िल्मी नहीं, केवल साधारण कहानियाँ लिख रहा हूँ। लगभग दो दर्जन कहानी-संग्रह प्रकाशित हो चुके हैं, जिनके नाम गिनवाकर आपको परेशान नहीं करना चाहता। अपना मौजूदा पता भी इसीलिए नहीं लिख रहा, क्योंकि स्वयं भी परेशान नहीं होना चाहता।"

—सआदत हसन मंटो

दो शब्द-संपादक की ओर से

मंटो उर्दू का एकमात्र ऐसा कहानी-लेखक है, जिसकी रचनाएँ जितनी पसंद की जाती हैं, उतनी ही नापसंद भी। और इसमें किसी सन्देह की गुंजाइश नहीं है कि उसे गालियाँ देने वाले लोग ही सबसे अधिक उसे पढ़ते हैं। ताबड़-तोड़ गालियाँ खाने, और 'काली सलवार', 'बू', 'धुआँ', 'ठंडा गोश्त' इत्यादि 'अश्लील' रचनाओं के कारण बार-बार अदालत के कठघरों में घसीटे जाने पर

भी वह बराबर उस वातावरण और उन पात्रों के संबंध में कहानियाँ लिख रहा है जिन्हें 'सभ्य' लोग घृणा की दृष्टि से देखते हैं, और अपने समाज में कोई स्थान देने को तैयार नहीं। यह सही है कि जीवन के बारे में मंटो का दृष्टिकोण कुछ अस्पष्ट और एक सीमा तक निराशावादी है। स्वस्थ पात्रों की बजाय उसने हमेशा अस्वस्थ पात्रों को (जिनमें बड़ी संख्या काम प्रवृत्ति रखने वालों की है) अपना विषय बनाया है और अपने युग का यह बहुत बड़ा Cynic (निन्दक) है। लेकिन मानव-मनोविज्ञान को समझने और फिर उसके प्रकाश में बनावट और झूठ को प्रकट करने की जो क्षमता मंटो को प्राप्त है, वह निःसन्देह किसी अन्य लेखक को प्राप्त नहीं है।

जहाँ तक कलात्मक प्रौढ़ता का संबंध है, मेरे विचार में उर्दू के आधुनिक युग का कोई कहानी लेखक मंटो तक नहीं पहुँचता। हमें उसके सिद्धांतों से मतभेद हो सकता है। हम यह कह सकते हैं कि कोई कलाकृति उस समय तक महान नहीं हो सकती जब तक कि कलात्मक प्रौढ़ता के साथ-साथ उसमें रचनात्मक पहलू न हो। लेकिन उसकी लेखनी पर उँगली रखकर कभी यह नहीं कह सकते कि कला की दृष्टि से उसमें कोई झोल है या यह कि लेखक अपने सिद्धान्तों के प्रति (अगर उसके कोई सिद्धांत हैं) निष्कपट नहीं।

ममद भाई

सआदत हसन मंटो

फ़ारस रोड से आप उस ओर भीतर गली में चले जाइए जो सफ़ेद गली कहलाती है तो उसके अंतिम सिरे पर आपको कुछ होटल मिलेंगे। यों तो बम्बई में क़दम-क़दम पर होटल और रेस्तराँ होते हैं लेकिन ये रेस्तराँ इसलिए बहुत दिलचस्प और अनूठे हैं, क्योंकि ये उस इलाके में हैं जहाँ भाँत-भाँत की वेश्याएँ बसती हैं।

एक युग बीत चुका है। बस आप यही समझिए कि बीस वर्ष के लगभग, जब इन रेस्तराँओं में मैं चाय पिया करता था और खाना खाया करता था। सफ़ेद गली से आगे निकलकर 'प्ले-हाउस' आता है। उधर दिनभर शोर-शराबा रहता है। सिनेमा के शो दिन-भर चलते रहते थे। चम्पियाँ होती थीं। सिनेमा-घर शायद चार थे। उनके बाहर बड़े विचित्र ढंग से सिनेमा के कर्मचारी घंटियाँ बजा-बजाकर लोगों को निमंत्रण देते थे—"आओ, आओ,—दो आने में-फ़र्स्ट क्लास खेल, दो आने में।"

कभी-कभी ये घंटियाँ बजाने वाले ज़बर्दस्ती लोगों को भीतर ढकेल देते थे—बाहर कुर्सियों पर चम्पी कराने वाले बैठे होते थे, जिनकी खोपड़ियों की मरम्मत बड़े वैज्ञानिक ढंग से की जाती थी। मालिश अच्छी चीज़ है लेकिन मेरी समझ में नहीं आता कि बम्बई के रहने वाले इस पर इतने मोहित क्यों हैं। दिन को और रात को हर समय उन्हें तेल मालिश की आवश्यकता अनुभव होती है। आप यदि चाहें तो रात के तीन बजे बड़ी आसानी से 'तेल मालिशिया' बुलवा सकते हैं। यों भी सारी रात, चाहे आप बम्बई के किसी कोने में हों आप अवश्य ही यह आवाज़ सुनते रहेंगे—"पी-पी-पी।"

यह 'पी' चम्पी का संक्षिप्त रूप है।

फ़ारस रोड यों तो एक सड़क का नाम है लेकिन वास्तव में यह उस इलाके का नाम है जहाँ वेश्याएँ रहती हैं। यह बहुत बड़ा इलाका है। इसमें कई गलियाँ हैं, जिनके विभिन्न नाम हैं, लेकिन सुविधा स्वरूप इसकी हर गली को फ़ारस

रोड या सफ़ेद गली कहा जाता है। इसमें जंगले लगी हुईं सैकड़ों दुकानें हैं, जिनमें छोटी-बड़ी आयु और अच्छे-बुरे रंग की स्त्रियाँ अपना शरीर बेचती हैं। विभिन्न दामों पर, आठ आने से आठ रुपए तक, आठ रुपए से आठ सौ रुपए तक—हर दाम की स्त्री आपको इस इलाके में मिल सकती है।

यहूदी, पंजाबी, मराठी, कश्मीरी, गुजराती, बंगाली, एंग्लो-इंडियन, फ्रांसीसी, चीनी, जापानी अर्थात् हर प्रकार की स्त्री आपको यहाँ से प्राप्त हो सकती है—ये स्त्रियाँ कैसी होती हैं—क्षमा कीजिए, इस संबंध में आप मुझसे कुछ न पूछिए—बस स्त्रियाँ होती हैं—और उनको ग्राहक मिल ही जाते हैं।

इस इलाके में बहुत से चीनी भी आबाद हैं। मालूम नहीं ये क्या कारोबार करते हैं, लेकिन रहते इसी इलाके में हैं। कुछ एक तो रेस्तराँ चलाते हैं जिनके बाहर बोर्डों पर ऊपर-नीचे कीड़े-मकोड़ों की शक्ल में कुछ लिखा होता है—मालूम नहीं क्या।

इस इलाके में हर बिज़नेस और हर जाति के लोग आबाद हैं। एक गली है जिसका नाम अरब लेन है। वहाँ के लोग उसे अरब गली कहते हैं। उन दिनों, जिन दिनों की मैं बात कर रहा हूँ, इस गली में लगभग बीस-पच्चीस अरब रहते थे जो स्वयं को मोतियों के व्यापारी कहते थे, बाकी आबादी पंजाबियों और रामपुरियों की थी।

इसी गली में मुझे एक कमरा मिल गया था, जिसमें कभी सूरज का प्रकाश न आ पाता था। हर समय बिजली का बल्ब जलता रहता था। इसका किराया साढ़े नौ रुपए मासिक था।

आप यदि कभी बम्बई में नहीं रहे तो शायद आप मुश्किल ही से विश्वास करेंगे कि वहाँ किसी को किसी दूसरे से सरोकार नहीं होता। यदि आप अपनी खोली में मर रहे हैं तो आपको कोई नहीं पूछेगा। आपके पड़ोस में हत्या हो जाए, क्या मज़ाल जो आपको उसकी खबर हो जाए—लेकिन वहाँ अरब गली में केवल एक व्यक्ति ऐसा था, जिसे अड़ोस-पड़ोस के हर व्यक्ति से दिलचस्पी थी और उसका नाम ममद भाई था।

ममद भाई रामपुर का रहने वाला था। कमाल का फकेत, गतके और वनोट की कला में निपुण—मैं जब अरब गली में आया तो अक्सर होटलों में उसका नाम सुनने में आया, लेकिन बहुत दिनों तक उससे मुलाकात न हो सकी।

मैं सुबह-सवेरे अपनी खोली से निकल जाता था और बहुत रात गए

लौटता था, लेकिन ममद भाई से मिलने की बड़ी उत्सुकता थी, क्योंकि उसके संबंध में अरब गली में बहुत-सी कहानियाँ प्रचलित थीं—कि बीस-पच्चीस आदमी यदि लाठियों से लैस होकर उस पर टूट पड़ें, तो भी वे उसका बाल तक बाँका नहीं कर सकते। एक मिनट के अंदर-अंदर वह उन सबको चित कर देता है और यह कि उस जैसा छुरीमार सारे बम्बई में नहीं मिल सकता। यों छुरी मारता है कि जिसके लगती है उसे पता भी नहीं चलता—सौ क़दम तक बिना कुछ अनुभव किए चलता रहता है और अंत में एकदम ढेर हो जाता है। लोग कहते हैं कि यह उसके हाथ की सफ़ाई है।

उसके हाथ की यह सफ़ाई देखने की मुझे उत्सुकता नहीं थी, लेकिन यों उसके बारे में अन्य बातें सुन-सुनकर मेरे मन में यह इच्छा अवश्य उत्पन्न हो चुकी थी कि मैं उसे देखूँ। उससे बातें न करूँ लेकिन निकट से देख लूँ कि कैसा है—इस पूरे इलाके पर उसका व्यक्तित्व छाया हुआ था। वह बहुत बड़ा 'दादा' अर्थात् बदमाश था, लेकिन इसके बावजूद लोग कहते थे कि उसने किसी की बहू-बेटी की ओर कभी आँख उठाकर नहीं देखा। ''लंगोट का बहुत पक्का है''—''गरीबों के दुख-दर्द का साझीदार है।'' केवल अरब गली ही नहीं, आस-पास जितनी गलियाँ थीं उनमें जितनी दीन, दरिद्र स्त्रियाँ थीं, सब ममद भाई को जानती थीं, क्योंकि वह प्राय: उनकी आर्थिक सहायता करता रहता था। लेकिन वह स्वयं कभी उनके पास नहीं जाता था, अपने किसी कम आयु के शिष्य को भेज देता था और उनकी कुशलता पूछ लेता था।

मुझे मालूम नहीं कि उसकी आय के क्या साधन थे; अच्छा खाता था, अच्छा पहनता था। उसके पास एक छोटा-सा ताँगा था, जिसमें बड़ा स्वस्थ टट्टू जुता होता था। वह स्वयं ही उसे चलाता था। साथ दो-तीन शिष्य होते थे। भिंडी बाज़ार का एक चक्कर लगाकर या किसी दरगाह में होकर वह उस ताँगे पर वापस अरब गली आ जाता था और किसी ईरानी के होटल में बैठकर अपने शिष्यों के साथ गतके और बनोट की बातों में निमग्न हो जाता था।

मेरी खोली के साथ ही एक और खोली थी जिसमें मारवाड़ का एक मुसलमान नर्तक रहता था। उसने मुझे ममद भाई की सैकड़ों कहानियाँ सुनाईं—उसने मुझे बताया कि ममद भाई लाख रुपए का आदमी है। एक बार उसे हैजा हो गया था। ममद भाई को पता चला तो उसने फ़ारस रोड के सब-के-सब डॉक्टर उसकी खोली में इकट्ठे कर दिए और उनसे कहा, ''देखो, अगर आशिक़ हुसैन

को कुछ हो गया तो मैं तुम सबका सफ़ाया कर दूँगा...'' आशिक़ हुसैन ने बड़े आदरपूर्ण स्वर में मुझसे कहा, ''मंटो साहब! ममद भाई फ़रिश्ता है—फ़रिश्ता। जब उसने डॉक्टरों को धमकी दी तो वे सब काँपने लगे। ऐसा लगकर इलाज किया कि मैं दो ही दिन में ठीक-ठाक हो गया।''

ममद भाई के संबंध में अरब गली के गंदे और बेहूदा रेस्तराँओं में मैं और भी बहुत कुछ सुन चुका था। एक व्यक्ति ने जो शायद उसका शिष्य था और स्वयं को बहुत बड़ा फकेत समझता था, मुझसे कहा था कि ममद भाई अपने नेफ़े में एक ऐसा आबदार खंजर हमेशा उड़सकर रखता है जो उस्तरे की तरह शेव भी कर सकता है और यह खंजर म्यान में नहीं होता-खुला रहता है—बिलकुल नंगा और वह भी उसके पेट के साथ। उसकी नोक इतनी तीखी है कि यदि बातें करते हुए, झुकते हुए, उससे ज़रा-सी गलती हो जाए तो ममद भाई का एकदम काम तमाम हो जाए।

प्रत्यक्ष है कि उसको देखने और उससे मिलने की उत्सुकता दिन-प्रतिदिन मेरे मन में बढ़ती गई। मालूम नहीं, मैंने अपनी कल्पना में उसके चेहरे-मोहरे का क्या रेखाचित्र बनाया था। जो हो, इतने समय के बाद मुझे केवल इतना स्मरण है कि मैं एक देवकाय व्यक्ति को अपनी मानसिक आँखों के सामने देखता था जिसका नाम ममद भाई था—उस प्रकार का व्यक्ति जो हरक्युलीस साइकिलों पर विज्ञापन-स्वरूप दिया जाता है।

मैं सुबह-सवेरे अपने काम पर निकल जाता था और रात के दस बजे के लगभग खाने आदि से निबटकर वापस आकर तुरंत सो जाता था। इस बीच में मदद भाई से कैसे मुलाकात हो सकती थी। मैंने कई बार सोचा कि काम पर न जाऊँ और सारा दिन अरब गली में गुज़ार कर ममद भाई को देखने की कोशिश करूँ, लेकिन अफ़सोस कि मैं ऐसा न कर सका, इसलिए कि मेरी नौकरी ही बड़ी बेहूदा ढंग की थी।

ममद भाई से मुलाकात करने की सोच ही रहा था कि अचानक इन्फ़्लुएन्ज़ा ने मुझ पर घोर आक्रमण किया, ऐसा आक्रमण कि मैं बौखला गया। मुझे भय था कि यह बिगड़कर कहीं निमोनिया में परिवर्तित न हो जाए, क्योंकि अरब गली के एक डॉक्टर ने ऐसा ही कहा था! मैं बिलकुल अकेला था। मेरे साथ जो एक व्यक्ति रहता था, उसे पूना में एक नौकरी मिल गई थी, इसलिए वह भी पास न था। बुखार में फुँका जा रहा था, प्यास इतनी लगती थी कि जो पानी खोली में

रखा था मेरे लिए काफ़ी नहीं था; और मित्र-संबंधी कोई पास नहीं था जो मेरी देख-रेख करता। मैं बहुत 'सख़्त-जान' हूँ, देख-रेख की मुझे प्रायः आवश्यकता नहीं हुआ करती, लेकिन न जाने वह कैसा बुखार था, इन्फ़्लुएन्जा था, मलेरिया था या कुछ और था, लेकिन उसने मेरी रीढ़ की हड्डी तोड़ दी। मैं बिलबिलाने लगा। मेरे मन में पहली बार इच्छा उत्पन्न हुई कि मेरे पास कोई हो जो मुझे ढारस दे। ढारस न दे तो कम-से-कम क्षण-भर के लिए अपनी शकल दिखाकर चला जाए, ताकि मुझे इसी से ढारस हो जाए कि कोई मुझे पूछने वाला भी है।

दो दिन तक मैं बिस्तर पर पड़ा कराहता रहा, लेकिन कोई न आया—आता भी कौन? मेरी जान-पहचान के आदमी ही कितने थे—दो, तीन या चार—और वे इतनी दूर रहते थे कि उन्हें मेरी मृत्यु का भी पता न चल सकता था। और फिर वहाँ बम्बई में कौन किसको पूछता है—कोई मरे या जिए, उनकी बला से।

मेरी बहुत बुरी हालत थी। आशिक़ हुसैन नर्तक की पत्नी बीमार थी, इसलिए वह अपने घर जा चुका था। यह मुझे होटल के छोकरे ने बताया था। अब मैं किसको बुलाता?

बड़ी निढाल स्थिति में था और सोच रहा था कि स्वयं नीचे उतरूँ और किसी डॉक्टर के पास जाऊँ कि किसी ने दरवाज़ा खटखटाया। मैंने सोचा कि होटल का छोकरा, जिसे बम्बई की भाषा में 'बाहिर वाला' कहते हैं, होगा। बड़े मरियल स्वर में कहा, "आ जाओ।"

दरवाज़ा खुला और एक छरेरे बदन के व्यक्ति ने, जिसकी मूँछें मुझे सबसे पहले दिखाई दीं, भीतर प्रवेश किया।

उसकी मूँछें ही सब कुछ थीं। मेरा मतलब यह है कि यदि उसकी मूँछें न होतीं तो बहुत सम्भव है कि वह कुछ भी न होता। ऐसा मालूम होता था कि उसकी मूँछों ने ही उसके पूरे अस्तित्व को जीवन प्रदान कर रखा है।

वह भीतर आया और अपनी विलियम कैसर जैसी मूँछों को एक उँगली से ठीक करते हुए मेरी खाट के पास आया। उसके पीछे तीन-चार व्यक्ति थे। विचित्र मुखाकृतियाँ थीं उनकी—मैं बहुत हैरान था कि ये कौन हैं और मेरे पास क्यों आए हैं?

विलियम कैसर जैसी मूँछों और छरहरे बदन वाले व्यक्ति ने मुझसे बड़े कोमल स्वर में कहा, "विम्टो साहब, आपने हद कर दी, साला मुझे इत्तला क्यों न दी?"

'मंटो' का 'विम्टो' बन जाना मेरे लिए कोई नई बात नहीं थी। इसके अतिरिक्त मैं इस मूड में भी नहीं था कि मैं उसका सुधार करता। मैंने अपने क्षीण स्वर में उसकी मूँछों से केवल इतना कहा, "आप कौन हैं?"

उसने संक्षिप्त-सा उत्तर दिया, "ममद भाई।"

मैं उठकर बैठ गया। "ममद भाई...तो...तो आप ममद भाई हैं—मशहूर दादा!"

मैंने यह तो कह दिया लेकिन तुरंत मुझे अपने बड़ेपन का अनुभव हुआ और मैं रुक गया। ममद भाई ने छोटी उँगली से अपनी मूँछों के सख्त बाल ज़रा ऊपर किए और मुस्कराया, "हाँ विम्टो भाई—मैं ममद हूँ—यहाँ का मशहूर दादा—मुझे बाहर वाले से मालूम हुआ कि तुम बीमार हो—साला यह भी कोई बात है कि तुमने मुझे खबर न की। ममद भाई का मस्तक फिर जाता है जब कोई ऐसी बात होती है।"

मैं उत्तर में कुछ कहने वाला था कि उसने अपने साथियों में एक को सम्बोधित कर कहा, "अरे—क्या नाम है तेरा—जा भागकर जा, और क्या नाम है उस डॉक्टर का—समझ गए ना, उससे कह कि ममद भाई तुझे बुलाता है—एकदम जल्दी आ—एकदम—सब काम छोड़ दे और जल्दी आ—और देख, साले से कहना सब दवाएँ लेता आए।"

ममद भाई ने जिसको यह आदेश दिया था, वह एकदम चला गया। मैं सोच रहा था—मैं उसको देख रहा था—वे समस्त कहानियाँ मेरे मस्तिष्क में चल-फिर रही थीं जो मैं उसके संबंध में लोगों से सुन चुका था, लेकिन गडमड रूप में, क्योंकि बार-बार उसकी ओर देखने के कारण उसकी मूँछें सब पर छा जाती थीं—बड़ी भयानक लेकिन बड़ी सुंदर मूँछें थीं लेकिन ऐसा लगता था कि उस चेहरे को जिसके नयन-नक्श बड़े कोमल हैं, केवल भयानक बनाने के लिए ये मूँछें रखी गई हैं। मैंने सोचा कि वास्तव में यह व्यक्ति उतना भयानक नहीं है जितना कि उसने स्वयं को बना रखा है।

खोली में कोई कुर्सी नहीं थी। मैंने ममद भाई से कहा कि वह मेरी चारपाई पर बैठ जाएँ, लेकिन उसने इन्कार कर दिया और बड़े रूखे-से स्वर में कहा, "ठीक है—हम खड़े रहेंगे।"

फिर उसने टहलते हुए हालाँकि उस खोली में इस ऐश्वर्य की कोई गुंजाइश नहीं थी—कुर्ते का दामन उठाकर पायजामे के नेफ़े से एक खंजर

निकाला—मैं समझा चाँदी का है। इस प्रकार चमक रहा था कि मैं आप से क्या कहूँ। यह खंजर निकाल कर पहले उसने अपनी कलाई पर फेरा, जो बाल उसकी पकड़ में आ गए, सब साफ़ हो गए। इस पर वह सन्तुष्ट-सा हो अपने नाखून तराशने लगा।

उसके आगमन ही से मेरा बुखार कई डिगरी कम हो गया था। अब मैंने कुछ होश में आकर कहा, ''ममद भाई! यह छुरी तुम इस तरह...नेफ़े में...यानी बिलकुल अपने पेट के साथ रखते हो—इतनी तेज़ है, क्या तुम्हें डर नहीं लगता?''

ममद ने खंजर से अपने नाखून की एक फाँक बड़ी सफ़ाई से उड़ाते हुए उत्तर दिया, ''विम्टो भाई! यह छुरी दूसरों के लिए है। यह अच्छी तरह जानती है। साली अपनी चीज़ है, मुझे कैसे नुकसान पहुँचाएगी।''

छुरी से जो संबंध उसने स्थापित किया था, वह कुछ ऐसा ही था जैसे कोई माँ या बाप कहे कि यह मेरा बेटा है या बेटी है, इसका मुझ पर कैसे हाथ उठ सकता है!

डॉक्टर आ गया—उसका नाम पिन्टो था और मैं विम्टो—उसने ममद भाई को अपने क्रिश्चियन ढंग में सलाम किया और पूछा कि मामला क्या है!

जो मामला था वह ममद भाई ने बता दिया—संक्षिप्त, लेकिन कड़े शब्दों में, जिनमें आज्ञा थी कि देखो, अगर तुमने विम्टो भाई का इलाज अच्छी तरह न किया तो तुम्हारी खैर नहीं।

डॉक्टर पिन्टो ने आज्ञाकारी बच्चे की तरह अपना काम किया। मेरी नब्ज़ देखी। स्टेथेस्कोप लगाकर मेरी छाती और पीठ का निरीक्षण किया। ब्लडप्रेशर देखा। मुझसे मेरी बीमारी का विवरण पूछा। उसके बाद उसने मुझसे नहीं, ममद भाई से कहा, ''कोई फ़िक्र की बात नहीं—मलेरिया है—मैं इन्जेक्शन लगा देता हूँ।''

ममद भाई मुझसे कुछ दूर खड़ा था। उसने डॉक्टर की बात सुनी और खंजर से अपनी कलाई के बाल उड़ाते हुए कहा, ''मैं कुछ नहीं जानता—इन्जेक्शन देना है तो दे दो, लेकिन अगर इसे कुछ हो गया तो...''

डॉक्टर पिन्टो काँप उठा, ''नहीं ममद भाई...सब ठीक हो जाएगा।''

ममद भाई ने खंजर अपने नेफ़े में उड़स लिया, ''तो ठीक है।''

''तो मैं इन्जेक्शन लगाता हूँ,'' डॉक्टर ने अपना बैग खोला और सिरिंज निकाली।

"ठहरो; ठहरो।"

ममद भाई घबरा गया था। डॉक्टर ने तुरंत सिरिंज बैग में वापस रख ली और मिमियाते हुए ममद भाई से बोला, "क्यों?"

"बस—मैं किसी के सुई लगते नहीं देख सकता," यह कहकर वह खोली से बाहर चला गया। उसके साथ ही उसके साथी भी चले गए।

डॉक्टर पिन्टो ने मुझे कुनीन का इन्जेक्शन लगाया, बड़ी सावधानी से, अन्यथा मलेरिया का यह इन्जेक्शन बड़ा कष्टदायक होता है। जब वह अपना काम कर चुका तो मैंने उससे उसकी फ़ीस पूछी। उसने कहा, "दस रुपए।" मैं तकिए के नीचे से अपना बटुआ निकाल रहा था कि ममद भाई भीतर आ गया। उस समय मैं दस रुपए का नोट डॉक्टर पिन्टो को दे रहा था।

ममद भाई ने क्रुद्ध नज़रों से मुझे और डॉक्टर को देखा और गरजकर कहा, "यह क्या हो रहा है?"

मैंने कहा, "फ़ीस दे रहा हूँ।"

ममद भाई पिन्टो से सम्बोधित हुआ, "साले! यह फ़ीस कैसी ले रहे हो?"

डॉक्टर पिन्टो बौखला गया, "मैं कब ले रहा हूँ—ये दे रहे थे।"

"साला, हमसे फ़ीस लेते हो—वापस करो यह नोट," ममद भाई के स्वर में उसके खंजर जैसी तेज़ी थी।

डॉक्टर पिन्टो ने मुझे नोट वापस कर दिया और बैग बंद करके ममद भाई से क्षमा माँगते हुए चला गया।

ममद भाई ने एक उँगली से अपनी काँटों जैसी मूँछों को ताव दिया और मुस्कराया, "विम्टो भाई—यह भी कोई बात है कि इस इलाके का डॉक्टर तुम से फ़ीस ले...तुम्हारी कसम अपनी मूँछें मुँडवा देता, अगर इस साले ने फ़ीस ली होती—यहाँ सब तुम्हारे गुलाम हैं।"

किंचित विलंब के बाद मैंने उससे पूछा, "ममद भाई! तुम मुझे कैसे जानते हो?"

ममद भाई की मूँछें थरथराईं, "ममद भाई किसे नहीं जानता—हम यहाँ के बादशाह हैं प्यारे—अपनी रियाया का ख़्याल रखते हैं। हमारी सी.आई.डी. है। वह हमें बताती रहती है, कौन आया है, कौन गया है, कौन अच्छी हालत में है, कौन बुरी हालत में है। तुम्हारे बारे में हम सब कुछ जानते हैं।"

मैंने यों ही मज़ाक के तौर पर कहा, "क्या जानते हैं आप?"

"साला—हम क्या नहीं जानते—तुम अमृतसर का रहने वाला है—कश्मीरी है, यहाँ अखबारों में काम करता है। तुमने बिस्मिल्ला होटल के दस रुपए देने हैं, इसलिए तुम उधर से नहीं गुज़रते। भिण्डी बाज़ार में एक पानवाला तुम्हारी जान को रोता है। उससे तुम बीस रुपए दस आने के सिग्रेट लेकर फूँक चुके हो।"

मैं लज्जावश पानी-पानी हो गया।

ममद भाई ने अपनी कंटीली मूँछों पर एक उँगली फेरी और मुस्कराकर कहा, "विम्टो भाई, कुछ फ़िक्र न करो। तुम्हारे सब कर्ज़ चुका दिए गए हैं अब तुम नए सिरे से मामला शुरू कर सकते हो। मैंने इन सालों से कह दिया है कि खबरदार अगर विम्टो भाई को तुमने तंग किया और ममद भाई तुमसे कहता है कि इन्शाअल्ला कोई तुम्हें तंग नहीं करेगा।"

मेरी समझ में नहीं आता था कि उससे क्या कहूँ! बीमार था, कुनीन का टीका लग चुका था, जिसके कारण कानों में शाँय-शाँय हो रही थी। इसके अतिरिक्त मैं उसके उपकारों तले इतना दब चुका था कि यदि कोई मुझे उस बोझ के नीचे से निकालने का प्रयत्न करता तो उसे बड़ी मेहनत करनी पड़ती। मैं केवल इतना कह सका, "ममद भाई, खुदा तुम्हें ज़िन्दा रखे!...तुम खुश रहो!"

ममद भाई ने अपनी मूँछों के बाल ज़रा ऊपर किए और कुछ कहे बिना चला गया।

डॉक्टर पिन्टो प्रतिदिन सुबह-शाम आता रहा। मैंने उससे कई बार फ़ीस का ज़िक्र किया, लेकिन उसने कानों को हाथ लगाकर कहा, "नहीं, मिस्टर विम्टो—ममद भाई का मामला है, मैं एक धेला भी नहीं ले सकता।"

मैंने सोचा, 'यह ममद भाई कोई बहुत बड़ा आदमी है—अर्थात् भयानक आदमी—जिससे डॉक्टर पिन्टो, जो बड़ा ओछा व्यक्ति है, डरता है और मुझ से फ़ीस लेने का साहस नहीं करता, हालाँकि वह अपनी जेब से इंजेक्शनों का रुपया खर्च कर रहा है।'

बीमारी के दिनों में ममद भाई हर-रोज़ मेरे यहाँ आता रहा। कभी सुबह, कभी शाम—अपने छह-सात शिष्यों के साथ—और मुझे हर संभव ढंग से ढारस देता था कि मामूली मलेरिया है। "तुम डॉक्टर पिन्टो के इलाज से इन्शाअल्ला बहुत जल्द ठीक-ठाक हो जाओगे।"

पन्द्रह रोज़ के बाद मैं ठीक-ठाक हो गया। इस बीच में मैं ममद भाई का प्रत्येक नयन-नक्श अच्छी तरह देख चुका था।

जैसा कि मैं इससे पहले कह चुका हूँ, वह छरहरे बदन का व्यक्ति था। आयु यही पच्चीस-तीस के बीच होगी, पतली-पतली बाँहें, टाँगें भी ऐसी ही थीं। हाथ बला के फुर्तीले थे। उनसे जब वह छोटा-सा तेज़-धार चाकू किसी शत्रु पर फेंकता था तो वह सीधा उसके दिल में खुबता था—यह मुझे अरब गली के लोगों ने बताया था।

उसके संबंध में अनगिनत बातें प्रसिद्ध थीं। उसने किसी को कत्ल किया था, यह तो मैं नहीं कह सकता; हाँ, छुरीमार वह कमाल का था और गतके में प्रवीण। सब कहते थे कि वह सैंकड़ों हत्याएँ कर चुका है, लेकिन मैं यह अब भी मानने को तैयार नहीं।

लेकिन जब मैं उसके खंजर के बारे में सोचता हूँ तो मेरे तन-बदन में झुरझुरी-सी दौड़ जाती है। यह भयानक हथियार वह क्यों हर समय अपनी सलवार के नेफ़े में उड़से रहता है?

मैं जब अच्छा हो गया तो एक दिन अरब गली के एक थर्ड-क्लास चीनी रेस्तराँ में मेरी उससे मुलाकात हुई—वह अपना वही खंजर निकालकर अपने नाखून काट रहा था—मैंने उससे पूछा—''ममद भाई! आजकल बंदूक, पिस्तौल का ज़माना है—तुम यह खंजर क्यों लिए फिरते हो?''

ममद भाई ने अपनी कँटीली मूँछों पर एक उँगली फेरी और कहा, ''विम्टो भाई—बंदूक-पिस्तौल में कोई मज़ा नहीं। उन्हें कोई बच्चा भी चला सकता है। घोड़ा दबाया और ठस...इसमें क्या मज़ा है? यह चीज़...यह खंजर... यह छुरी...यह चाकू...मज़ा आता है ना, खुदा की क़सम—यह वह है, तुम क्या कहा करते हो?...हाँ...आर्ट...इसमें आर्ट है मेरी जान! जिसे चाकू या छुरी चलाने का आर्ट न आता हो, वह एकदम कंडम है—पिस्तौल क्या है, खिलौना है जो नुक्सान पहुँचा सकता है, पर इसमें क्या लुत्फ़ आता है—कुछ भी नहीं तुम यह खंजर देखो—इसकी तेज़ धार देखो।'' यह कहते हुए उसने अँगूठे पर थूक लगाया और अँगूठा उसकी धार पर फेरा, ''इससे धमाका नहीं होता—बस, यों पेट के अंदर दाखिल कर दो—इस सफ़ाई से कि किसी साले को मालूम भी न हो...बंदूक-पिस्तौल सब बकवास है।''

ममद भाई से अब मेरी हर रोज़ किसी-न-किसी समय मुलाकात होती थी।

मैं उसका आभारी था लेकिन जब मैं इसका ज़िक्र करता था तो वह नाराज़ हो जाता था—कहता था कि "मैंने तुम पर कोई एहसान नहीं किया, यह तो मेरा फ़र्ज़ था।"

जब मैंने कुछ खोज-पड़ताल की तो मुझे मालूम हुआ कि वह फ़ारस रोड के इलाके का एक प्रकार का शासक था—ऐसा शासक जो प्रत्येक व्यक्ति की देख-रेख करता था। कोई बीमार हो, किसी को कोई कष्ट हो, ममद भाई उसके पास पहुँच जाता था और यह उसकी सी.आई.डी. का काम था जो उसे हर बात से सूचित रखती थी।

वह 'दादा' अर्थात् एक खतरनाक गुंडा—लेकिन मेरी समझ में अब भी नहीं आता कि वह किस रूप से गुंडा था। मैंने तो कभी उसमें कोई गुंडापन नहीं देखा, बस एक उसकी मूँछें ज़रूर ऐसी थीं जो उसे भयावह बनाए रखती थीं। लेकिन उसे उनसे प्यार था। वह उनका कुछ इस प्रकार पालन करता था जैसे कोई अपने बच्चे की करे।

उसकी मूँछों का एक-एक बाल खड़ा था—मुझे किसी ने बताया था कि ममद भाई हर रोज़ अपनी मूँछों को बालाई खिलाता है। जब खाना खाता है तो शोरबा भरी उँगलियों से अपनी मूँछें ज़रूर मरोड़ता है क्योंकि, बुज़ुर्गों के कथनानुसार, यों बालों में शक्ति आती है।

मैं इससे पहले शायद कई बार कह चुका हूँ कि उसकी मूँछें बड़ी भयानक थीं—वास्तव में उन मूँछों का नाम ही ममद भाई था—या उस खंजर का जो उसकी तंग घेरे की सलवार के नेफ़े में हर समय मौजूद रहता था—मुझे इन दोनों चीज़ों से डर लगता था, न जाने क्यों।

ममद भाई यों तो उस इलाके का बहुत बड़ा दादा था, लेकिन वह सबका शुभचिन्तक था। मालूम नहीं कि उसकी आय के क्या साधन थे लेकिन जिस किसी को सहायता की आवश्यकता होती थी, वह अवश्य उसकी सहायता करता था। इस इलाके की समस्त वेश्याएँ उसे अपना गुरु मानती थीं। चूँकि वह एक माना हुआ गुंडा था इसलिए आवश्यक था कि उसका संबंध वहाँ की किसी वेश्या से होता, लेकिन मुझे पता चला कि इस बात से उसका दूर का भी संबंध नहीं रहा था।

मेरी उसकी मित्रता बहुत गहरी हो गई—वह अनपढ़ था लेकिन जाने क्यों वह मेरा इतना आदर करता था कि अरब गली के सब लोगों को ईर्ष्या होती थी। एक दिन सुबह-सवेरे दफ़्तर जाते समय मैंने चीनी के होटल में किसी से सुना

कि ममद भाई गिरफ़्तार कर लिया गया है। मुझे बहुत आश्चर्य हुआ, इसलिए कि सब थाने वाले उसके मित्र थे। फिर क्या कारण हो सकता था? मैंने उसी व्यक्ति से पूछा कि बात क्या हुई जो ममद भाई गिरफ़्तार हो गया। उसने बताया कि इसी अरब गली में एक औरत रहती है जिसका नाम शीरन बाई है। उसकी एक जवान लड़की है, जिसे कल एक व्यक्ति ने खराब कर दिया—अर्थात् उसका सतीत्व भंग कर दिया। शीरनबाई रोती हुई ममद भाई के पास आई और उससे कहा, "तुम यहाँ के दादा हो—मेरी बेटी से अमुक आदमी ने यह बुरा किया—लानत है तुम पर कि तुम घर बैठे हो।" ममद भाई ने एक मोटी गाली बुढ़िया को दी और कहा, "तुम चाहती क्या हो?" उसने कहा, "मैं चाहती हूँ कि तुम उस हरामज़ादे का पेट फाड़ डालो।"

ममद भाई उस समय होटल में कबाब खा रहा था। यह सुनकर उसने अपने नेफ़े में से खंजर निकाला। उस पर अँगूठा फेरकर उसकी धार देखी और बुढ़िया से कहा, "जा, तेरा काम हो जाएगा।"

और उसका काम हो गया—दूसरे शब्दों में उस आदमी का, जिसने बुढ़िया की बेटी का सतीत्व भंग किया था, आधे घंटे के भीतर-भीतर काम तमाम हो गया।

ममद भाई गिरफ़्तार तो हो गया था, लेकिन उसने अपना काम ऐसी चतुराई से किया था कि उसके खिलाफ़ कोई गवाही नहीं थी। इसके अतिरिक्त यदि कोई मौके का गवाह होता तब भी अदालत में वह कभी उसके विरुद्ध बयान न देता। परिणाम यह हुआ कि उसे ज़मानत पर छोड़ दिया गया।

दो दिन हवालात में रहा था, लेकिन वहाँ उसे कोई कष्ट न हुआ था। पुलिस के सिपाही, इन्स्पेक्टर, सब-इन्स्पेक्टर, सब उसको जानते थे लेकिन जब वह ज़मानत पर रिहा होकर बाहर आया तो मैंने महसूस किया कि उसे अपने जीवन का सबसे बड़ा धचका पहुँचा है। उसकी मूँछें जो भयावह रूप से ऊपर को उठी हुई थीं, अब कुछ झुक-सी गई थीं।

चीनी होटल में उससे मेरी मुलाकात हुई। उसके कपड़े जो हमेशा उजले होते थे, मैले थे। मैंने उससे कत्ल के संबंध में कोई बात न की लेकिन उसने स्वयं ही कहा, "विम्टो साहब! मुझे इस बात का अफ़सोस है कि साला देर से मरा—छुरी मारने में मुझसे चूक हो गई, हाथ टेढ़ा पड़ा—लेकिन वह भी उस साले का कसूर था—एकदम मुड़ गया—इस वजह से सारा मामला कंडम हो

गया लेकिन मर गया—ज़रा तकलीफ़ के साथ, जिसका मुझे अफ़सोस है।''

आप स्वयं सोच सकते हैं कि यह सुनकर मेरी प्रतिक्रिया क्या हुई होगी। अर्थात् उसे यदि अफ़सोस था तो केवल इस बात का कि मरने वाले को ज़रा तकलीफ़ हुई थी।

मुक़दमा चलना था—और ममद भाई उससे बहुत घबराता था। उसने अपने जीवन में कभी कचहरी की शक्ल तक न देखी थी। न जाने उसने इससे पहले भी क़त्ल किए थे या नहीं, लेकिन जहाँ तक मुझे पता है, वह मजिस्ट्रेट, वकील और गवाह के बारे में कुछ नहीं जानता था, इसलिए कि इन लोगों से उसका कभी सरोकार नहीं पड़ा था।

वह बहुत चिंतित था—पुलिस ने जब केस पेश करना चाहा और तारीख नियत हो गई तो ममद भाई बहुत परेशान हो गया। अदालत में मजिस्ट्रेट के सामने कैसे हाज़िर हुआ जाता है, इस बारे में उसे कुछ मालूम नहीं था। बार-बार अपनी कँटीली मूँछों पर वह उँगलियाँ फेरता था और मुझसे कहता था, ''विम्टो साहब! मैं मर जाऊँगा, पर कचहरी में नहीं जाऊँगा—साली मालूम नहीं कैसी जगह है।''

अरब गली में उसके कई मित्र थे। उन्होंने उसे ढाढ़स बँधाया कि मामला संगीन नहीं है। कोई गवाह मौजूद नहीं, एक केवल उसकी मूँछें हैं जो मजिस्ट्रेट के दिल में उसके विरुद्ध कोई विरोधी भाव उत्पन्न कर सकती हैं।

जैसा कि मैं इससे पहले कह चुका हूँ, उसकी केवल मूँछें ही थीं जो उसको भयावह बनाती थीं—यदि ये न होतीं तो वह किसी पहलू से भी 'दादा' दिखाई न देता।

उसने बहुत सोचा। उसकी ज़मानत थाने में ही हो गई थी, अब उसे कचहरी में पेश होना था। मजिस्ट्रेट से वह बहुत घबराता था। ईरानी के होटल में जब मेरी उसकी मुलाकात हुई तो मैंने महसूस किया कि वह बहुत परेशान है। उसे अपनी मूँछों की बड़ी चिन्ता थी, वह सोचता था कि यदि मूँछों के साथ वह कचहरी में पेश हुआ तो बहुत संभव है, उसको सज़ा हो जाए।

आप समझते हैं कि यह कहानी है, लेकिन यह वास्तविकता है कि वह बहुत परेशान था। उसके समस्त शिष्य हैरान थे—इसलिए कि वह कभी हैरान-परेशान नहीं हुआ था। उसे अपनी मूँछों की चिंता थी, क्योंकि उसके कुछ अभिन्न मित्रों ने उससे कहा था, ''ममद भाई! कचहरी में जाना है तो इन मूँछों

के साथ कभी न जाना—मजिस्ट्रेट तुमको अंदर कर देगा।''

और वह सोचता था, हर समय सोचता था कि उसकी मूँछों ने उस आदमी को कत्ल किया है या उसने—लेकिन वह किसी परिणाम पर नहीं पहुँच पाता था। उसने अपना खंजर, मालूम नहीं, जो पहली बार लहू में डूबा था या इससे पहिले कई बार डूब चुका था, अपने नेफ़े से निकाला और होटल के बाहर गली में फेंक दिया।

मैंने आश्चर्य से उससे पूछा, ''ममद भाई! यह क्या?''

''कुछ नहीं विम्टो भाई—बहुत घोटाला हो गया है—कचहरी में जाना है—यार-दोस्त कहते हैं कि तुम्हारी मूँछें देखकर वह ज़रूर तुम को सज़ा देगा—अब बोलो क्या करूँ?''

मैं क्या बोल सकता था? मैंने उसकी मूँछों की ओर देखा जो सचमुच भयानक थीं। मैंने उससे केवल इतना कहा, ''ममद भाई, बात तो ठीक है। तुम्हारी मूँछें मजिस्ट्रेट के फ़ैसले पर ज़रूर असर डालेंगी—सच पूछो तो जो कुछ होगा, तुम्हारे खिलाफ़ नहीं, तुम्हारी मूँछों के खिलाफ़ होगा।''

''तो मैं मुँडवा दूँ?'' ममद भाई ने अपनी चहेती मूँछों पर बड़े प्यार से उँगली फेरी।

मैंने उससे पूछा, ''तुम्हारा क्या ख़्याल है?''

''मेरा ख़्याल जो कुछ भी है, वह तुम मत पूछो—लेकिन यहाँ हर किसी का यही ख़्याल है कि मैं इन्हें मुँडवा दूँ—वह साला मजिस्ट्रेट मेहरबान हो जाएगा। तो मुँडवा दूँ विम्टो भाई?''

किंचित विलंब के बाद मैंने उससे कहा, ''हाँ, अगर तुम मुनासिब समझते हो तो मुँडवा दो—कचहरी का मामला है और तुम्हारी मूँछें सचमुच बड़ी भयानक हैं।''

दूसरे दिन ममद भाई ने अपनी मूँछें—अपने प्राणों से प्यारी मूँछें मुँडवा डालीं, क्योंकि उसकी इज़्ज़त खतरे में थी लेकिन केवल दूसरों के मश्वरे पर!

मिस्टर एफ. एच. टेल की कचहरी में उसका मुक़द्दमा पेश हुआ। ममद भाई मूँछों के बिना पेश हुआ। मैं भी वहाँ मौजूद था। उसके खिलाफ़ कोई गवाह मौजूद नहीं था। लेकिन मजिस्ट्रेट साहब ने उसको खतरनाक गुंडा सिद्ध कर 'तड़ीपाड़' अर्थात् प्रांत छोड़ देने का दंड दे दिया। उसे केवल एक दिन मिला था, जिसमें उसे अपना सब कुछ समेट-बटोरकर बम्बई छोड़ देना था।

कचहरी से निकलकर उसने मुझसे कोई बात न की। उसकी छोटी-बड़ी

उँगलियाँ बार-बार ऊपर के होंठ की ओर बढ़ती थीं, लेकिन वहाँ एक बाल तक न था।

शाम को जब उसे बम्बई छोड़कर कहीं और जाना था, मेरी उसकी मुलाकात ईरानी के होटल में हुई। उसके दस-बीस शिष्य आस-पास की कुर्सियों पर बैठे चाय पी रहे थे। जब मैं उससे मिला तो उसने मुझसे कोई बात न की। मूँछों के बिना वह बहुत भद्र पुरुष दिखाई दे रहा था, लेकिन मैंने महसूस किया कि वह बहुत दुःखी है।

उसके पास कुर्सी पर बैठकर मैंने उससे कहा, ''क्या बात है ममद भाई ?''

उसने उत्तर में एक बहुत बड़ी गाली भगवान जाने किसको दी और कहा, ''साला अब ममद भाई ही नहीं रहा।''

मुझे मालूम था कि उसे प्रांत छोड़ने का दंड दिया जा चुका है। मैंने कहा, ''कोई बात नहीं ममद भाई—यहाँ नहीं तो किसी और जगह सही।''

उसने समस्त जगहों को अनगिनत गालियाँ दीं—''साला—अप्पन को यह गम नहीं—यहाँ रहे या किसी और जगह रहे—यह साला मूँछें क्यों मुँडवाईं।'' फिर उसने उन लोगों को जिन्होंने उसको मूँछें मुँडवाने का मश्वरा दिया था, एक करोड़ गालियाँ दीं और कहा, ''साला अगर मुझे 'तड़ीपाड़' ही होना था तो मूँछों के साथ क्यों न हुआ ?''

मुझे हँसी आ गई—वह लाल भभूका हो गया—''साला, तुम कैसा आदमी है विम्टो—हम सच कहता है, खुदा की कसम—फाँसी लगा देते पर यह बेवक़ूफ़ी तो हमने खुद की...आज तक किसी से नहीं डरा था...साला अपनी मूँछों से डर गया।'' यह कहकर उसने अपने मुँह पर दोहत्तड़ मारी और चिल्लाकर बोला, ''ममद भाई, लानत है तुझ पर—साला—अपनी मूँछों से डर गया—अब जा अपनी माँ के...''

और उसकी आँखों में आँसू आ गए जो उसकी मूँछों से खाली चेहरे पर कुछ विचित्र से दिखाई देते थे।

ख़्वाजा अहमद अब्बास

(1914—1987)

मेरे अपने बारे में

"जन्म : पानीपत, 1914। शिक्षा : हाली मुस्लिम हाई स्कूल पानीपत और मुस्लिम यूनिवर्सिटी, अलीगढ़। पत्रकारिता : 'बॉम्बे क्रॉनीकल' (1935 से 1945 तक)। उस समय के बाद फ्रीलांसिग। पुस्तकें : लगभग एक दर्जन, उर्दू और अंग्रेज़ी में। सफ़र : दुनिया का सफ़र, 1938। सिद्धांत : समाजवादी (लेकिन नॉन-पार्टी)

मेरा पता है : ए, प्रेस कोर्ट, फ़र्स्ट फ़्लोर, चर्च गेट रिक्लेमेशन, बम्बई-1"

—ख़्वाजा अहमद अब्बास

दो शब्द-संपादक की ओर से

ख़्वाजा अहमद अब्बास मौलिक रूप से पत्रकार हैं। यही कारण है कि जिस प्रकार समाचार-पत्र के किसी पूरे समाचार को पढ़े बिना हम वास्तविकता नहीं जान पाते, उसी प्रकार अब्बास की कोई पूरी कहानी पढ़े बिना कहीं बीच में हम पर कोई विशेष प्रतिक्रिया नहीं होती। फिर उसकी अधिकतर कहानियों के विषय चूँकि सामयिक घटनाओं पर आधारित होते हैं, इसलिए उसके यहाँ राजनैतिक तथा सामाजिक उलझनों के विश्लेषण के साथ-साथ आलोचना का अंश अधिक रहता है।

अब्बास संसार को उसके वास्तविक रूप में देखना और दिखाना पसंद करता है—ऐसा संसार जिसमें अच्छे मनुष्य भी हैं और बुरे भी, और, जे. मिल्लर के सिद्धांतानुसार, उसे बुरे लोगों में अधिक नेकी और नेक लोगों में अधिक बुराई नज़र आती है। लेकिन जे. मिल्लर की तरह वह इन दोनों में कोई विभाजन-रेखा खींचने से नहीं कतराता, बल्कि बड़ी बेबाकी से बुरे को बुरा और अच्छे को अच्छा कहता है। अपने कथा-साहित्य के संबंध में 1942 में अपने

कहानी–संग्रह *'एक लड़की'* की भूमिका में उसने स्वयं लिखा था :

'ऐसे हाड़–मांस के चलते–फिरते मनुष्य, जो अच्छाइयों और बुराइयों का संग्रह होते हैं। मनुष्य, जो बावजूद ''पाप'' करने के भी मानवता से अनभिज्ञ नहीं होते। मनुष्य जो इश्क और मुहब्बतों, के लिए जीवित नहीं रहते बल्कि खाते भी हैं, कमाते भी हैं, गाते भी हैं और रोते भी हैं। देश पर जान भी देते हैं और देश से विश्वासघात भी करते हैं। जो गिरते भी हैं, सम्भलते भी हैं और गिरतों को सहारा भी देते हैं। यदि ऐसे मनुष्य मेरी कहानियों में नज़र आ जाएँ तो मैं समझूँगा कि मेरे परिश्रम का फल मुझे मिल गया।'

आज न केवल अब्बास को अपने परिश्रम का फल मिल चुका है, बल्कि उर्दू साहित्य को एक बहुत बड़ा मानव–प्रेमी लेखक भी मिल गया है।

अबाबील

ख़्वाजा अहमद अब्बास

उसका नाम तो रहीमखाँ था लेकिन उस जैसा ज़ालिम शायद ही कोई हो। गाँव-भर उसके नाम से काँपता था। न आदमी पर दया करे, न जानवर पर। एक दिन रामू लुहार के बच्चे ने उसके बैल की पूँछ में काँटे बाँध दिए थे तो रहीमखाँ ने बच्चे को मारते-मारते उसे अधमरा कर दिया। अगले दिन इलाके के सरकारी अफ़सर की घोड़ी उसके खेत में घुस आई तो लाठी लेकर घोड़ी को इतना मारा कि वह लहूलुहान हो गई। लोग कहते थे कि कम्बख़्त को ख़ुदा का खौफ़ भी तो नहीं है। मासूम बच्चों और बेज़बान जानवरों तक को माफ़ नहीं करता। यह ज़रूर नरक की आग में जलेगा। लेकिन सब उसकी पीठ-पीछे कहा जाता था। सामने एक शब्द कहने का किसी में साहस न था। एक दिन बिंदू की जो शामत आई तो कह दिया, "अरे भई रहीमखाँ, तू क्यों बच्चों को मारता है?" बस उस बेचारे की वह दुर्गत बनाई कि उस दिन से लोगों ने उससे बात करनी भी छोड़ दी कि न मालूम किस बात पर बिगड़ पड़े। कुछेक का ख़्याल था कि उसका दिमाग खराब हो गया है। उसे पागलखाने भेज देना चाहिए। कोई कहता था, अब की बार किसी को मारे तो थाने में रपट लिखवा दो, लेकिन किसकी मजाल थी कि उसके खिलाफ़ थाने में गवाही देकर उससे दुश्मनी मोल लेता!

गाँव-भर ने उससे बात करनी छोड़ दी लेकिन उस पर कुछ असर न हुआ। सुबह-सवेरे वह हल कंधे पर रखे अपने खेत की ओर जाता दिखाई देता। रास्ते में किसी से न बोलता, लेकिन खेत में जाकर बैलों से आदमियों की तरह बातें करता। उसने दोनों के नाम रख छोड़े थे—नत्थू और छिद्दू। हल चलाते हुए बोलता जाता, "क्यों बे नत्थू! तू सीधा नहीं चलता? यह खेत आज तेरा बाप पूरा करेगा, और अबे छिद्दू! तेरी भी शामत आई है क्या?" और फिर सचमुच उन बेचारों की शामत आ जाती—सूत की रस्सी की मार! दोनों बैलों की कमर पर घाव पड़ गए थे।

शाम को घर आता तो वहाँ अपने बीवी-बच्चों पर क्रोध उतारता। दाल या साग में नमक कम या ज़्यादा हुआ तो बीवी को उधेड़ डाला। कोई बच्चा शरारत कर रहा है, उसे उल्टा लटका कर बैलों वाली रस्सी से पीटते-पीटते बेहोश कर दिया। अर्थात् प्रतिदिन एक संकट आया रहता। आस-पास के झोंपड़े वाले रोज़ रात को रहीमखाँ की गालियों की तथा उसकी बीवी और बच्चों के मार खाने और रोने की आवाज़ सुनते, लेकिन बेचारे क्या कर सकते थे? अगर कोई रोकने जाए तो वह भी मार खाए। मार खाते-खाते बेचारी स्त्री तो अधमरी हो गई थी। चालीस वर्ष की आयु में साठ की मालूम होती थी। बच्चे जब छोटे-छोटे थे तो पिटते रहे। बड़ा जब बारह वर्ष का हुआ तो एक दिन मार खा के जो भागा तो आज तक वापस न लौटा। पास के गाँव में एक नाते का चचा रहता था, उसने अपने पास रख लिया। स्त्री ने एक दिन डरते-डरते कहा, ''हलासपुर की तरफ़ जाओ ज़रा तो नूरू को लेते आना।'' बस, फिर क्या था? आग-बबूला हो गया, ''मैं उस बदमाश को लेने जाऊँ? अब वह खुद भी आया तो टाँगें चीर के फेंक दूँगा।''

वह बदमाश भला क्यों मौत के मुँह में वापस आता! दो साल बाद छोटा लड़का बिंदू भी भाग गया और भाई के पास रहने लगा। रहीमखाँ को अपना कोप उतारने के लिए बस एक स्त्री रह गई थी, सो वह बेचारी इतनी पिट चुकी थी कि अब अभ्यस्त हो चुकी थी। लेकिन एक दिन रहीमखाँ ने उसे इतना मारा कि उससे भी न रहा गया और अवसर पाकर, जब रहीमखाँ खेत पर गया हुआ था, वह अपने भाई को बुलाकर उसके साथ अपनी माँ के घर चली गई और पड़ोसिन से कह गई कि आएँ तो कह देना कि मैं कुछ दिनों के लिए अपनी माँ के पास रामनगर जा रही हूँ।

शाम को रहीमखाँ बैलों को लिए वापस आया तो पड़ोसिन ने डरते-डरते बताया कि उसकी स्त्री कुछ दिनों के लिए अपनी माँ के पास गई है। रहीमखाँ ने परम्परा के विपरीत चुपचाप यह बात सुनी और बैल बाँधने चला गया। उसे विश्वास था कि उसकी पत्नी अब कभी वापस न आएगी।

अहाते में बैल बाँधकर जब वह झोंपड़े के भीतर गया तो एक बिल्ली म्याऊँ-म्याऊँ कर रही थी। कोई और नज़र न आया तो उसी को पूँछ से पकड़ कर दरवाज़े से बाहर फेंक दिया। चूल्हे को जाकर देखा तो ठंडा पड़ा था। आग जला कर रोटी कौन डालता! बिना कुछ खाए-पीए ही पड़कर सो रहा।

अगले दिन रहीमखाँ जब सोकर उठा तो दिन चढ़ चुका था, लेकिन आज उसे खेत पर जाने की जल्दी न थी। बकरियों का दूध दुहकर पिया और हुक्का भरकर पलंग पर बैठ गया। अब झोंपड़े में धूप भर आई थी। एक कोने में देखा तो जाले लगे हुए थे। सोचा कि चलो सफ़ाई ही कर डालूँ। एक बाँस में कपड़ा बाँधकर जाले उतार रहा था कि खपरैल में अबाबीलों का एक घोंसला नज़र आया। दो अबाबीलें कभी अंदर जाती थीं कभी बाहर आती थीं। पहले उसने इरादा किया कि बाँस से घोंसला तोड़ डाले; फिर न जाने क्योंकर एक घड़ोंची लाकर उस पर चढ़ा और घोंसले में झाँककर देखा। भीतर दो लाल बोटी से बच्चे पड़े चूँ-चूँ कर रहे थे और उनके माता-पिता अपनी संतान की रक्षा के लिए उसके सिर पर मंडरा रहे थे। घोंसले की ओर उसने हाथ बढ़ाया ही था कि एक अबाबील ने, जो शायद माँ थी, अपनी चोंच से उस पर आक्रमण कर दिया।

"अरी, आँख फोड़ेगी?" उसने अपना भयानक कहक़हा लगाकर कहा और घड़ौंची पर से उतर आया। अबाबीलों का घोंसला सलामत रहा।

अगले दिन से उसने फिर खेत पर जाना शुरू कर दिया। गाँववालों में से अब कोई उससे बात न करता था। दिन-भर हल चलाता, पानी देता या खेती काटता, लेकिन शाम को सूरज छुपने से कुछ पहले ही घर लौट आता, और हुक्का भरकर, पलंग के पास लेटकर, अबाबीलों के घोंसले की ओर निहारता रहता। अब दोनों बच्चे भी उड़ने के योग्य हो गए थे। उसने उन दोनों के नाम अपने बच्चों के नाम पर नूरू और बिंदू रख दिए थे। अब संसार में उसके मित्र ये चार अबाबील ही रह गए थे, लेकिन लोगों को आश्चर्य था कि बहुत दिनों से किसी ने उसे अपने बैलों को पीटते नहीं देखा था। नत्थू और छिद्दू प्रसन्न थे। उनकी पीठों पर से घाव के निशान भी लगभग गायब हो गए थे।

रहीमखाँ एक दिन खेत से ज़रा सवेरे चला आ रहा था कि कुछ लड़के सड़क पर कबड्डी खेलते हुए मिले। उसको देखना था कि सब अपने जूते छोड़-छाड़कर भाग गए। वह कहता ही रहा, "अरे मैं कोई मारता थोड़े ही हूँ।" आकाश पर बादल छाए हुए थे। वह जल्दी-जल्दी बैलों को हाँकता हुआ घर लाया। उन्हें बाँधा ही था कि बादल ज़ोर से गरजा और वर्षा होने लगी।

भीतर आकर किवाड़ बंद किए और दीया जलाकर उजाला किया। नियमानुसार बासी रोटी के टुकड़े करके उन्हें अबाबीलों के घोंसले के पास एक ताकचे में डाल दिया। "अरे ओ बिंदू! अरे ओ नूरू!" उसने पुकारा, लेकिन

वे बाहर न निकले। घोंसले में जो झाँका तो चारों अपने परों में सिर दिए सहमे बैठे थे! ठीक जिस स्थान पर छत में घोंसला था वहाँ एक छिद्र था और उसमें से वर्षा का पानी टपक रहा था। यदि कुछ देर यह पानी इसी तरह आता रहा तो घोंसला तबाह हो जाएगा और बेचारी अबाबीलें बेघर हो जाएँगी। यह सोचकर उसने किवाड़ खोले और मूसलाधार वर्षा में सीढ़ी लगाकर छत पर चढ़ गया। जब मिट्टी डालकर छिद्र को बंद करके वह नीचे उतरा तो वह पानी से बेतरह भीग चुका था। पलंग पर जाकर बैठा तो कई छींकें आईं लेकिन उसने परवाह न की और गीले कपड़ों को निचोड़, चादर ओढ़कर सो गया। अगले दिन सुबह को उठा तो पूरे बदन में दर्द और सख्त बुखार था। कौन हाल पूछता और कौन दवा लाता? दो दिन उसी हालत में पड़ा रहा।

जब दो दिन उसे खेत पर जाते हुए न देखा तो गाँववालों को परेशानी हुई। कालू ज़मींदार और कई किसान शाम को उसे उसके झोंपड़े में देखने आए। झाँककर देखा तो वह पलंग पर पड़ा आप-ही-आप बातें कर रहा था, "अरे बिंदू, अरे नूरू, कहाँ मर गए! आज तुम्हें कौन खाना देगा?" कुछ अबाबीलें कमरे में फड़फड़ा रही थीं।

"बेचारा पागल हो गया है!" कालू ज़मींदार ने सिर हिलाकर कहा, "सुबह अस्पताल वालों को खबर दे देंगे कि इसे पागलखाने भिजवा दें।"

दूसरे दिन सुबह को जब उसके पड़ोसी अस्पताल वालों को लेकर आए और उसके झोंपड़े का दरवाज़ा खोला तो वह मर चुका था। उसके पाँव के निकट चार अबाबीलें सिर झुकाए खामोश बैठी थीं।

बलवन्त सिंह

(1921—1986)

मेरे अपने बारे में

"जून 1921 को ज़िला गुजराँवाला में एक छोटे से गाँव में पैदा हुआ। माँ-बाप का इकलौता बेटा था, लेकिन मुँह में चाँदी के चम्मच की बजाय सदा लोहे का चम्मच रहा। कद, जैसे 'दो-चार हाथ जबकि लबे बाम रह गया।' रंग गोरा। शक्ल-सूरत कुछ ऐसी कि सुशील महिलाओं के विचार में 'बुरा तो नहीं।' प्रारम्भिक शिक्षा कैम्ब्रिज प्रोप्राइटी स्कूल, ह्वाइट हाउस, देहरादून। एफ.ए. क्रिश्चियन कॉलेज इलाहाबाद। बी.ए. इलाहाबाद यूनिवर्सिटी। एम.ए. के लिए 1942 में लाहौर गया लेकिन दाखिला न हो सका। लाहौर में रहकर कई साल तक तरह-तरह के पापड़ बेलने का हुनर सीखा—लाहौर से भागा (पाकिस्तान बनने पर) तो देहली में 'उर्दू आजकल' के संपादन विभाग में नियुक्त हो गया। 1950 में पिता का देहांत हो गया और मुझे इलाहाबाद में अपना रिहायशी होटल सम्भालना पड़ा। फरवरी 1952 में शादीखाना...बादी हो गई। जीवन-भर घर से भागता रहा, इसलिए पेट भरकर फाके किए। कुछ दिनों तक दिल-ही-दिल में लाल (red) भी रहा। समस्त 'वादों' (isms) पर विचार किया करता हूँ...अर्थात् सोचा भी करता हूँ।

चार कहानी संग्रह—'जग्गा', 'तार-ओ-पोद', 'सुनहरा देस', और 'हिन्दोस्तान हमारा' प्रकाशित हो चुके हैं। एक उपन्यास 'रात, चोर और चाँद' हिन्दी में छप चुका है, लेकिन उर्दू में छपने की अभी तक नौबत नहीं आई।

मेरा पता है : इम्पीरियल होटल, चौक, इलाहाबाद।"

—बलवन्त सिंह

दो शब्द-संपादक की ओर से

बलवन्त सिंह ने जब कहानियाँ लिखनी शुरू कीं तो कोई खास शोर न मचा, और वह चुपचाप पंजाब के देहातों और देहातियों के बारे में कहानियाँ लिखता रहा। लेकिन अब हालत यह है कि उसके बारे में लगभग समस्त आलोचकों

की राय बहुत अच्छी है और उसकी गणना उर्दू के प्रथम श्रेणी के कहानीकारों में होती है। वह कुछ ऐसे विषयों को अपनी रचनाओं में लाया है कि जिनसे उर्दू कहानी अभी तक वंचित थी और जो हर किसी के बस की बात भी न थी। उसकी कहानियों के अधिकतर पात्र चोर, डाकू, हत्यारे आदि अस्वस्थ पात्र हैं जो ज़रा-ज़रा-सी बात पर विपक्षों का सिर उड़ा देते हैं और इतने काम-ग्रस्त हैं कि किसी कायदे-कानून की परवा नहीं करते और बलात्कार तक करने से नहीं झिझकते। पंजाब के देहातों के अतिरिक्त उसने शहरों का भी रुख किया है, लेकिन यहाँ भी उन्हीं पात्रों को चुना है जो ऊपर से बड़े सदाचारी, सज्जन और भद्र नज़र आते हैं, लेकिन उनके भीतर असाधारण मात्रा में काम-वासना है और उसकी तृप्ति के लिए वे हर संभव-असंभव कार्य कर गुज़रते हैं। इस तरह से वह सआदत हसन मंटो का अनुयायी है।

काश! वह स्वस्थ पात्रों का भी निर्माण कर सकता।

जहाँ तक कहानी की तकनीक और शैली का संबंध है, बलवन्त सिंह अपने समकालीन कहानीकारों से किसी तरह पीछे नहीं। बल्कि मेरे ख़्याल में यदि सादगी को कथा-शैली का सर्वश्रेष्ठ अंग समझ लिया जाए तो सआदत हसन मंटो और उपेन्द्रनाथ अश्क के बाद केवल उसी का नाम लिया जा सकता है। उसकी रचनाएँ पढ़ते हुए हमें किसी प्रकार की बनावट या मिलावट का अनुभव नहीं होता बल्कि ऐसा मालूम होता है जैसे वह सीधा हमसे संबोधित हो; और यही कारण है कि उसके अनुचित-से-अनुचित पात्रों से परिचित होते हुए भी हमारे माथे पर बल नहीं पड़ता, बल्कि हमारे हदय में उनके प्रति एक अस्पष्ट-सी सहानुभूति उत्पन्न हो जाती है।

बाबा महंगा सिंह

बलवन्त सिंह

एक हमारे मामू साहब हैं जो शहर में किसी–न–किसी काम से आते रहते हैं। रात अक्सर मेरे यहाँ ही गुज़ारते हैं और जब विदा होने लगते हैं तो मुझे अपने साथ ले जाने का आग्रह करते हैं। मुझे गाँव से कोई दिलचस्पी नहीं है। खुली हवा, दूध, दही और सीधे–सादे भोले–भाले लोगों से मेरा क्या संबंध? मैं दूध की बजाय चाय पीना पसंद करता हूँ। खुली हवा की बजाय कॉफ़ी–हाउस का धुआँधार वातावरण मुझे अधिक अच्छा मालूम होता है। गाँव के सीधे–सादे लोगों से सीधा संबंध स्थापित करने की अपेक्षा मैं आरामकुर्सी पर बैठकर किसी मित्र के साथ उन बेचारों की परिस्थितियों पर बातचीत करना अधिक अच्छा समझता हूँ। शहर के स्वास्थ्य–नाशक वायुमंडल में चालीस वर्ष तक जीने को मैं गाँव में अस्सी वर्ष तक जीवित रहने पर प्रधानता देता हूँ...लेकिन मामू साहब के आग्रह से विवश होकर एक बार मुझे गाँव में जाना ही पड़ा।

गाँव में पहुँचकर मुझे बिलकुल निराशा नहीं हुई, बल्कि यह प्रसन्नता हुई कि गाँव के बारे में मेरे जो विचार थे, वे ठीक निकले। अब हर ओर खुली हवा थी, कोई अच्छा मकान नहीं, कोई सिनेमा नहीं, कोई कार नहीं, कोई कम्युनिस्ट नहीं; बस खुली हवा है और मुझे इस बात पर खुश होने का निमंत्रण दिया जा रहा था। मैं मामू के मकान के बाहर वाले कमरे में बैठा जम्हाइयाँ लिया करता। घर के सामने खुली जगह में मामू साहब की भैंस खड़ी दुम हिलाया करती। कभी–कभी मेरी ओर देखती—कहो बेटा! दूध पियोगे—मक्खन चाटोगे—दही खाओगे?...मैं कहता, "मैडम! आप दूध की बजाय गरम चाय क्यों नहीं देतीं, मालूम होता है कि आप चाय के मज़े से वाक़िफ़ नहीं, नहीं तो...!" भैंस भी आख़िर देहातिन ठहरी, बात–बात पर सींग हिलाने लगती और फिर अपने अपमान पर खिन्न हो बड़ी उदासीनता से पूरब की ओर देखने लगती और मैं टाई की गिरह ढीली करके पश्चिम की ओर नज़र जमा देता।

दो दिन बाद ही मुझे पूरा विश्वास हो गया कि इस जगह मेरे देखने की

कोई चीज़ नहीं है, हाँ मैं गाँववालों के देखने की चीज़ अवश्य हूँ। मामू साहब मुझे अपने साथ लेकर बाहर निकलते और जो जानने वाला मिलता (और गाँव में कोई ऐसा व्यक्ति नहीं था जो उनका जानने वाला न हो) उससे बड़े ब्यौरेवार मेरी चर्चा करते। वे लोग मुझे सिर से पाँव तक आँखें फाड़-फाड़कर देखने लगते—उनके इस व्यवहार से मैं भूल ही गया कि मुझे भी यहाँ कुछ देखना है। और वे प्यारी-प्यारी देहाती लड़कियाँ, जिनकी तरबूज़-तरबूज भर छातियाँ, जिन्हें देहाती सचमुच छातियाँ समझते हैं और उनके वे गोबर में सने हुए हाथ, जिन्हें फैलाकर वे ऐसे निःसंकोच ढंग से मेरी ओर देखती थीं कि मैं अपने आपको बिलकुल मूर्ख प्रकट करने लगता। आँख-वाँख मारना तो एक ओर, मुस्कराने तक का साहस न होता था—और बेचारे भोले-भाले नौजवान, जिनकी मुखाकृति से मालूम होता था कि यदि मेरे साथ मेरे मामू न होते तो वे एक टके के लिए मेरी हत्या कर डालने में संकोच न करते।

इस वातावरण में मेरे लिए और अधिक समय तक जीवित रहना असंभव हुआ जा रहा था। मुझे बड़े आयोजनों से वहाँ ले जाया गया था और मैं बड़े अद्वितीय ढंग से वहाँ गया था, इसलिए दो दिन बाद ही वहाँ से लौट आना बिलकुल अनुचित मालूम होता था। न जाने, मैं क्या कर गुज़रता, यदि सचमुच मेरे मनोरंजन का साधन न जुटता। अन्य चीज़ों के अतिरिक्त मेरे दिल में सब से अधिक आकर्षण सरदार महंगा सिंह के प्रति उत्पन्न हुआ।

एक दिन प्रातः समय जबकि मामू साहब मुझे पूरा आधा सेर ताज़ा दुहा हुआ दूध पिलाने पर उतारू थे, सरदार महंगा सिंह उधर से गुज़रा। मामू से राम-सलाम थी। 'वाहेगुरु जी की फ़तह' कहकर आगे बढ़ गए। और फिर मुझे मामू जी की बातों से मालूम हुआ कि मुझे उनसे शिक्षा लेनी चाहिए। वह क्यों? अब सरदार महंगा सिंह की आयु तीन कम अस्सी वर्ष की थी, लेकिन इस आयु में भी दो-चार सेर दूध एक ही साँस में पी लेना उनके लिए कोई असाधारण बात नहीं थी, और इधर मैं, जो नौजवान था, आधा सेर दूध भी नहीं पी सकता, और जब सरदार महंगा सिंह जवान था तो वह दूध से भरे हुए घड़े को मुँह लगा लिया करता था।

"पीने के लिए?"

"और नहीं तो क्या?"

मैं खेतों में गायब हो चुके महंगा सिंह की ओर देखने लगा। उसका यह

ऊँचा कद, लंबी दाढ़ी और बड़े-बड़े हाथ-पाँव...

"काम क्या करता है?"

"कुछ नहीं, अपनी ज़मीन की देख-भाल करता है। पहले डाके डालता था, अब वाहेगुरु जी की भक्ति करता है।"

मुझे महंगा सिंह के व्यक्तित्व से दिलचस्पी हो गई। वह एक रागझदार व्यक्ति था। राजनीतिक, आर्थिक तथा मनोवैज्ञानिक विषयों पर वह बातचीत नहीं कर सकता था, लेकिन एक मनुष्य के रूप में वह निःसंदेह बहुत दिलचस्प था, उसका राक्षसों-जैसा डील-डौल, गैंडे की-सी मोटी चमड़ी, मुरब्बे की फूली हुई हरड़-सी आँखें, घने बालों से ढकी हुई छाती, छाज जैसे कान, प्राचीन आर्य महाराजाओं की तरह बटी हुई लंबी दाढ़ी और मूँछें देखकर किसी को इस बात का सन्देह तक न हो सकता था कि वह कोई मज़ेदार बात कह सकता है, या गुदगुदी करने वाले किसी चुटकुले को सुनकर कहकहा लगा सकता है।

चाँदनी रातों में गाँव से बाहर आमतौर पर नौजवान कबड्डी खेला करते थे लेकिन अँधेरी रातों में अक्सर महंगा सिंह को घेर लेते थे। महंगा सिंह के जीवन में अनगिनत दिलचस्प घटनाएँ घट चुकी थीं; वह उनकी सज़ाएँ भुगत चुका था और जिनके प्रमाण न मिल सके थे, उन्हें संसार ने क्षमा कर दिया था। अब वह वाहेगुरु जी का जाप किया करता या गाँव के नौजवानों को कोई मज़ेदार लतीफ़ा सुना देता।

गाँव से लगभग दो-ढाई सौ गज दूर 'लफ़्टैन की बगीची' थी, अर्थात् लैफ़्टीनेंट का बाग़। उसका यह नाम क्यों पड़ा, यह जानने की मैंने कभी कोशिश नहीं की। खैर, इस बग़ीचे के पास एक ऊँचा टीला था। महंगा सिंह रात का खाना खाने के बाद उस टीले पर जा बैठता और भक्ति रस में डूबे हुए 'शबद' (भजन) अपने बेढब स्वर में, लेकिन अपने ख़्याल में बड़ी दर्द-भरी लय के साथ गाया करता। कुछ लोग उसके पास आ बैठते, और दाढ़ियों पर हाथ फेर-फेरकर शब्दों के उच्चारण तथा अर्थों की सराहना करते। कभी कभी भक्ति रस तथा ज्ञान-ध्यान से एकाएक विमुख हो वे औरतों की बातें करने लगते जो उनके बालों, आँखों, होंठों, गरदन और छातियों से होते हुए गहराइयों तक उतर जाते। सब मिलकर बड़ी अश्लील बातें करते और जब जी भर जाता तो एकदम सारी बातचीत का एक बहुत उच्च नैतिक परिणाम निकाल लेते और फिर सब महाज्ञानियों की तरह जीवन को कच्चे घड़े का नाम देते हुए और मोक्ष की बातें

करते हुए उठकर गाँव की ओर चल देते।

मेरा भी यह नियम हो गया कि शाम का खाना खाता और बाबा जी के टीले की ओर चल देता। बाबा महंगा सिंह आँखें मूँदे, गुरु-चरणों में शीश नवाए या तो कपड़े की बनी हुई माला जपते या 'शबद' गाते। जिस दिन का मैं अब ज़िक्र कर रहा हूँ, उस दिन भी सब लोग भक्ति-रस में रसगुल्ले बने बैठे थे। न जाने औरतों की चर्चा कैसे और कहाँ से शुरू हुई। उस दिन नारी जाति पर एक नया आरोप लगाया गया, और महंगा सिंह ने पहले गुरु साहब के लिखे हुए 'स्त्रीचरित्र' का हवाला दिया और फिर उसका ज़िक्र छोड़कर अपने निजी अनुभवों का बखान करने लगे...

सब लोग सरककर उनके समीप हो बैठे।

तारों के मद्धिम प्रकाश में जब महंगा सिंह ने इस नए विषय पर बोलने के लिए मुँह खोला तो उनकी आँखों में एक नई चमक उत्पन्न हो गई। हवा में लहराती हुई उनकी दाढ़ी जैसे झूम-झूमकर प्रसन्नता प्रकट करने लगी।

"स्त्रियों की चालाकी! हा-हा...पुरुष अपने आपको कितना ही बुद्धिमान क्यों न समझे, लेकिन स्त्री के सामने उसकी एक नहीं चलती। अब मैं अपनी आपबीती सुनाता हूँ जो इतनी आश्चर्यजनक है कि शायद तुम में से कुछ लोगों को इस पर विश्वास भी न आए..."

हम सब उसके मुँह से निकला हुआ एक-एक शब्द बड़े ध्यान से सुन रहे थे। असल बातें शुरू करने से पहले उसने बताया कि उस समय उसकी आयु तीस वर्ष के लगभग थी। वह बड़ा हृष्ट-पुष्ट व्यक्ति था। घूसा मारकर ईंट तोड़ डालता था। कई कमाल के डाके डाल चुका था। इलाके भर के लोग उसका नाम सुनकर थर-थर काँपने लगते थे। पुलिस तक को साहस न होता था कि...

यह भूमिका काफ़ी लंबी थी। वे ये बातें पहले भी इतनी बार दुहरा चुके थे कि हम इन्हें सुन-सुनकर तंग आ चुके थे, लेकिन न तो उन्हें टोका जा सकता था और न ही उन बातों का खण्डन किया जा सकता था, क्योंकि इस आयु में भी वे लड़ने-मरने को तैयार हो जाते थे।

"...जिस घटना का अब मैं ज़िक्र करने वाला हूँ उससे पहले कई दिन कोई माल हाथ न लगा था। यों तो वाहेगुरु जी का दिया सब कुछ था। और फिर अपनी भुजाओं के बल से भी बहुत कुछ कमाया था लेकिन बदन में जान थी, ताकत का इस्तेमाल भी तो ज़रूरी था ना...हाँ भई चरणसिंह! तुम तो लगभग

मेरी ही उम्र के हो ना? तुम्हें याद है? कोलाँ के गाँव के इर्द-गिर्द का इलाका कितना खतरनाक समझा जाता था...''

''हाँ, मुझे याद है। वहाँ बड़े-बड़े वृक्षों के झुण्ड और झाड़ियाँ कोसों तक चली गई थीं, जंगल-ही-जंगल था...''

महंगा सिंह ने फिर बात शुरू की, ''बड़ा सुनसान इलाका था, जहाँ या तो भेड़िए रहते थे या डाकू छिपते थे। मुझे भी कभी-कभी वहाँ पनाह लेनी पड़ती थी...एक बार काफ़ी दिनों तक वहाँ छुपे रहने के बाद मैंने अपने घर जाने की ठानी—महीनों से घरवालों को मेरी और मुझे उनकी कोई खबर न मिली थी। मैंने दो-तीन साथियों को ताकीद कर दी कि मैं ज़्यादा-से-ज़्यादा आठ-दस दिन तक लौट आऊँगा और अगर न लौटूँ तो समझना कि गिरफ़्तार हो गया हूँ, फिर मुझे जेल से छुड़ाने की कोशिश करना...''

बाबा महंगा सिंह ने अपनी टाँगों को सहलाते हुए किंचित् विलंब के बाद कहा, ''अपने गाँव तक चालीस कोस की बाट थी, सोचा रात को सफ़र किया करूँगा और दिन को कहीं छुप रहूँगा। जंगल खत्म होते ही पहला गाँव 'कीलाँ' था। रात आधी से ज़्यादा निकल चुकी थी। मेरे हाथ में एक लंबा लट्ठ और कमर से एक डेढ़ फुट की किरपान लटकी हुई थी। यह किरपान मैंने खालिस लोहे की बनवाई थी...उस समय मुझे सिवाय जानवरों के और किसी का खतरा न था। कीलाँ के लोग चूँकि बड़े खतरनाक इलाके में रहते थे, इसलिए सर्दियों में तो शाम पड़ते ही घरों में घुस बैठते थे। मैं मज़े से वाहेगुरु-वाहेगुरु करता खेतों के बीचोंबीच चला जा रहा था कि एकाएक जो मेरी नज़र उठी तो मैंने एक विचित्र दृश्य देखा....कीलाँ से कई खेत इधर पेड़ों के झुण्ड के पीछे श्मशान और कब्रिस्तान साथ-साथ कुछ इस ढंग से बने हुए थे कि अगर गाँव से एक तरफ़ देखा जाए तो सिवाय उन घने पेड़ों के और कुछ भी दिखाई नहीं देता था। देखता क्या हूँ कि कब्रिस्तान में तेज़ रोशनी हो रही है। पहले मैंने सोचा, 'हो सकता है श्मशान में कोई मुर्दा जलाया गया हो और आग अभी जल रही हो' लेकिन यह रोशनी कुछ और ही तरह की थी और क्षण-प्रतिक्षण तेज़ हो रही थी...''

सब लोग बिना आँखें झपके महंगा सिंह की ओर देख रहे थे। महंगा सिंह ने दाढ़ी पर हाथ फेरते हुए कहानी जारी रखी...

''यह रोशनी देखकर मेरे मन में कई विचार पैदा हुए। ज़रा सोचने की बात है कि ऐसी सुनसान जगह, अँधेरी रात, कड़ाके का जाड़ा, चारों ओर सन्नाटा

और कब्रिस्तान में बढ़ती हुई रोशनी। पहले मैंने सोचा कि हे मना, (ऐ मन) तुझे इन बातों से क्या लेना। सीधा रास्ता नापता चला जा, तुझे मंज़िल तय करनी है, वाहेगुरु की बातें वाहेगुरु ही जाने।'' लेकिन दिल को सन्तोष न हुआ और मैंने सोचा, 'देखूँ तो सही, आखिर मामला क्या है'...लो भाई! मैं अपना रास्ता छोड़कर कब्रिस्तान की ओर हो लिया! कब्रिस्तान मुझसे काफ़ी फ़ासले पर था। ज्यों-ज्यों मैं करीब पहुँच रहा था, त्यों-त्यों रोशनी और साफ़ नज़र आने लगी। कब्रिस्तान से कुछ दूर मैं रुक गया...घनी झाड़ियों में न केवल आग की रोशनी साफ़-साफ़ दिखाई दे रही थी बल्कि वहाँ कोई जानदार चीज़ हिलती हुई दिखाई दी। पहले सोचा, 'शायद मेरा भ्रम हो।' चुपचाप खड़ा देखता रहा। यों मालूम हुआ, जैसे दो सींग हिल रहे हों। मैं क़दम नापता, पेड़ों की ओट लेता हुआ कुछ और निकट पहुँचा तो मुझे सिर से पाँव तक बिलकुल काली एक गाय दिखाई दी...आग का एक आध शोला झाड़ी के ऊपर लपकता हुआ दिखाई दे जाता था...वह काली गाय वीराने में अकेली खड़ी हुई चुड़ैल का रूप मालूम होती थी। मैंने हमेशा वाहेगुरु अकाल पुरख का भरोसा किया है...मैं वाहेगुरु का नाम लेकर और आगे बढ़ा, फिर ठिठक गया। कुछ इस प्रकार का संदेह हो रहा था कि वहाँ कोई और जीव भी है। रात बड़ी अँधेरी थी, पेड़ों के वे भाग जहाँ आग की रोशनी नहीं पहुँच रही थी, बड़े भयानक दिखाई दे रहे थे। मैंने एक नज़र अपने सिर के ऊपर डाली, टहनियों पर भी डाली कि कहीं वहाँ कोई छुपा न बैठा हो...''

हम लोग उसकी आवाज़ की गूँज और शब्दों के जादू से बुत बने बैठे थे। फिर किसी की थरथराती हुई आवाज़ निकली, ''फिर तुमने क्या देखा... ?''

''मैं फूँक-फूँककर क़दम रख रहा था। एक पेड़ की ओट से दूसरे पेड़ की ओट तक बड़ी सावधानी से चलता हुआ मैं बिलकुल निकट पहुँच गया। मैंने बड़े-बड़े वीरानों में जीवन गुज़ारा है, जाने क्या-क्या देखा है, लेकिन जो दृश्य मैंने वहाँ देखा, वह मरते दम तक न भूलेगा...गाय के पास ही एक बड़ा-सा चूल्हा बना हुआ था। उसमें आग जल रही थी। कुछ बरतन पड़े थे, पानी का एक कोरा मटका...उन सब चीज़ों के बीच एक औरत...''

''औरत ?'' सबके मुँह से एकदम निकला।

''हाँ औरत... ! बीस-इक्कीस साल की होगी, इतनी सुंदर और जवान कि बता नहीं सकता। मैं तो उसे देखकर हक्का-बक्का रह गया। सोचा, 'न जाने

यह परी है सचमुच की या किसी चुड़ैल ने परी का रूप धारा है!' पेड़ के तने के साथ लगा हुआ मैं चुपचाप उसे देखता रहा...सोचने की बात है कि ऐसी काली रात को, आबादी से परे, वीराने बल्कि कब्रिस्तान में किसी नौजवान और सुंदर औरत का यह साहस कैसे हो सकता था। मैंने दिल में कहा कि देखें, अब यह औरत क्या करती है...उसने मेरे देखते-देखते चूल्हे में और लकड़ियाँ डाल दीं। आग भभक उठी। फिर उसने सिर पर से दुपट्टा उतार दिया, उसके स्याह बाल दिखाई देने लगे। उसने लटों को खोला और फिर सारी चोटी खोलकर बाल बिखरा दिए और रूई की सदरी के बटन खोलने लगी। सदरी के नीचे एक मखमली बास्कट पहन रखी थी, उसके बटन खोलकर उसे भी उतार दिया और जब उसने कमीज़ के बटन भी खोलने शुरू किए तो मेरा दिल धड़कने लगा... वाहेगुरु...वाहेगुरु...बटन खोलने के बाद उल्टाकर कमीज़ को भी उतार दिया। अब उसके ऊपर के धड़ पर एक तार भी नहीं था। आप लोग मेरे आश्चर्य का अनुमान लगा सकते हैं। उस वक्त मुझे भी अपने इर्द-गिर्द का कुछ होश न रहा। दिल धड़क रहा था, न मालूम यह औरत क्या करने को है? मैं एक बच्चे की-सी हैरानी के साथ उसकी ओर देखता रहा और अब जो उसने अपनी सलवार का नाड़ा खींचा तो मैंने मुँह दूसरी ओर फेर लिया...कुछ क्षणों तक मेरी हालत कुछ अजीब-सी रही। मैंने समझा कि यहाँ ज़रूर भूतों और चुड़ैलों का वास है। इतने में पानी के गिरने की आवाज़ें आने लगीं। मैंने झिझकते हुए उस ओर नज़र डाली तो औरत ने पानी का मटका काली गाय के सिर पर सींगों में फँसाकर रख दिया था। एक हाथ से उसने मटका थाम रखा था, दूसरे से लोटे भर-भरकर पानी अपने बदन पर डाल रही थी। नहाकर उसने एक चादर से बदन पोंछा। बिना कपड़े पहने उसने एक पिटारी में से जेवर निकालकर पहनने शुरू किए। अंगूठियाँ, गोखरू, चौक, तोतीतड़ियाँ, कंठा, बाजूबंद, बालियाँ मतलब यह कि वह सिर से पाँव तक पीली हो गई..."

हम में से किसी ने कहा, "ऐसी सरदी में उसने कपड़े नहीं पहने?"

"नहीं...यही तो हैरानी की बात है। अब उसने एक छोटी-सी मिट्टी की प्लेट पर से कपड़ा सरकाया। उसमें गुँधा हुआ आटा था। चूल्हे पर तवा रखा और आटे का पराँठा बनाने के से ढंग में फैलाया और तवे पर डाल दिया और उसे घी में तलने लगी...अब मैं सोचने लगा कि मुझे क्या करना चाहिए? मैंने सुना था कि परियों की कमर का पिछला भाग खोखला होता है यानी रीढ़ की हड्डी नहीं

होती। दूसरे भूतों का साया नहीं होता और उस औरत का साया साफ़ नज़र आ रहा था और फिर हर चीज़ इतनी साफ़ थी कि मैंने समझ लिया कि दाल में कुछ काला है। एक तो भूतों-चुड़ैलों पर मेरा विश्वास नहीं था, दूसरे, उस औरत का मामला ऐसा अजीब था कि विश्वास न होता था कि वैसी सुंदरी ऐसी सुनसान जगह पर आने का साहस कर सकती है। खैर! अब मैंने क़दम बढ़ाया और उससे चन्द क़दम पर खड़ी गाय की पीठ से टेक लगाकर खड़ा हो गया...गाय के शरीर को छूकर मुझे पूरा विश्वास हो गया कि वह कोई असाधारण चीज़ नहीं है। अभी मैं खड़ा हुआ ही था कि उस औरत की नज़र मेरे पाँव पर पड़ी और फिर एकाएक उसने नज़र उठा कर मेरी ओर देखा। सहसा उसकी शक्ल और से और हो गई—उसकी बाछें खिल गईं, दाँत चमकने लगे, नथुने फैल गए, आँखें जैसे उबल पड़ीं...हाथों की उँगलियाँ अकड़ गईं और वह बाल फैलाए, "कलेजा खा लूँगी, कलेजा खा लूँगी" कहती हुई मेरी ओर झपटी। उसकी आवाज़ सुनकर मुझे तसल्ली हो गई कि वह कोई औरत है, चुड़ैल नहीं। ज्यों ही वह मेरे निकट पहुँची, मैंने मुस्कराकर उसके दोनों हाथ पकड़ लिए। वह वहशियों की तरह हाथ काटने लगी। मैंने ज़ोर से उसे पीछे की तरफ़ ढकेल दिया। वह गिरते ही फिर उठकर मुझसे गुत्थम-गुत्था हो गई। उस औरत में बला की ताकत थी, लेकिन फिर भी मुझसे उसका क्या मुक़ाबला था। तंग आकर मैंने उसके बालों को पकड़ लिया और खूब झँझोड़ा और उसकी पीठ पर दो-तीन धप्प भी मारे, लेकिन कुछ इतने ज़ोर से कि उन्हें वह सह सके। फिर मैंने उसकी नाज़ुक गरदन को अपनी लंबी उँगलियों की पकड़ में लेकर कहा, 'देखो! अगर ऐसी छिछोरी हरकतें करोगी तो मैं तुम्हें जान से मार डालूँगा...।' वह बेचारी निढाल होकर हाँफ़ रही थी। मैंने उसे परे ढकेलकर कहा, "ज़रा वहाँ खड़ी होकर बात करो मुझसे...।"

"...अब उसे इस बात का विश्वास हो गया कि मैं उसका सही रूप जान चुका हूँ, इसलिए बिना कुछ कहे-सुने उसने चुपचाप चादर उठाई और अपने बदन पर लपेट ली और उसकी आँखें नीचे झुक गईं। मैंने असल बात जानने की कोशिश की। वह ज़मीन की ओर देखती रही और झिझक-झिझककर बातें करती रही! अब उसे मुझसे डर मालूम हो रहा था। उसकी बातों से मालूम हुआ कि चार साल पहले उसकी शादी एक बड़े साहूकार से हुई थी लेकिन अब तक संतान के लिए तरस रही थी और उसका पति दूसरी शादी पर तुला हुआ था। इधर वह परेशान थी। आखिर एक बूढ़ी औरत ने उसे यह नुस्खा बताया कि

काली गाय के सिर पर पानी का मटका रखकर कब्रिस्तान में स्नान कर और वहीं से एक पराँठा पकाकर ला और किसी संतान वाली औरत को खिला दे, तो उसके बच्चे मर जाएँगे और तेरे घर संतान होगी। मैंने यह सुना तो कहकहा लगाकर हँसा। उस समय आग की रोशनी में वह गहनों से लदी हुई औरत बहुत सुंदर दिखाई दे रही थी। मैंने आगे बढ़कर उसके गाल को छुआ। वह फ़ौरन पीछे हट गई। कैसी नरम ज़िल्द थी उसके चेहरे की और कितनी भोली सूरत थी उसकी! उसने कुछ क्रोध में आकर कहा, 'तुम्हें मालूम होना चाहिए, मैं एक शरीफ़ घराने की औरत हूँ।' मैंने हँसकर कहा, 'मुझे मालूम है कि तू शरीफ़ औरत है, लेकिन ऐ शरीफ़ घराने की औरत! मैं भी भले घर का आदमी हूँ। पराई स्त्री की ओर बुरी नज़र से देखना पाप समझता हूँ। गुरु का दिया खाता हूँ, बड़ी सख्त मजबूरी के सिवा कभी किसी पर हाथ नहीं उठाता, इसलिए तू बेफ़िक्र रह...लेकिन यह बात सुन ले कि संतान प्राप्त करने का जो ढंग तूने अपनाया है वह बहुत बड़ा पाप है। किसी का बुरा चाहना भले लोगों का काम नहीं। बड़े-बड़े ऋषियों, गुरुओं, नबियों, अर्थात् किसी ने भी संतान प्राप्त करने का यह ढंग नहीं बताया जो तू...' यह कहकर मैंने कुछ दाढ़ी को सँवारा, कुछ पगड़ी को ठीक किया, अँगोछे से मुँह और बालों की धूल पोंछी...और भई मैं खासा कड़ियल जवान था...वह मुस्करा दी...।''

बाबा महंगा सिंह चुप हो गया। हमने कहा, ''बाबा जी! उसके बाद आपने कभी उससे मिलने की कोशिश की?''

''हाँ, लेकिन फिर मुलाकात नहीं हुई...मालूम होता है कि उसे मेरी कोई ज़रूरत ही नहीं रही होगी और यह भी हो सकता है कि वह मुझसे नाराज़ हो गई हो।''

''क्या तुमने कोई नाराज़गी की बात की थी?''

''नहीं—उसे मेरी कोई हरकत नापसन्द नहीं थी, हाँ जब वह जाने लगी तो मैंने उसका कंठा पकड़ लिया। वह हैरान-सी रह गई, बोली, 'तुम्हारा मतलब?' मैंने जवाब दिया कि इससे पहले तो मेरा कोई मतलब ही नहीं था, मेरा असल मतलब यही है। उसने कहा, 'अकेली जान कर मेरे जेवरों पर हाथ डाल रहे हो।' मैंने जवाब दिया, 'चलो गाँव में जितने लोगों के सामने कहो तुम्हारे जेवर उतार लूँ।' उसे मेरी यह तजवीज पसन्द न आई। उसने स्वयं ही सब जेवर मेरे हवाले कर दिए।''

यह कहकर बाबा जी ने सिर झुका लिया और फिर जैसे ध्यान में मग्न, हो गए। एक बुज़ुर्ग ने कहा, ''देखा, ऐसी पाजी होती हैं औरतें...''

लीजिए, मैं दिल में सोचने लगा, 'मारूँ घुटना, फूटे आँख।' इस कहानी का कितना शानदार नैतिक परिणाम निकाला गया है। सब लोग आपस में औरतों की चालाकी और चरित्रहीनता की बातें करने लगे, लेकिन बाबा जी अधखुली आँखों से चुपचाप बैठे रहे।

''वाहेगुरु! वाहेगुरु!'' उनके होंठ हिले।

मैंने उन्हें उदास देखकर पूछा, ''बाबा जी! आपने जो उस औरत के जेवर उतार लिए, शायद अब आपको इस बात पर दुख हो रहा है।''

बाबा जी के भारी पपोटे हिले और उन्होंने मेरी ओर स्नेह-भरी नज़रों से देखते हुए ठंडा साँस भरा और बोले, ''नहीं, मुझे इसका दुःख नहीं, लेकिन दुःख इस बात का है कि पचास साल होने को आए, वाहेगुरु अकाल पुरख ने मुझे वैसा मौका फिर कभी नहीं दिया।''

अहमद नदीम क़ासमी

(1916—2006)

मेरे अपने बारे में

"मेरा जन्म 20 नवम्बर 1916 को हुआ। मेरे गाँव का नाम 'अंगा' है जो ज़िला सरगोधा की एक सुंदर वादी में एक पहाड़ी पर आबाद है। मेरे बुज़ुर्ग इस्लाम के प्रचार का काम करते रहे हैं इसलिए लोगों ने उनके नाम के शुरू में 'पीर' और आखिर में 'शाह' शब्द लगा दिए। इसीलिए मेरा नाम भी अहमद शाह रखा गया। बाद में इस 'शाह' ने मुझे बहुत परेशान किया। और अब मैं संतुष्ट हूँ कि मुझे पीरज़ादा की बजाय अहमद नदीम क़ासमी के नाम से पुकारा जाता है।

1935 में किसी तरह बी.ए. किया और कई सालों तक यह उपाधि और खानदानी उपाधियों का पुलिंदा कंधों पर रखकर नौकरी की भीख माँगता फिरा। मोहर्ररी, क्लर्की, महकमा आबकारी और बेकारी—मैंने क्या-क्या पापड़ नहीं बेले।

'अदब-ए-लतीफ़', 'सवेरा', 'नकुश' के संपादन के बाद आजकल लाहौर के वामपक्षी दैनिक समाचार-पत्र 'इमरोज' का संपादक हूँ। अब तक कविताओं के चार संग्रह और कहानियों के सात संग्रह प्रकाशित हो चुके हैं।"

—अहमद नदीम क़ासमी

दो शब्द-संपादक की ओर से

अहमद नदीम क़ासमी एक साथ एक उच्चकोटि का कवि भी है और कहानी-लेखक भी। उसकी रचनाओं में जो विशेषता सबसे अधिक हमें अपनी ओर खींचती है, वह है उसकी कला में विमलता तथा निष्कपटता के सुंदर चित्र। किसी उच्चकोटि की कला के लिए जहाँ कई और विशेषताओं की आवश्यकता होती है, वहाँ उसमें उपरोक्त गुण सबसे महत्त्वपूर्ण है। कोई कलाकार उस

समय तक महान साहित्य की रचना नहीं कर सकता जब तक कि वह अपने आत्मानुभवों, विचारों तथा सिद्धान्तों के प्रति निष्कपट न हो।

अहमद नदीम क़ासमी ने किसी प्रकार के अनुकरण की बजाय अपने जीवन के विभिन्न अनुभवों और घटनाओं से अपने लिए एक अलग मार्ग निकाला और जिस समय जो अनुभव किया निःशेष भाव से उसे पेश भी कर दिया। वह यदि शिथिल तथा मलिन हुआ तो हमें उदास टोलों, वीरान मरुस्थलों और विलाप करते हुए खण्डहरों में ले गया और झुकी हुई खजूरों, चकराते हुए बगूलों और पतझड़ के मारे हुए बबूलों द्वारा हमारे मस्तिष्क तथा हृदय में निराशा और विवशता उत्पन्न की। विश्व तथा नारी के सौन्दर्य से प्रभावित हुआ तो हमें गाँव की सलोनी शामों, मुस्कुराते चश्मों और गाते हुए पनघटों की सैर कराई। उसने हमें धानी चूड़ियों की खनक सुनवाई, गोरी बाँहों की लचक और रजत झूमरों की फबन और ढोलक पर नाचती हुई मेहँदी रँगी उँगलियों की तड़प दिखाई। क्रोध में आया तो उसकी ललकार से धरती–आकाश काँपने लगे और जब सोचने की मुद्रा में हुआ तो अपने विशिष्ट दृष्टिकोण से समस्त गुत्थियाँ सुलझाकर रख दीं।

यह है अहमद नदीम क़ासमी और उसकी कला। लेकिन अब उसमें और फलस्वरूप उसकी कला में एक विशेष परिवर्तन आ चुका है। आज तक वह अपनी कलम से शहद भी टपकाता था और विष भी। लेकिन अब उसकी कलम ने खून टपकाना शुरू कर दिया है।

चुड़ैल

अहमद नदीम क़ासमी

जी हाँ, है तो विचित्र-सी बात लेकिन कुछ सच्ची बातें भी तो विचित्र होती हैं। दिन-भर वह बरसाती नालों में से चकमक[1] के टुकड़े चुनती है और रात को उन्हें आपस में बजाती है और जब उनसे चिंगारियाँ झड़ने लगती हैं तो ज़ोर-ज़ोर से हँसती है और फिर उसकी हँसी कटु होने लगती है। कहकहे चीखों में बदल जाते हैं और चीखें रोने में। और लोग जब आधी रात को ये आवाज़ सुनते हैं और करवटें बदलते हुए कहते हैं, ''तू हम पर दया कर देवी!''—''तू हम पर रहमतें बरसा खातून'' तो आकाश पर सितारे गुटकने लगते हैं। झील के स्तर से चिमटे हुए चाँद को मंद गति से बहती वायु के झोंके अगणित डफ़लियों की पंक्तियों में विभाजित कर देते हैं और हवाएँ घनी बेरियों में से सिमट-सिमट और लचक-लचक कर निकलती हुई गुनगुनाने लगती हैं। यह गुनगुनाहट सनसनाते हुए सन्नाटे का रूप धारकर पहाड़ियों और घाटियों पर छा जाती है और केवल उस समय टूटती है जब पौ फटने पर गुलाबी कंकड़ों से पटी हुई ढेरियों पर एक परछाईं-सी मँडराने लगती है।

शुरू-शुरू में जब वह इन ढेरियों पर आई तो चैत के महीने की एक रात आधी से अधिक निकल चुकी थी। आकाश पर बादलों का संघर्ष चल रहा था और बरसाती नाले गरज रहे थे। किसी खोह में एक गड़रिया दुबका बैठा था। यह निकट से गुज़री तो गड़रिया 'चुड़ैल-चुड़ैल' पुकारता, चीखता, चिल्लाता, कंकड़ उड़ाता अँधेरे में विलीन हो गया। दूसरे दिन चरवाहों ने बहुत दूर से उसे ढेरियों पर चक़मक चुनते देखा तो गड़रिये के शोर में सच्चाई की झलक दीख पड़ी। घरों के बाहर के दरवाज़ों पर तावीज़ लटकाये गए। किसानों के छप्परों के आस-पास पीरजी का 'दम' किया हुआ पानी छिड़का जाने लगा और नंबरदार ने मौलवी जी को ठीक मध्य में बिठाकर कहा कि यहाँ तीन बार *क़ुरान-मजीद* पढ़कर छू करो

---

1. एक पत्थर जिसके दो टुकड़ों के टकराने से आग निकलती है।

और पेट में हवा भरो...संतासिंह जो रावलपिंडी के फ़सादों का हाल सुनकर घर की चारदीवारी में बंद होकर रह गया था, बाहर निकला और मकान के ताले पर सिन्दूर छिड़ककर भीतर भाग गया और लाला चुन्नीलाल ने तुरंत अड़ोस-पड़ोस के पण्डितों को एकत्रित किया और एक भजन-मण्डली स्थापित कर दी। हू-हक और राम नाम के जाप से गाँव भिड़ों के छत्ते की तरह सरसराने लगा। उस दिन पाठशाला भी बंद रही, क्योंकि गाँव ने अपने हृदय के टुकड़ों को हृदय ही से लगाए रखा और पाठशाला के बरामदे में बैठकर चुड़ैल की बातें करते रहे।

लेकिन कुछ ही दिनों के बाद मुराद ने गाँव-भर में यह खबर फैला दी कि वह चुड़ैल नहीं है।

"चुड़ैल नहीं है?" मौलवी जी ने पूछा, "अरे भई, तुम्हें क्या मालूम कि सिकंदर आज़म के ज़माने में काली ढेरी की चोटी पर एक हिन्दुस्तानी चुड़ैल ने एक यूनानी की खोपड़ी तोड़कर उसका गूदा निगल लिया था। तब से उस ढेरी पर किसी ने क़दम नहीं रखा और बहुधा देखा गया है, स्वयं मैंने देखा है, कि तूफ़ानी रातों में ढेरी पर दीये जलते हैं और तालियाँ बजती हैं और डरावने कहकहों की आवाज़ें आती हैं—दादा से पूछ लो।"

दादा जिसे *कुरान मजीद* की कई आयतों के अनुवाद से लेकर अबाबीलों की चोंच और गिद्ध की आँखों के मिश्रण से एक राम-बाण सुरमे का नुस्खा तक याद था, बोला, "कौन नहीं जानता, कोई माँ का लाल ढेरी पर चढ़कर तो दिखाए! कहते हैं अकबर बादशाह दिल्ली से सिर्फ़ इसलिए यहाँ आया था कि इस चोटी का राज़ मालूम करे, लेकिन मारे डर के पलट गया था।"

मुराद बोला, "मेरी बात भी तो सुनो।"

"हाँ, हाँ, भई!" दादा ने कहा, "सचमुच, मुराद की बात भी तो सुनो, हमारे-तुम्हारे जैसा नादान तो है नहीं कि सुनी-सुनाई हाँक देगा। पढ़ा-लिखा है। अंग्रेज़ को उर्दू पढ़ाता है फ़ौज में—कहो भई मुराद!"

और मुराद बोला, "वह चुड़ैल नहीं, बड़ी खूबसूरत औरत है। इतने लंबे और घने बाल हैं उसके कि मालूम होता है उसके बदन पर गाढ़े धुएँ का एक लहराता हुआ खोल-सा चढ़ा हुआ है और रंग तो इस ग़ज़ब का है कि चाँद की किरणों की ऐसी-तैसी। आँखें बादामी हैं। पत्थर को टकटकी बाँध के देखे तो चटखा के रख दे। पलकें इतनी लंबी और ऐसी शान से मुड़ी हुईं कि तीर-कमान याद आ जाए...और दादा..."

''कहते जाओ, कहते जाओ,'' दादा मुस्कराया।

मौलवी जी ने तस्बीह पर सैंकड़ा समाप्त कर लिया था।

और मुराद बोला, ''दादा, उसकी दोनों भवों के बीच एक नीली-सी बिंदिया भी है।''

''अरे,'' दादा जैसे सँभलकर बैठ गया और मौलवी जी ने तस्बीह को मुट्ठी में मरोड़कर हाथ उठाते हुए कहा :

''मैं न कहता था कि वह काली ढेरी की चुड़ैल है जिसने यूनानी सिपाही की खोपड़ी का गूदा निकाला था। यह माथे की बिंदिया, हिन्दू औरत ही का तो निशान है।''

''खुदा लगती कहूँगा मुराद!'' दादा बोला, ''मौलवी जी की बात जँच रही है। नफ़ल पढ़ो शुक्राने के कि बचकर आ गए हो, वरना—''

''नहीं, वह चुड़ैल नहीं है,'' मुराद के स्वर में विश्वास था। ''अगर चुड़ैल ऐसी ही होती हैं तो मैं अभी काली ढेरी पर जाने को तैयार हूँ लेकिन दादा! मेरा दिल कहता है कि वह चुड़ैल नहीं है।''

''तो फिर कौन है वह आखिर?'' दादा ने लोगों की आँखों में छिपे हुए प्रश्नों को मुँह से कह दिया।

''होगी कोई,'' मुराद बोला। ''लेकिन दादा, सच कहता हूँ, ईरान भी देखा है और इराक भी और मिसर भी। कहीं कश्मीरी सेब की-सी रंगत थी तो कहीं चमेली की-सी, लेकिन यह गंदम का-सा, नदी किनारे की रेत का-सा, सुनहरी सुनहरी रंग—यह हमारे हिन्दुस्तान में ही मिलता है।''

''हिन्दुस्तान में और भी तो बहुत कुछ है।'' नम्बरदार का बेटा रहीम जो लाहौर के एक कॉलेज में पढ़ता था और बड़े दिनों की छुट्टियाँ गुज़ारने गाँव आया हुआ था, भारी-भारी पुस्तकों की ओट से बोला, ''यहाँ बंगाल के गले-सड़े ढाँचे भी हैं और बिहार के यतीम भी हैं और सारे हिन्दुस्तान की वे विधवाएँ भी हैं जिनकी लज्जा के रखवालों पर पूरब और पच्छिम के मैदानों में गिद्धों, मछलियों और कीड़ों ने दावतें उड़ाईं और जिनके रक्त की फुहार ने फाशिम का फ़ानूस बुझा दिया और जिनके लहू की गरमी ने कई और चिराग़ जलाए; और फिर हिन्दुस्तान में तुम्हारे अमृतसर, रावलपिंडी और मुलतान भी तो हैं जहाँ केवल इसलिए औरतों की मान-मर्यादा नष्ट की जा रही है कि उनके माथे पर नीली-सी बिंदिया है और जहाँ बच्चों को...''

''नहीं, नहीं भई।'' दादा बोला। ''बच्चों को नहीं। बच्चों को अभी तक किसी ने कुछ नहीं कहा।''

''बच्चे न सही,'' रहीम की आवाज़ काँपने लगी, ''मगर क्या बिंदिया वाली औरतें और कड़े वाले नौजवान और जनेऊ वाले बूढ़े मनुष्य नहीं हैं? क्या वे किसी और दुनिया से टपक पड़े हैं? क्या उनकी आशाएँ और उमंगें मर चुकी हैं? क्या उनकी छातियों में दिल और दिलों में...।''

एक नौजवान किसान ने टोका, ''बात गंदमी रंग की हो रही थी मलिक जी!''

''और मैं कह रहा था,'' रहीम बोला, ''कि गंदमी रंग के अतिरिक्त और भी तो बहुत कुछ है दुनिया में। अफ्रीका का हब्शी है। अमरीका का इण्डियन है, हिन्दुस्तान का अछूत है।''

''देखो भई रहीम!'' दादा ने नर्मी से कहा, ''असल में बात हो रही थी उस चुड़ैल की'' और दादा ने ढेरियों की ओर देखा जिन पर पच्छिमी क्षितिज पर छाई बदरियों की झिर्रियों से सूर्यास्त की किरणें लालिमा में नहाकर उतर आई थीं। ''बात से बात यों निकलती है मलिक मेरे कि चुड़ैल का ज़िक्र आया।'' मुराद ने कहा, ''वह औरत है और औरत भी ऐसी कि देखो तो खुदा याद आ जाए और वहाँ से बात चली उसके रंग की और रंग तुम्हें बंगाल और बिहार ले गया—अच्छा बताओ, दो और दो कितने होते हैं?''

''चार।'' रहीम आश्चर्य से बोला।

''चार और चार?''

''आठ।''

''बस ठीक है,'' बूढ़ा बोला। ''ये हैं तुम पढ़े-लिखों की बातें। हम बेचारे गँवार, हम ये बातें क्या जानें! हाँ तो मुराद! तुम कहते हो चुड़ैल साँचे में ढली हुई औरत है। अच्छा तो अब यह बताओ कि उसके बाद तुम्हारी आँख खुल गई थी ना?''

एक कहकहा लगा और मुराद नाराज़ होकर बोला, ''स्वप्न की बातें नहीं दादा। विश्वास न आए तो कल चलो मेरे साथ, फिर से जवान न हो जाओ तो मूँछें कतर लेना मेरी...''

''मूँछें तो खैर, तुमने पहले से कतर रखी हैं,'' दादा ने कहा। ''लेकिन देखो, अभी क्यों न चलें सबके सब?''

लेकिन मुराद ने कहा कि औरत का रात का ठिकाना उसे मालूम नहीं और फिर उसने बड़ी व्याख्या से बताया, "बात यों हुई कि घास खत्म हो गई थी और इधर उत्तरी ढलान पर किसी मूर्ख ने रात-की-रात वह हाथ साफ़ किया है कि एक तिनका भी मिला हो तो कसम है। तुम जानते हो कि नौकरी से वापस आकर मैंने वारिस से एक बीघा ज़मीन खरीदी थी इन्हीं पश्चिमी ढेरियों में। सो मैंने कहा कि मेरी ही ताक में तो होगी नहीं। चुपके से जाऊँगा और किसी ढलान से घास काटकर भाग निकलूँगा। दराँती के अतिरिक्त कुल्हाड़ी भी साथ लेता गया। अब करना खुदा का क्या हुआ कि मैं पगडंडी छोड़कर दबे पाँव लपका जा रहा था कि अचानक एक झाड़ी के पीछे से वह यों उठी जैसे हुक्के का कश लगाने से चिलम पर शोला उभरता है। कलेजा धक् से रह गया—वह सरपट भागी और झाड़ी से परे ढलान पर से उतर गई—वह जहाँ नूरे के रेवड़ पर भेड़िए ने हमला किया था—बस वहीं। अच्छा तो जब वह भागी है तो मैंने उसके पाँवों की तरफ़ देखा जो बिलकुल सीधे थे, मेरी-तुम्हारी तरह—और चुड़ैलों के पाँव उल्टे होते हैं ना।"

"हाँ भई, चुड़ैलों के पाँव तो उल्टे होते हैं।" मौलवी जी दिलचस्पी ले रहे थे।

"और फिर दादा! उसके घने बाल यों उड़े जैसे कोई नटखट बच्चा घनघोर घटा के एक लंबे-से टुकड़े में धागा डालकर उसे उड़ाता फिरे।"

"आदमी बन, आदमी," दादा बिगड़ गया, "भूत-प्रेतों की बातें न कर। बादल का टुकड़ा उड़ाता फिरे! अब सीधी तरह यों क्यों नहीं कहता कि जैसे धुएँ की काली लहर या काली रेशम का ढेर।"

मौलवी जी बोल उठे, "और वो माथे की बिंदिया! वह भूल गए?"

"लेकिन मौलवी जी!" मुराद ने प्रार्थना-सी करते हुए कहा, "मुसलमान और ईसाई और पारसी सभी औरतें बिंदिया लगाती हैं शहरों में। इन आँखों से देखा है और फिर बिंदिया या कड़े या जनेऊ या मसवाक से बेचारी मानवता पर तो कोई आँच नहीं आती। आप कैसी बातें करते हैं?"

दादा बोला, "सचमुच मौलवी जी, आपको वह मस्तमौला तो याद होगा जिसके सिर पर ब्राह्मणों की-सी इतनी लंबी चोटी थी और माथे पर तिलक लगाता था और *कुरान मजीद* का हाफ़िज़ था और कुएँ में उतरकर खुदा को याद किया करता था।"

मौलवी जी ने कहा, "हाँ भई, वह मस्तमौला किसे याद नहीं? वह न होता तो उस साल इलाका अकाल की लपेट में आ जाता। लेकिन उसने एक बार छड़ी उठाकर जैसे आसमान में चुभो दी और वह बारिश हुई, वह बारिश हुई कि नदियाँ नालों में और नाले दरियाओं में बदल गए थे।"

"कौन जाने यह भी कोई पहुँची हुई औरत हो," दादा ने कहा। तब लोगों के चेहरे गंभीर हो गए और मुराद ने स्थिति के इस नए पलटे से लाभ उठाते हुए उठकर जाना चाहा।

"भई, पूरा किस्सा तो सुनाओ," लोगों ने माँग की।

और वह बोला, "चलो, नहीं सुनाते। झूठ था ना सब-कुछ, उसके बाद आँख खुल गई मेरी—बस? अब तसल्ली हो गई होगी तुम सबको।"

दादा ने भी एकत्रित जनसमूह के बदलते हुए तेवर भाँप लिए थे, बोला, "भई, बात से बात नहीं आई थी वरना—"

एकदम सब लोग चिल्ला उठे, "अब इस किस्से को खत्म भी करो चचा—हाँ तो मुराद भैया, फिर क्या हुआ?"

"होना क्या था?" मुराद बनावटी रज़ामंदी से बोला, "बस मैं उसके पीछे-पीछे गया और जब ढलान में उतरा तो क्या देखता हूँ कि वह चकमक के टुकड़ों की इतनी बड़ी ढेरी-सी लगाए बैठी है—चुपचाप, पलकें तक नहीं झपकतीं उसकी! और जब मुझे देखा तो उठ खड़ी हुई और फिर फूट-फूटकर रोने लगी और चिल्लाने लगी, 'चले जाओ, चले जाओ, छूओ नहीं—मुझसे दूर रहो, चले जाओ' और वह हाथों में मुँह छुपाकर और ज़ोर-ज़ोर से रोने लगी। मैंने अपनी पोटली खोलकर कहा, 'यह खाना रखे जा रहा हूँ तुम्हारे लिए'—और फिर मैं चला आया।"

लोग गलियों में बिखर गए और दूसरे दिन सुबह की नमाज़ के बाद मौलवी जी ने नमाज़ियों को रोककर कहा, "यह ज़रूरी नहीं कि वली और पहुँचे हुए लोग सिर्फ़ मर्दों में से उठें। औरतें भी तो इन्सान हैं। यद्यपि इस पहुँची हुई औरत के माथे पर बिंदी का निशान है लेकिन कौन जाने कि यही निशान उसकी बुज़ुर्गी का निशान हो— इस पहुँची हुई औरत को हमारे इलाके में उतारकर अल्लाताला ने हम पर बड़ी कृपा की है। इसलिए भाइयो! उसका सम्मान करो, उसकी खिदमत करो और विश्वास करो कि..." और उनका कण्ठ भर आया और स्वर घुट गया, और वह थोड़ी-सी दुआ माँगकर चादर से आँखें

पोंछते हुए बाहर निकल आए।

उसी दिन मौलवी जी से परामर्श करके जलदार ने चौपाल पर पंचायत बुलाई और फ़ैसला हुआ कि बारी-बारी हर व्यक्ति उसे खाना पहुँचाएगा। तीन-चार सौ घरों का गाँव है। काफ़ी समय के बाद दूसरी बारी आएगी। जब कहीं ऐसे लोग उतरते हैं तो मतलब यह होता है कि संभल जाओ, खुदा सब-कुछ देख रहा है।

रहीम संभलकर बोला, ''लेकिन अब्बाजान! एक औरत के लिए इतना प्रबंध! हिन्दुस्तान के वे करोड़ों बाशिंदे जिनके पास खाने को एक टुकड़ा नहीं, तन ढाँपने को एक धज्जी नहीं—उनके बारे में क्या सोचा है आपने?''

''क्यों बे मुराद,'' मौलवी जी ने रहीम की बात काट दी। ''कपड़े तो पहन रखे हैं ना उसने?''

''जी हाँ,'' मुराद बोला। ''हैं तो सही, लेकिन ज़रा—मेरा मतलब है ज़रा योंही से हैं।''

''इन लोगों को लिबास की क्या परवा?'' मौलवी जी ने तस्बीह (माला) पर अपनी उँगलियाँ तेज़ कर दीं जैसे सारे नंगधड़ंग इन्सानों को ढाँपने निकले हों। ''जिनकी लौ केवल खुदा से लगी है और जिनका बिस्तर घास और आसमान छत है और तारे चिराग़ हैं और फूल साथी हैं और...''

''और चकमक के टुकड़े-ढेरों-ढेर,'' मुराद बोला।

उधर से रहीम झपटा, ''और आँधियाँ, और तूफ़ान, और बिजलियाँ, और झुलसाती हुई धूप और महावट की रातें।''

लेकिन रहीम की ओर किसी ने ध्यान न दिया और गाँववाले उस पहुँची हुई औरत के पास हर रोज़ सुबह-शाम खाना पहुँचाने की स्कीम पर ऐसे अमल करने लगे जैसे कुछ समय पहले वे थानेदार के लिए अंडे और जंगल के दारोगा के लिए घी और ज़िलेदार के लिए शहद के मर्तबान जुटाया करते थे।

नियम-विरुद्ध, अब मसजिदें नमाज़ियों से भरी रहने लगीं। गाँव पर एक विचित्र प्रकार का सन्नाटा छाया रहने लगा। औरतें रातों को सोने से पहले रो-रोकर प्रार्थनाएँ करतीं, ''माँ! तुम जो वीरान ढेरियों पर रहती हो और गुलाबी चकमक जमा करती हो और सुनसान घाटियों में घूमती हो, तुम, जिसने दुनिया पर लात मारकर केवल अपने पैदा करने वाले की जात से लौ लगा रखी है, तुम हमारे खेतों पर बारिशें बरसाओ और हमारी औलाद पर रहमतें छिड़को!''

कुछ ही महीनों में पहुँची हुई औरत ने गाँववालों के दिलों में वह स्थान प्राप्त कर लिया जो गाँव की मसजिद या पनघट या पाठशाला का था। धीरे-धीरे आस-पास के गाँवों से भी लोग आने लगे और मसजिद के आँगन में खड़े होकर उन ढेरियों की ओर मुँह उठाकर माँगने लगे, ''मेरा लड़का सकुशल वापस आए!'' ''मेरी बेटी की बीमारियाँ दूर हो जाएँ!'' ''मेरे बैलों के खुर ठीक हो जाएँ!'' और फिर बड़े दिनों की छुट्टियों में जब रहीम गाँव आया तो बोला, ''यह वर क्यों नहीं माँगते कि देश स्वतंत्र हो जाने के बाद हम स्वतंत्र देशों की तरह जीवित रहना सीखें और जमे हुए लहू की तहों को अपने दिलों पर से खुरच दें, जिन्होंने हमारी इंसानियत को छुपा रखा है। न जाने गैरों की दासता का कलंक हमारे माथे पर से कब मिटेगा! न जाने...'' लेकिन दादा ने उसे हमेशा की तरह टोक दिया, ''भोले बच्चे! फ़रिश्तों ने हम लोगों को सजदा किया था। अब उन सजदों की सज़ा हम लोगों ही को तो भुगतनी है। बंदगी हमारे भाग्य में है बच्चे!''

''कैसी बातें करते हो दादा,'' रहीम का पूरा ज्ञान उसके कण्ठ में आकर फँस गया। ''तुम क्या जानो कि हमने आज़ादी को अपने ही लहू में भिगोकर नापाक कर दिया है और यह सब कुछ अब तक जारी है। अब तक हमारे घरों और सड़क और खेतों पर लाशें बिखरी पड़ी हैं और बच्चे कुचले पड़े हैं और औरतों के शरीरों पर लाज की एक धज्जी तक बाकी नहीं। तुम क्या जानो दुनिया में क्या हो रहा है?''

दादा कब हार मानने वाला था, ''वही कुछ हो रहा है जो यह पहुँची हुई औरत हमें रोज़ दिखाती है। चकमक टकरा रहे हैं। चिंगारियाँ झड़ रही हैं और उस वक्त तक झड़ती रहेंगी जब तक सब चकमक घिस नहीं जाते।''

''चकमक भी घिस जाते हैं, दादा?'' मुराद ने बच्चों की-सी सरलता से पूछा।

''अबे घिसते नहीं तो टूटते ज़रूर हैं,'' दादा अपने सिद्धांत के केन्द्र के गिर्द बराबर घूम रहा था।

और अचानक मुराद ने दूर भूरी पहाड़ियों पर नज़रें दौड़ाईं और वह अपने मस्तिष्क में कलाबाज़ी लगाकर फिर से एक चंचल बालक बन गया—वह अपने साथियों के साथ चकमक तलाश करता फिर रहा था। चोटियों से उतरकर वह ढलानों पर घूमा और वहाँ से घाटियों में उतर आया। बरसाती नालों के गोल-गोल पत्थरों में फँसे हुए चकमक चुनते समय उसने अनुभव किया कि ये

पहाड़ और ये घाटियाँ अपने ज्वलंत भंडार लुटा चुकी हैं। इन गुलाबी टुकड़ों के अतिरिक्त जो उसकी और उसके साथियों की झोलियों में थे, घाटियों पर दूर-दूर तक बिखरे हुए पत्थर गुलाबी और ऊदे रंग से खाली हैं। धरती की कोख का शोला बुझ चुका है और जमा हुआ कुहरा चारों ओर से सिमटा आ रहा है, उसे जकड़ रहा है, उसे भींच रहा है।

''मुराद,'' दादा ने उसे झँझोड़ा, ''काहिरा की गलियाँ तो नहीं याद आ रहीं?''

''नहीं दादा,'' मुराद ने लंबे-लंबे बालों से ढके हुए सिर को झटकाया, ''मैं सोच रहा था कि यह पहुँची हुई औरत सारा दिन चकमक से चकमक बजाती रहती है, लेकिन इन घाटियों पर इतने चकमक कहाँ से आ गए कि घिसें भी, टूटें भी और खत्म भी न हों।''

''सचमुच,'' दादा बोला। ''चकमक तो खत्म हो जाएँगे।''

ज़ैलदार ने आगे बढ़कर कहा, ''भई सचमुच अगर चकमक खत्म हो गए तो?''

और जैलदार की बात कई जिह्वाओं पर से होती हुई मौलवी जी के कानों में जा घुसी और उन्होंने नमाज़ के बाद नमाज़ियों को संबोधित करके कहा :

''अल्लाताला अज़लशाना ने हर किसी को अलग-अलग काम सौंप रखे हैं। तुम हल चलाते हो और अनाज पैदा करते हो। यह फ़कीर तुम्हें परवरदिगार के अहकाम (आज्ञाएँ) सुनाता है और तुम्हें अपनी ज़िन्दगी सँवारने को कहता है, और वह पहुँची हुई औरत जिसने किसी खुदाई इशारे से हमारी पहाड़ियों को नवाज़ा, दिन-भर चकमक रगड़ती और चिंगारियाँ बरसाती है। दुनियादारों के लिए उसका यह काम निरर्थक है लेकिन असल में इन पहुँचे हुओं के प्रत्येक कार्य में करोड़ों अलौकिक भेद छिपे होते हैं। मुझसे पूछो कि जब मैं चिल्ला काट रहा था तो मेरे करीब एक पहुँचे हुए बुज़ुर्ग बैठ गए। चालीस दिन तक बैठे रहे और जानते हो क्या करते रहे? टीन के एक डिब्बे में कंकड़ बजाते रहे। दिन रात वे उस डिब्बे को बजाते और बच्चों की तरह रोते और जिस दिन उन्होंने डिब्बे को ज़मीन पर पटक दिया तो जानते हो क्या हुआ? सन् चौदह की लड़ाई शुरू हो गई।''

''सुबहान अल्लाह, सुबहान अल्लाह!'' गाँववालों ने पहलू बदले।

''और मेरे बुज़ुर्गो! मेरे दोस्तो! यह पहुँची हुई औरत चकमक से चकमक

बजाती है और चिंगारियाँ बरसाती है। न जाने क्या कुछ होने वाला है! लेकिन इससे पहले कि कुछ हो हमें कोशिश करनी चाहिए कि यह देवी हमसे निराश होकर किसी और तरफ़ न निकल जाए। तुम जानते हो कि हमारी पहाड़ियों पर इक्का-दुक्का ही चकमक नज़र आते हैं, और ये खत्म हो जाएँगे और इस तरह रहमत की बारिश खत्म हो जाएगी—और मेरे भाइयो! यह औरत तो खुदा का खास करम है वरना हम पापी किस योग्य हैं—हम बदबख़्त जो जानते हैं कि मसजिद के तेल का कनस्तर परसों खत्म हो चुका है— लेकिन...''

मौलवी जी तेल के कनस्तर के बारे में बहुत-सी बातें करते रहे लेकिन सब लोगों के दिलों में चकमक जमा करने की धुन समा चुकी थी और यह बात गाँव-गाँव घूम गई कि पहुँची हुई औरत को चकमक के ढेर चाहिएँ और फिर कुछ ही दिनों के बाद इलाके-भर के लोग सिरों पर चकमक भरी टोकरियाँ रखे, गधों पर चकमक के बोरे लादे उस गाँव में आ निकले और जब मसजिद के आँगन के एक कोने में चकमक की एक पहाड़ी-सी उभर आई तो पंचायत ने मिलकर फ़ैसला किया कि कल इन पत्थरों को ऊँटों पर लाद कर चुपके से घाटी में फेंक आना चाहिए।

''तुम लोग,'' रहीम ने तेज़-तेज़ चलते हुए दादा और मुराद को गली के मोड़ पर रोक लिया, ''तुम उजड्ड लोग—''

दादा ने भड़ककर कहा, ''और तुम्हारा अब्बा महाउजड्ड हुआ कि गाँव-भर का सरदार है—नाराज़ न होना भई! गरीबी उजड्डपना नहीं, गरीबों को उजड्ड न कहा करो, समझे? अगर मैं पढ़ा-लिखा होता तो सच कहता हूँ, सूबे की लाटसाहबी तो कहीं नहीं गई थी।''

''सुनो तो दादा,'' रहीम बोला। ''तुम्हें तो हमेशा मज़ाक की सूझती है, तुम-तुम सादा-मिज़ाज लोग हो। तुम अब तक खान बहादुरों और नवाबज़ादों के लिए खून के बैंक हो—तुम अब तक—''

''भई कुछ कहना है तो कह भी चुको,'' दादा झल्ला गया। ''कैसी काटी- कुतरी बातें करने लगे हो अंग्रेज़ी पढ़कर—''

''मुराद,'' रहीम ने रुख बदला। ''मैं तुमसे बातें कर रहा हूँ, मैं यह कहना चाहता हूँ कि तुम पर विदेशी शासक के कारिंदों ने इतने ज़ुल्म ढाए हैं कि अगर तुम्हें ज़रा-सी भी पनाह मिल जाए तो यह समझते हो कि स्वर्ग की खिड़कियाँ खुल गईं—तुम आयु-भर रईसों और सेठों की सजाई हुई नुमायशगाहों में

बिकाऊ पड़े रहे हो और हज़ार-हज़ार बार बिकते रहे हो और जब तुम्हें कहीं से एक तावीज़ मिलता है तो यों समझते हो जैसे भाग्य की नकेल तुम्हारे हाथ में आ गई।''

''भई रहीम,'' मुराद बेचैन हो उठा।''दादा और मैं सारबानों (ऊँट चलाने वालों) के यहाँ जा रहे हैं, साथ ही चावलों का प्रबंध करना है, ताकि लोग चकमक पहुँचाकर आएँ तो गाँव की तरफ़ से उनकी दावत हो जाए, समझे? हम ज़रा जल्दी में हैं, तुम लाहौर कब जा रहे हो?''

रहीम ने त्योरी चढ़ाकर कहा, ''यह पागल औरत तुम्हें कहीं का न रखेगी—''

''पागल औरत?''—दादा और मुराद रहीम की बात खत्म होने से पहले ही पलटकर मसजिद की महराब को चूम रहे थे।

दूसरे दिन सुबह-सवेरे ऊँटों की एक पंक्ति को मसजिद की गली में लाया गया। ऊँटों के घुटनों पर बँधे हुए घुँघरुओं और गले में लटकती हुईं घंटियों की झनझनाहटों से सारा गाँव चौंक उठा! मौलवी जी ने तुरंत घुँघरू और घंटियाँ उतार लेने का आदेश दिया और कहा, ''मेरे भाइयो! एक तो घुँघरू घंटियों से पहुँची हुई औरत को तकलीफ़ होगी, दूसरे हम नुमायश को नहीं जा रहे हैं। यह चकमक तो मामूली चीज़ है। न जाने आगे चलकर हमें क्या-क्या कुर्बानियाँ देनी पड़ें।''

तुरंत घुँघरू और घंटियाँ उतार ली गईं और यह काफ़िला चुपचाप ढेरियों की ओर चला। दादा और मुराद पथप्रदर्शकों की तरह आगे-आगे चल रहे थे और बातें कर रहे थे।

''दादा, मैं तो कहता हूँ कि अगर उस पहुँची हुई औरत ने यहीं ठिकाना कर लिया तो हमारा गाँव अच्छा-खासा क़स्बा बन जाएगा और चहल-पहल हो जाएगी।''

''धीरे-धीरे,'' दादा ने धीरे से कहा।''किसी ने सुन लिया तो बात चल निकलेगी और कोई मनचला शीरीनियाँ जमा करने यहीं किसी ढेरी पर अड्डा जगा लेगा।''

''ठीक है दादा,'' मुराद बोला।''लेकिन कभी यह भी सोचा है कि यह औरत आई कहाँ से है?''

''अल्ला ने भेजी है।''

''अल्ला ने तो भेजी लेकिन भेजी कहाँ से है?''

"कहीं से भी भेजी हो। हमें इससे क्या? हमें आम खाने से मतलब है या पेड़ गिनने से?"

और मुराद ने चुप्पी साध ली।

जब क़ाफ़िला ढेरियों के क़दमों में पहुँचा तो सूरज अपना सारा सोना लुटा चुका था। ज़मीन को जाड़ा जकड़ने लगा था और झाड़ियों के पत्ते ठिठुर कर गोल-मोल होने लगे थे। ढेरियाँ जैसे ऊँघ रही थीं और ऐसा मालूम होता था जैसे धरती की इन जड़ छातियों से सारी आत्मा निचुड़ चुकी है।

"उफ़, कैसा हौल-सा आने लगा है," दादा बोला। "तुम यहाँ कैसे आते रहे हो मुराद?"

और मुराद ने पलटकर गौरव से सारबानों की ओर देखा जिनके मुँह खुले थे और जिनके कानों की मुंदरें जैसे प्रभु की स्तुति में झूम रही थीं और उनके क़दम ऐसे आदर से उठ रहे थे जैसे काँच के फ़र्श पर चल रहे हैं।

मुराद ने कई ऊबड़-खाबड़ हिरते-फिरते रास्तों से काफ़िले का नेतृत्व किया और फिर एक बरसाती नाले के ठीक बीच में चकमक का एक शोला भड़का। सबके सब चुपके से पलटे। दूर से दादा ने आवाज़ दी, "चलो भई मुराद।"

और मुराद ने पुकारा, "आया दादा, आया।" और वह चट्टानों के ऊबड़-खाबड़ मोड़ों पर उगी हुईं झाड़ियों पर बैठे हुए सब्ज़ रंग के टिड्डों को चौंकाता हुआ पहुँची हुई औरत की तलाश करने लगा। गहरे गड्ढों में झाँका। बरसाती नालों के चक्करों में भटकता फिरा और जब चारों ओर जुगनू चमकने लगे, और कहीं दूर से एक टटीरी अँधेरे में बिलबिलाई तो उसने चकमक के ढेर के पास आकर पूरे ज़ोर से पुकारा, "खातून!"

उसकी आवाज़ चारों ओर तालियाँ पीटती, अँधेरे में गरजती, पहाड़ियों से टकराती खाइयों में गिर गई और उत्तर में उसे बहुत से गीदड़ों की आवाज़ें सुनाई दीं जो शायद उसकी आवाज़ से चौंक उठे थे—"खातून!" उसने फिर पुकारा और पहाड़ियों ने उसकी आवाज़ को हवा में उछाल दिया। देर तक वातावरण झनझनाता रहा। गीदड़ों की चीख तेज़तर हो गई और आस-पास के टिड्डे मौन हो गए।

हैरान और निराश होकर वह गाँव को पलटा। उस समय चौपाल पर एक जन-समूह जुटा था। अलाव का शोला नाच रहा था और किसानों के गंभीर चेहरों पर भय और आदर के मिले-जुले भाव धरना जमाए हुए थे। मुराद ने

चौपाल में क़दम रखा तो लोग चौंके। अलाव का शोला कमान की तरह लचक गया और दादा ने पुकारा, "कैसे अजीब लड़के हो तुम! हम तो सोच रहे थे कि तुम्हारी तलाश में कुछ जवानों को भेजेंगे लेकिन काली ढेरी सब के दिमागों पर सवार है। रहीम मियाँ की हिम्मत भी जवाब दे गई है। तुम कहाँ थे अब तक?"

"वह चली गई है कहीं," मुराद ने ये शब्द फेंक से दिए, जैसे वे देर से उसके होंठों से लटक रहे थे।

"कौन?" दादा का मुँह खुले-का-खुला रह गया।

"खातून!"

"चली गई?"

सब पुकार उठे, "कहाँ?"

"न जाने कहाँ?"

"तुमने उसे पुकारा?"

"कई बार।"

"कहाँ-कहाँ ढूँढ़ा?"

"कहाँ-कहाँ नहीं ढूँढ़ा?"

"चली गई!" दादा निर्जीव-सा होकर दीवार से लग गया।

चौपाल के दरवाज़े पर खड़ा एक लड़का तीर की तरह लपका और मसजिद के आँगन में जाकर पुकार उठा, "खातून चली गई।"

"चली गई!" नमाज़ी पुकार उठे।

और फिर कुछ ही क्षणों में सारा गाँव जमा हो गया। मसजिद के दीपों की चमक से उड़े हुए चेहरों पर पीलिमा पुती हुई थी। देर तक खुसर-फुसर होती रही। अंत में सर्वसम्मति से निश्चय हुआ कि कल सुबह की नमाज़ के बाद सब गाँववाले ढेरियों पर जाएँ। एक-एक चट्टान, एक-एक झाड़ी को छान मारें और अगर खातून न मिले तो दूर तक उसकी खोज लगाएँ, उसका पीछा करें, उसे वापस ले आएँ। "वरना यकीन कर लो कि कोई ऐसी भयंकर आपत्ति टूटेगी कि सदियों तक कोई इस गाँव के खण्डहरों में क़दम न रखेगा।"

उस रात हर घर में दीये जलते रहे। औरतें मालाएँ जपती रहीं और पुरुष देर तक मस्जिद में बैठे खुदा को याद करते रहे। चौपाल के हुक्के ठण्डे पड़ गए और किसान गठरियों की तरह खटोलों और पयाल पर सिमटे-सिकुड़े बैठे रहे और जब सुबह हुई तो मौलवी जी मसजिद से बाहर आए। गाँव भर ने बड़े

दया–प्रार्थी ढंग से दुआ के लिए हाथ उठाए और दादा और मुराद के नेतृत्व में एक भीड़ ढेरियों की ओर बढ़ी। औरतें छतों पर चढ़ आई थीं। नन्हे बच्चे गलियों में अवाक् से खड़े थे। मौलवी जी जगह–जगह पलट–पलट कर कहते गए, "अल्लाह को याद करो और दुआएँ माँगो कि पहुँची हुई औरत हमें मिल जाए। वह न मिली तो एक ऐसा ज़लज़ला आएगा कि समुन्दर धरती पर चढ़ दौड़ेंगे और ये ढेरियाँ टापू बन जाएँगी। इसलिए अल्लाह को याद करो और दुआएँ माँगो कि पहुँची हुई औरत हमें मिल जाए। अल्लाह की राह में कुर्बानियाँ दो और अल्लाह के घर में शाम के बाद अँधेरा न रहने दो। परसों से—"

ढेरियों के क़दमों पर पहुँचकर भीड़ दादा और मुराद के परामर्श के अनुसार टोलियों में बँट गई। बिखरते हुए लोगों को दोनों देर तक आदेश देते रहे और फिर उस घाटी की ओर चल खड़े हुए जहाँ एक दिन पहले उन्होंने चकमक की एक पहाड़ी–सी उभार दी थी। यह पहाड़ी उसी हालत में थी और गुलाबी पत्थरों पर प्रतीक्षा की–सी स्थिति छाई हुई थी।

"वह जा चुकी है दादा।" मुराद ने चकमक के ढेर के पास रुककर कहा, "वह जा चुकी है, अब वह यहाँ नहीं आएगी।"

"लेकिन तुमने काली ढेरी को भी देखा?" दादा ने घनी–सी ऊँची पहाड़ी की ओर हाथ उठाया।

"देखा नहीं, लेकिन पुकारा ज़रूर था," मुराद बोला, "और दादा, मेरी पुकार कोरी पुकार नहीं थी। उसमें मेरी रूह रची हुई थी।"

दादा चौंका, "रूह रची हुई थी?" वह मुराद को और घूरने लगा।

"हाँ, दादा," मुराद ने एक चकमक उठाकर मुट्ठी में बंद कर लिया। "अब जबकि वह चली गई है, तुम्हें बता ही दूँ कि मैंने उसे—मैंने उसे,"...मुराद की आवाज़ भर्रा गई। पलटकर वह कहीं दूर देखने लगा और फिर चकमक को ढेर पर गिराकर बोला, "दादा, तुम हैरान हो गए?"

दादा कुछ देर खामोश रहा। फिर बोला, "मेरे ख़्याल में अब लौट चलें तो अच्छा है। वह जा चुकी है। उसे चले जाना चाहिए था।"

मुराद ने आश्चर्य से दादा की ओर देखा, "क्या मोहब्बत करना गुनाह है दादा?"

दादा निचले होंठ को दाँतों तले दबाकर कुछ सोचता रहा।

"दादा," मुराद ने पुकारा और बूढ़े को चुप पाकर आगे बढ़ गया।

''मुराद,'' बहुत देर के बाद दादा ने उसे आवाज़ दी, लेकिन मुराद काली ढेरी का काफ़ी भाग पार कर चुका था।

''मुराद!'' दादा भयभीत-सा होकर मुराद की ओर भागा, ''देखो मुराद, सिकंदर के ज़माने से लेकर अब तक इस ढेरी पर कोई नहीं गया। चुड़ैल की रूह हमारी खोपड़ी का गूदा तक नोच लेगी। वह वहाँ मौजूद है। वह सैकड़ों सदियों से वहाँ मौजूद है—मुराद! मुराद!''

लेकिन मुराद बराबर लपका चला गया और दादा उसे पुकारता रहा और पहाड़ियाँ गूँजती रहीं। आस-पास बिखरे हुए लोग दादा की ओर भागे और जब एक हजूम काली ढेरियों के क़दमों में जमा हो गया तो दादा बोला, ''अब वह नहीं आएगा। खातून ने हमसे यह पहली कुर्बानी ली है। लेकिन दोस्तो! कितनी बड़ी कुर्बानी—मुराद की कुर्बानी!'' वह अचानक बच्चों की तरह रोने लगा और फिर जली-बुझी चट्टानों का रुख करके बिलबिलाया, ''मुराद—ओ मुराद!''

''अब वह नहीं आएगा,'' मौलवी जी बोले, ''अभी उसकी खोपड़ी चटखने की आवाज़ आएगी, और—''

''मौलवी!'' दादा यों गरजा जैसे उसने मौलवी जी को कोई ज़बर्दस्त गाली दे दी है। भीड़ अवाक्-सी रह गई। अब दादा फिर से कहने लगा, ''वह आएगा—मुराद आएगा।'' आँखें फेरकर उसने काली भुजंग चट्टानों की ओर देखा और फिर सिर झटक कर बोला, ''नहीं, वह अब नहीं आएगा।''

काफ़ी देर तक लोग दादा को समझाते रहे, क्योंकि उस पर पागलपन-सा सवार था। उसकी आँखें उजड़-सी गई थीं और उसके होंठ कुछ इस प्रकार खुले थे, जैसे वह वर्षों का प्यासा है। मौलवी जी ने तस्बीह को बेतहाशा घुमाते हुए दादा के शरीर पर कई बार फूँकें मारीं और बिखरे हुए लोग एकत्रित होते रहे और परामर्श होते रहे कि मुराद को काली ढेरी से किस तरह नीचे उतारा जाए।

''कैसे उतारा जाए!'' रहीम ने भीड़ में से पुकारा, ''दादा को अगर मुराद से इतनी ही मोहब्बत है तो हिम्मत करें। हम तो भई कोई अच्छी-सी मौत मरेंगे। कौम की खातिर जान देंगे। सिकंदर के ज़माने की चुड़ैल के हाथों में अपनी खोपड़ी को गेंद क्यों बनने दें?''

''तुममें से खुदा की जात पर किसको विश्वास है?'' दादा ने किसी ऐसे भाव के वशीभूत हो पुकारा कि उसकी गर्दन की नसें फूल गईं और दाढ़ी के बाल अकड़ गए।

‘‘हम सबको अल्लाताला की जात पर विश्वास है।’’ मौलवी जी ने तस्बीह को मुट्ठी में समेटकर सारे गाँव का प्रतिनिधित्व किया।

‘‘खुदा की जात बड़ी कि चुड़ैल की?’’ दादा जैसे लोगों की परीक्षा ले रहा था।

मौलवी जी क्रोध और व्यंग्य से हँसे, ‘‘यह कुफ़्र का कलमा है दादा! संभलकर बोलो। यह भी कोई पूछने की बात है? खुदाबन्द ताला सबसे बड़े हैं।’’

‘‘तो फिर चलो,’’ उसने सेनापतियों की तरह बाँहें हवा में लहराईं और वह काली ढेरी पर चढ़ते हुए बोला, ‘‘खुदा की जात पर भरोसा है तो चलो मेरे साथ।’’

‘‘अरे!’’ मौलवी जी ने तस्बीह को सरपट दौड़ाना शुरू कर दिया।

‘‘दिमाग चल गया है।’’ रहीम पीछे हटते हुए बोला। गाँववाले क्षणभर के लिए मौन रहे और फिर एक साथ कह उठे, ‘‘दादा!’’

लेकिन दादा आगे बढ़ता चला गया।

‘‘दादा!’’ गाँववालों की पुकार ऊँची-से-ऊँची होती गई। और दादा चट्टानों के किनारों को जकड़ता, सूखी-सड़ी झाड़ियों को थामता लपका चला गया।

और फिर अचानक भीड़ के क़दमों तले कंकड़ चीख उठे। लोग ढेरी की ओर लपके। ‘‘दादा,’’ वे चिल्लाए। ‘‘हम भी आ रहे हैं दादा।’’—दादा ने पलटकर देखा। भीड़ उसकी ओर बढ़ रही थी, केवल मौलवी जी सिर झुकाए अकेले खड़े थे और भीड़ को खोखली नज़रों से घूर रहे थे और तस्बीह ज़ोर से चल रही थी—और रहीम मौलवी जी और भीड़ के बीच ढेरी पर चढ़ने की कोशिश यों कर रहा था जैसे जीवन में पहली बार उसके क़दमों ने कंकड़ों का स्पर्श अनुभव किया हो।

भीड़ दादा के पास पहुँची ही थी कि चोटी पर से आवाज़ आई, ‘‘दादा!’’

यह आवाज़ शून्य में चकराती हुई चारों ओर गूँज गई और मौलवी साहब एक बच्चे की तरह हुमक कर एक चट्टान पर चढ़ गए और रहीम ने तय किया हुआ मार्ग उल्टे क़दमों से फिर से तय कर डाला।

‘‘दादा!’’ जैसे काली ढेरी की चोटी ने पुकारा।

और दादा ने बड़ी मुश्किल से उत्तर दिया, ‘‘मुराद बेटा!’’

‘‘वह नहीं गई—वह यहीं है,’’ आवाज़ आई।

और भीड़ यह सुनकर इस तेज़ी से चोटी की ओर भागी कि लुढ़कते हुए

पत्थरों से बचने के लिए मौलवी जी बरसाती नाले के किनारे तक हट गए और रहीम इस तेज़ी से चोटी की ओर बढ़ा जैसे चट्टानों और झाड़ियों पर से तैरता हुआ जा रहा हो।

कुछ ही क्षणों में भीड़ चोटी पर जा पहुँची और फिर इस तरह थम गई जैसे उसके सामने एकाएक एक दीवार उभर आई हो। सबकी आँखें पथरा गईं और चेहरों का रंग उड़ गया।

सामने मुराद एक रोते हुए नवजात बच्चे को अपनी बाँहों पर उठाए खड़ा था और कह रहा था, "तुम हैरान हो रहे हो दादा! पर इसमें हैरानी की क्या बात है? यह तो एक नया इन्सान है! पिछले चैत की हैवानियत ने इसे जन्म दिया है। यह तो मनों बहे हुए लहू का जौहर है। तुम एक-दूसरे को मुबारकबाद क्यों नहीं देते? दीवानी इन्सानियत की कोख से निकले हुए इस नए इन्सान को तुम हाथों-हाथ क्यों नहीं लेते? और तुम यहाँ मेरे पास आकर और इस चोटी पर खड़े होकर सारी दुनिया को यह क्यों नहीं बताते कि धरती की उजड़ी हुई माँग का सिंदूर फिर से चमक उठा है—दादा—दादा!"

"लेकिन उस औरत के माथे पर तो बिंदिया का निशान था," नीचे से मौलवी जी ने एक आपत्ति उछाली और मुराद ने पुकारा, "मगर बच्चे का माथा तो चाँद का टुकड़ा है।"

"चुड़ैलों के बच्चे ऐसे ही होते हैं।" मौलवी जी ने जैसे सारी दुनिया को चेतावनी दी। हजूम एकदम दादा के नेतृत्व में रहीम समेत नीचे की ओर पलटा और मुराद ने इन्सानियत की नई-नवेली अमानत को अपने हाथों में ऊपर उठाकर पुकारा, "क्या तुम में एक इन्सान भी ऐसा नहीं है जो इस नए इन्सान को अपनी धरती के स्वर्ग में बसा ले? अगर नहीं तो याद रखो कि स्वर्ग से निकाला हुआ इन्सान अपनी एक नई धरती और एक नया स्वर्ग बसा सकता है और यह स्वर्ग तुम्हारे स्वर्ग के खंडहरों पर उभरेगा—सुनते हो—अरे सुनते हो?"

उत्तर में चट्टानें तालियाँ पीटती रह गईं।

हाजरा मसरूर

(1930—2012)

मेरे अपने बारे में

"17 जनवरी, 1930 को लखनऊ में एक मध्य वर्ग घराने में मेरा जन्म हुआ। 1942 में अपनी बड़ी बहन ख़दीजा मस्तुर (जो स्वयं भी एक अच्छी कहानी-लेखिका है) की शरारत से मैंने कहानियाँ लिखनी शुरू कीं और अब तक बराबर लिख रही हूँ। पाकिस्तान बनने पर लाहौर चली आई। यहाँ कुछ समय तक अहमद नदीम क़ासमी के साथ मासिक पत्रिका 'नकुश' का संपादन किया। 1949 में 'पाकिस्तान टाइम्स' के सहायक-संपादक अहमद अली से मेरा विवाह हुआ, लेकिन इससे मेरे साहित्यिक जीवन में कोई अंतर नहीं आया। अब तक मेरे चार कहानी-संग्रह प्रकाशित हो चुके हैं—'हाय अल्ला', 'छुपे चोरी', 'चरके' और 'अँधेरे उजाले'।

मेरा पता है : 32, जेल रोड, लाहौर।"

—हाजरा मसरूर

दो शब्द-संपादक की ओर से

एक वैद्य ने रोगी को दवा की गोलियाँ देते हुए कहा, "ये गोलियाँ काफ़ी कड़वी हैं लेकिन यदि तुम इन्हें खा गए तो दूसरे दिन ही तुम्हारा रोग जाता रहेगा।"

रोगी का रोग दूर होने की अपेक्षा दूसरे दिन और भी बढ़ गया, क्योंकि बहुत प्रयत्न करने पर भी वह उन गोलियों को कंठ से नीचे न उतार सका और उसे कै हो गई।

हाजरा मसरूर उन वैद्यों, जर्राहों में से हैं जो रोगी के प्रति बड़ा स्नेह रखते हैं। कड़वी से कड़वी गोलियाँ देते हैं, लेकिन उन पर शक्कर चढ़ाकर। तेज़ से तेज़ नश्तर चुभोते हैं लेकिन रोगी के सामने मरहम की डिबिया रखना नहीं भूलते। यही कारण है कि हाजरा मसरूर की कहानियाँ पढ़कर पाठक मुँह

बिगाड़ने या कै करने की बजाय यह सोचने पर विवश हो जाता है कि लेखिका ने स्वयं उसी की किसी दुखती रग पर उँगली रख दी है, उसकी सात पर्तों में छुपी हुई उलझनों को बेपर्दा कर दिया है और यदि उसकी घोषणा या चिकित्सा के लिए किसी दूसरे के पास न जाकर वह स्वयं ही अपना तथा अपने समाज का विश्लेषण करे तो उसका मनोरथ सिद्ध हो सकता है।

एक सचेत कहानीकार की तरह हाजरा मसरूर ने अपने सामाजिक अनुभवों से वह बोध पा लिया है जिसके बिना आधुनिक समाज की कष्टप्रद समस्याएँ किसी प्रकार नहीं सुलझ सकतीं। उसकी कहानियों के पात्र जीते-जागते पात्र हैं जो अच्छे भी हैं और बुरे भी। उन अच्छे-बुरे पात्रों की मनोवैज्ञानिक दशा समझकर उनसे अपने विशेष ढंग से और अपने उद्देश्यानुसार काम लेने में ही हाजरा मसरूर की विशेषता का भेद निहित है।

पुराना मसीहा[1]

हाजरा मसरूर

शयनगृह का वातावरण शाम ही से ऊँघ रहा था। जब कोई प्रोग्राम न हो तो ऐसा हो जाना कोई विचित्र बात नहीं। शरद् ऋतु की कोहरा-भरी रातों में बाहर जाने का प्रोग्राम बनाते सभी का दिल भीतर-ही-भीतर कसमसाने लगता है। शायद यही कारण था कि कोई मित्र-परिचित भी न आया था; अन्यथा ड्रॉइंग रूम में अँगीठी के सामने बैठकर संसार-भर की समस्याओं पर ज़रा शान से वार्तालाप करने, कॉफ़ी पीने और सूखे मेवे चबाने में कुछ समय तो कट ही जाता और यह लंबी-सी थरथराती रात ज़रा तो सिमट जाती। आज खाना भी जल्दी हो गया था। भूख खुलकर न लगी हो और ऊपर से ठूँसना पड़ जाए तो मन यों भी बोझिल हो जाता है—शयनगृह में आकर उसके पति ने कुछ साधारण-सी बातें कीं और जाड़े का भय दिलाकर उसे लिहाफ़ में घुस आने का निमंत्रण दिया। लेकिन जब वह उसे खाली-खाली नज़रों से देखने लगी तो उसने नग्नता आन्दोलन (nudism) की एक सचित्र पत्रिका उठा ली और लेटे-लेटे एक-एक पंक्ति, एक-एक चित्र में गहरी डुबकियाँ लगाने लगा और तब से वह बड़ी बेचैनी से अँगीठी के पास एक स्टूल पर बैठी पाँव हिला रही थी। लेकिन उसकी बेचैनी का कारण यह नहीं था कि वह जान गई थी कि उसके अपने नग्न शरीर का प्रकाश मद्धम पड़ गया है। वास्तव में इस समय इस समझी-बूझी बात के बारे में सोचने का उसे अवकाश ही कब था—वह तो बड़ी शीलवान स्त्री थी और यह उसकी सुशीलता का प्रमाण नहीं था तो और क्या था कि वह एक छोटी-सी बात के लिए यों बेचैन थी—बस जब से वह मज़दूर-बस्ती से लौटी थी, यही हाल था। हालाँकि बात कोई इतनी पहाड़ भी न थी जो सहारी न जा सकती—बल्कि अपनी अन्य सहेलियों की तरह वह चाहती तो इस बात को एक 'ऊँह' में अपने मस्तक से यों रपटाती कि स्वयं मस्तक तक को इसकी

1. जीवनदाता (हज़रत मसीह की उपाधि, जिनके बारे में कहा जाता है कि मुर्दों को जीवित कर देते थे।)

कानोंकान खबर न होती—लेकिन ऐसा करने की सुशीलता उसके पास नहीं थी। मस्तिष्क तो जैसे गीली मिट्टी का था कि इधर कोई बात उसमें पड़ी और कल्ले फूटना शुरू हुए और दूसरे ही क्षण में अच्छा-खासा पौधा लहलहाने लगा। और उसका पूरा अस्तित्व एक नन्हे-से कीड़े की तरह उस पौधे की डाल-डाल, पात-पात पर हैरान, परेशान घूमने और लिपटने लगता।

कैसी तो बेचारी सुशील थी, इस पर अनुभूतियों की यह मारा-मारी। भगवान अपने भद्रजनों को अनुभव-शक्ति क्या देता है बस पग-पग पर सूलियाँ गाड़ देता है। कम्बख्त जीवन-भर की यातना—और उसका जीवन तो भगवान ने मानो सूली तले ही उगाया था—अब यही देखिए कि अच्छी-भली कॉलेज में चलती थी और उसका नौजवान ट्यूटर फूला नहीं समाता था। ट्यूटर की नज़रें झपट-झपटकर इस ख़्याल को दबोच लेती थीं कि इस बार तो अवश्य ही उसकी बुद्धिमति शिष्या ससम्मान परीक्षा पास करेगी और फिर वह उस लड़की को अपनाएगा जिसकी आँखों में मरियम की-सी स्वच्छता और हजरत मसीह की-सी दर्दगंदी है और जो अपने घर के नौकरों को भी आप और जनाब कहकर बुलाती है और उन्हें अपने सामने कुर्सी पर बिठा लेती है। बेचारे ने उसकी आँसुओं द्वारा उज्ज्वल मुस्कराहट के न जाने क्या-क्या अर्थ निकाल रखे थे। लेकिन परीक्षा से पहले ही वह एक और परीक्षा में पड़ गई थी। पड़ोस की कोठी वाले सिविल सर्विस की पदवी-धारी साहब की अंग्रेज़ पत्नी लंदन की सड़कों पर दोबारा समाचार-पत्र बेचने के लिए बेचैन होकर भाग गई और पदाधिकारी महाशय अपनी पत्नी की लाल चित्तियों वाली चमड़ी और बेतुके नयन-नक्श की याद में इतना घुलने लगे कि क्लब तक जाना छोड़ दिया—इस घटना को सुनकर उसके दर्दमंद दिल के लिए एक सूली तैयार हो गई। "मत रो, मत रो" वह उठते-बैठते, चलते-फिरते, सोते-जागते जैसे उत्पीड़ित पदाधिकारी को अपनी जाँघों पर लिटाए थपकती और बहलाती रहती, लेकिन बच्चा यों नहीं बहला। पदाधिकारी महाशय की खिड़कियाँ बंद ही रहीं और लॉन में रंगारंग फूल व्यर्थ में खिलते और मुर्झाते रहे और वह तड़पती रही। आखिर मेरे आस-पास आँसू और आहें क्यों? ये मुर्झाये हुए फूल और मुर्झाए हुए चेहरे क्यों? वह सोचती और उसके भीतर आँसुओं का खौलाव बढ़ जाता। हमेशा से उसकी आदत थी कि वह अपने सीमित से संसार में किसी को वंचित तथा शोकग्रस्त नहीं देख सकती थी। उदाहरणत: जब वह बच्ची ही थी तो एक बार बावर्चन की

बेटी को इसलिए पीटा गया कि वह बड़े सरकार की मेज़ पर चित्रों का अलबम उलट-पलट रही थी। बावर्चन इस बात पर नौकरी छोड़कर जाने लगी तो उसने चुपके से अपना अलबम और दूसरी कई चीज़ें छुपाकर बावर्चन की लौंडिया को पकड़ा दी थीं और अब पदाधिकारी महाशय सामने थे जिनके बारे में उसे विश्वास था कि वह रिक्तता के अँधेरे पेट में पचते जा रहे थे। आखिर उसने अपना अठारह साल का नया-नया बदन, पीले-पीले गुलाबों जैसी रंगत, और पलकों पर अटके हुए आँसुओं जैसी दमकती हुई मुस्कराहट उस चालीस साल के बच्चे को प्रदान कर दी और मानो सूली से उतरकर फूलों से भरी हुई ज़मीन पर छम से पाँव रख दिया; लेकिन जब विवाह के दिन उसे अपना ट्यूटर कहीं नज़र न आया तो बड़ी हैरान हुई और दलके में एक और सूली उभरती नज़र आने लगी। बाद में वह ट्यूटर से मिली। ट्यूटर उसकी छाती में एक ही कील ठोंक सका, "हाँ-हाँ, मैं ग़रीब था ना" और यह कील ऐसी थी कि वह अपनी आत्मा को कभी भी सूली से न उतार सकी। हाँ, यह दूसरी बात है कि वह सूली कुछ समय बाद उसकी आत्मा में विलीन हो गई और इस प्रकार वह वेदना तो समाप्त हो गई लेकिन जो कड़वी बेल एकदम मस्तिष्क में बढ़ी और चढ़ी थी, वह सूखकर भी कहीं अलग न जा सकी बल्कि गीली मिट्टी में सदा के लिए ऐसी खाद बन गई कि इधर कोई बीज पड़ा और उधर फूटा।

स्वभाव कुछ विचित्र-सा होकर रह गया था। जैसे पूरे संसार के दुःख-दर्द दूर करने की ज़िम्मेदारी उसी पर आ पड़ी हो। इसके लिए वह प्रार्थनाएँ करती, भिखारियों में पैसे और खाना बाँटती, हस्पतालों में निराश्रय लोगों को फल भिजवाती और अपने संबंधियों, जानने वालों तथा अपरिचितों तक के लिए कपड़े सीती, स्वैटर बुनती, उनकी सेवा करती और उनके घरों के सुधार में आगे-आगे रहती। अपने पति के मित्रों से मिलती तो उनके छोटे-छोटे रोमांटिक कष्ट सुनने और उन्हें दूर करने में पूरा-पूरा योग देती। कोई सहेली उसके सामने अपने बच्चे को डाँटती या पीटती तो वह दुखित होकर बच्चे को यों छाती से लगा लेती कि बच्चे की माँ लज्जित हो जाती। बस यों समझिए कि सारे जहाँ का दर्द उसके दिल में था और यह दर्द, यह अनुभव-शक्ति उसके मस्तिष्क में जाने कितने बीज बोती, पौधे लहलहाती और उसका अस्तित्व एक तुच्छ कीड़े की तरह परेशानी में डाल-डाल, पात-पात घूमता और लिपटता फिरता...

लेकिन आज तो वह सदैव के विपरीत यह प्रयत्न कर रही थी कि अपने

आपको नन्हे-से हैरान कीड़े में परिवर्तित न होने दे बल्कि इस नए लहलहाते हुए पौधे की ओर से बिलकुल निश्चिंत हो जाए। अनुभूति की रत्तीभर नमी भी उसकी जड़ों में न जाने दे और इसीलिए वह इतनी देर से बैठी टाँगें हिला रही थी। बस जैसे वह अपने पूरे अस्तित्व को इस व्यर्थ-सी क्रिया में व्यस्त रखकर थका देना चाहती हो और फिर गर्म-गर्म बिस्तर पर हर चीज़ से, यहाँ तक कि अपने पति से भी, निश्चिंत होकर सो जाना चाहती थी। लेकिन इस प्रयास के बावजूद मस्तक से तो जैसे कोई वस्तु टप-टप करके ठीक दिल पर टपके जा रही थी, और यह अनुभव कितना कष्टप्रद था—जैसे जाड़े की रात में झमाझम वर्षा हो और किसी गुदड़ी वाले की छत टपकने लगे—टप-टप-टप!

उसने घबराकर स्टूल को अँगीठी के और निकट घसीट लिया और अपने ठंडे हाथ शोलों के ऊपर ले गई, और अँगीठी के शोलों को हाथों से इस तरह काटने लगी जैसे कोई तलवार-बाज़ शत्रुओं के सिर काट रहा हो। बचपन में उसे जाड़ों का यह खेल बहुत पसन्द था, लेकिन इस समय न जाने क्यों अनिच्छा से वह यही खेल खेलने लगी। श्वेत हाथ सुर्ख़ी में नहाते महराब तले पारे की रेखाओं की तरह नाचने लगे—नाचते रहे, यहाँ तक कि जमे हुए से शरीर में उष्णता की लहरें दौड़ने लगीं और कँधों में थकन से मीठी-मीठी टीसें उठने लगीं। आखिर उसने अपने गर्म-गर्म हाथ जोड़कर जंघाओं में दबा लिए और फिर अपनी बच्चों जैसी हरकत के विचार से मुस्करा दी। वही अबोध-सी विशेष मुस्कराहट जिसमें उसकी दयालु आँखों का प्रतिबिम्ब थरथराता था। मानो उसकी आत्मा की समस्त कोमलताएँ, समस्त आँसुओं की लहरें उसके श्वेत समतल दाँतों से टकरातीं।

उसने सोचा कि इतनी बड़ी हो गई हूँ और ये हरकतें—कोई देखे तो यही कहे कि इतरा रही है—लज्जित-सी होकर उसने अपने पति की ओर देखा, जिसके सुर्ख रंग को गुलाबी शेड में से छनता हुआ प्रकाश और भी गहरा बनाए हुए था—हाथों में वही पत्रिका थी जिसके एक पूरे पृष्ठ पर एक नंगी स्त्री बाँहें फैलाए, जैसे आकाश में उड़ जाना चाहती थी। उसे लगा जैसे उसका पति भट्ठी से जवानी की गर्मी माँग रहा है। साथ ही एक बोझिल-सी लहर की तरह यह विचार भी मस्तिष्क में आ गया कि यदि उसका कोई बच्चा होता तो शोलों को काटने का यह खेल देखकर कैसी हैरान-सी प्रसन्नता प्रकट करता—बच्चे की दबी हुई कामना ने उभरकर उसका कलेजा मसोस दिया और वह अभिलाषायुक्त

विवशता से इधर-उधर देखने लगी—कमरे की प्रत्येक वस्तु की ओर!—गुलाबी प्रकाश में शयन-गृह पके हुए फोड़े की तरह तपता हुआ लग रहा था। उसने अपनी नज़रें सख़्ती से स्टैंड पर जमा दीं, जिससे ज़रा दूरी पर उसके पति का गहरा लाल चेहरा नज़र आ रहा था। स्टैंड से प्रकाश गर्म आह की तरह फूट रहा था और स्टैंड पर बनी हुईं तितलियाँ और फूल बुझे-बुझे से थे—

"मेरा बच्चा, यदि मेरा कोई बच्चा होता तो कैसा होता, हाँ, तो वह कैसा होता?" उसके मस्तिष्क में एक प्रश्न उभरा और उसने उत्तर सोचना चाहा : 'शेड से फूटते हुए प्रकाश की तरह गुलाबी, तितलियों का-सा तेज़ और फूलों जैसा खिला हुआ'—लेकिन जाने कैसे उधड़-फुदड़कर बहुत से काले-कलूटे नकबहते रोगी बच्चे, पीप में सने हुए उसकी सुंदर उपमा पर ढह पड़े—ढेर के ढेर—वही मज़दूर-बस्ती के बच्चे—जेठ-बैसाख की गर्मी में कीचड़ में लेटकर हाँफ़ते हुए मरियल कुत्तों की-सी आँखों वाले—और उनके पीछे अँधेरे में चमकती हुई दो आँखें, घृणा-भरी आँखें और वह आँखें उसके दिल पर यों चटखीं जैसे आग पर पड़ा हुआ मक्की का दाना—और फिर एक सन्नाटा—जैसे भूतों के वासस्थान में सहसा एक ताली गूँज जाए—उसके बाद और भी गहरा सन्नाटा, और भी गहरा—वह अवाक्-सी बैठी रह गई। मन डूबने लगा और मस्तक की गीली मिट्टी में जड़ें रेंग-रेंगकर लिपटने लगीं और लहराता हुआ कंटीला पौधा उन्मत्त हो झूमने लगा, झूमने लगा। उफ़! स्वयं को कितना घसीटा, कितना बहलाया लेकिन फिर वही—

"हाय भई मैं क्यों गई थी? क्यों गई थी वहाँ मरने?" पहली बार मारे उलझन के उसे अपने ऊपर कचकचाहट आ गई। यह कम्बख़्त ड्रॉइंग रूम की बातें भी कभी-कभी दुखती आत्मा पर दोहत्तड़ की तरह पड़ती हैं—अपने पति के मित्र चौधरी साहब के बारे में पहले ही उसका यह ख़्याल था कि वह एक बड़ी मिल के मालिक सही लेकिन दिल उनका बड़ा छोटा है, इतना छोटा कि उनके मुँह से जो बात भी निकलती है सुनने वाले के गले में फाँसी का फंदा बन जाती है। संसार की बड़ी-से-बड़ी बात हो रही हो, वह दबादबू कर कुछ इस प्रकार प्रस्तुत करते कि बैंक-बैलेंस के अतिरिक्त कुछ सुझाई न देता। उदाहरणत: शहर में तो मलेरिया और हैजा फैल रहा है। चौधरी साहब आए ऐसी चिंतित मुद्रा बनाए जैसे उन पर मलेरिया का आक्रमण होने वाला हो। बात चली तो कहने लगे, "जाने क्या बात है कि शहर में कोई भी बीमारी फैले,

मज़दूर साले सबसे पहले मरने लगते हैं—मैंने एक औषधालय भी खुलवा रखा है, इस पर भी मज़दूर महीनों बीमार रहते हैं और मेरी सैंकड़ों की हानि होती है।'' चौधरी साहब का ढंग उसे निचोड़ने लगा। वह नर्मी से टोकने ही वाली थी कि उसका पति अचानक बोल उठा, ''चौधरी साहब! आपकी मिल में कोई काम्यूनिस्ट तो नहीं?'' और चौधरी साहब ने उत्तर दिया, ''नहीं! मेरे यहाँ एक ऐसा हरामज़ादा घुसा तो था लेकिन मेरी सी. आई. डी. से कैसे बच पाता? मैंने उसे एक झूठे केस में जेल भिजवा दिया—मुझे विश्वास है कि मेरे मज़दूरों पर लाली-वाली का कोई असर नहीं।''

यह उत्तर सुनकर उसका पति कनपटी पर उँगली बजा-बजाकर बड़बड़ाने लगा, ''तो फिर आखिर क्या कारण है कि आपके मज़दूर महीनों बीमार रहते हैं!''

चौधरी साहब भी उसके पति के साथ सोच में डूब गए, लेकिन वह क्रोध में भरी हुई बिल्ली की तरह फूली हुई भीतर-ही-भीतर गुर्रा रही थी कि ये चौधरी साहब कितने कमीने हैं और उसका पति भी तो कुछ ऐसा ही है। निर्दयी कहीं के! आराम से बैठे मज़दूरों को गालियाँ देते हैं। यह नहीं होता कि उन्हें स्वास्थ्य-रक्षा के नियमों की जानकारी कराएँ। वह बड़ी देर तक अपने छोटे-से भावुक संसार में बेचैन होती रही और दिल-ही-दिल में महामारियों के दूर होने की प्रार्थना करती रही।

दूसरे ही दिन वह साधारण वस्त्रों में मज़दूर-बस्ती पहुँची। कीचड़, पानी, कूड़े के ढेर! चप्पल धरती से चिपक-चिपक जाती। श्वेत कपड़ों की सरसराहट से कूड़े के ढेरों पर से मक्खियाँ जैसे नशे में गाती हुई उड़तीं और उसके गिर्द नाचने लगतीं। नाकें सुड़सुड़ाते गंदे बच्चे उसके पीछे लग रहे थे। नौजवान लड़कियाँ उसे देख-देखकर झपाक-झपाक कोठरियों में घुसकर किवाड़ों की आड़ से झाँकतीं। स्त्रियाँ कोठरियों से निकल-निकल कर उसे आश्चर्य से देखतीं और लड़के उसे देखकर नंगे-नंगे इशारे करते। वह यह सब देख रही थी और उसे लग रहा था कि वह चकराकर गिर पड़ेगी—आखिर वह यहाँ क्यों आई? यह कौन-सी जगह है? ये कैसे लोग हैं और उसकी शानदार आरामदेह कुर्सी यहाँ से कितनी दूर है? ये प्रश्न धुँधलाए हुए से उसके मस्तिष्क में चकरा रहे थे और धरती उसके पाँव पकड़े ले रही थी। वह बेबस होकर खड़ी हो गई। आखिर एक स्त्री ने डरते-डरते उसके निकट आकर धीमे स्वर में पूछा, ''मेम

साहब, रास्ता भूल गई हो?''

चक्कर में कमी आ गई। उसने देखा, प्रश्न करने वाली स्त्री की आँखें चुँधी हैं और उसकी गोद का बच्चा मुँह से अँगूठा लगाए हँस रहा है। वह कोई उत्तर न दे सकी।

''ईसाई बनाने वाली हो, मेम साहब?'' दूर से एक बूढ़ी स्त्री ने ज़मीन पर बलगम पटककर पूछा।

और उसने घबराकर नकार में सिर हिला दिया और कठिनतापूर्वक मरे हुए स्वर में चुँधी आँखों वाली स्त्री से कहा, ''बहन, मैं तुमसे बातें करने आई हूँ।''

स्त्री ज़रा देर के लिए हैरान रह गई, ''मुझसे?'' वह बोली और फिर उसकी राह में जैसे बिछती हुई उसे अपनी कोठरी में ले गई।

जल्दी से खाट पर से गुदड़ी उल्टी और उससे हाथ जोड़कर पधारने को कहा और बच्चे को ज़मीन पर बिठाकर अपना आँचल ठीक करने लगी। वह झिझकी हुई भीतर आकर खाट पर बैठ गई। कोठरी में हर ओर नज़र डाली। जाले लटक रहे थे, चूल्हे में राख अटी हुई थी और ज़मीन मारे सीलन के चिपचिपा रही थी। बच्चे की ओर देखा। वह सीली ज़मीन पर गुड्डे की तरह बैठा अँगूठा चूस रहा था और नन्हे-से पाँव की फुड़ियों से पीप रिस रही थी। स्त्री गौरव से मुस्करा रही थी और कोठरी के दरवाज़े पर स्त्रियों के समूह में से अधिकतर स्त्रियाँ उसे संदेह-भरी नज़रों से देख रही थीं और कुछ हँस रही थीं। और उस ठट के पीछे उन नौजवान लड़कियों की संख्या धीरे-धीरे बढ़ रही थी—जिनके चेहरे अभी-अभी धुले थे और जो अपने आँचलों को बड़े ही ठस्से से बार-बार सँभालती थीं। वह यह सब कुछ देख रही थी और घबरा रही थी, लेकिन इसके बावजूद दिल में तो जैसे सहानुभूति की कूक भरी हुई थी। वह कहती ही गई, बड़े कोमल स्वर में पलकें झपका-झपकाकर—बहनो! अमीरी-गरीबी तो भगवान की देन है, लेकिन यह ज़रूरी नहीं कि गरीब ज़रूर गंदे रहें। गरीब स्त्रियाँ चाहें तो अपने घरों को और स्वयं को साफ़-सुथरा रख सकती हैं और प्रतिदिन के रोगों का मुकाबिला कर सकती हैं। अर्थात् उसने स्वास्थ्य-रक्षा के सारे मोटे-मोटे पुस्तकीय नियम समझा दिए। बच्चों वाली स्त्रियों को दिलचस्पी हुई और कई अपने बच्चों को गोद में उठाए उँगली पकड़ाए कोठरी के भीतर खिसक आईं; लेकिन एक बुढ़िया मुँह फुलाए दहलीज़ पर बैठी रह-रहकर बुड़बुड़ाती रही, ''जिसने पैदा किया है, वही ज़िंदा भी रखता है। मक्खी

कूड़े पर बैठकर भी जीती है और हलवे पर भी।'' चुँधी आँखों वाली स्त्री और दूसरी माँएँ बुढ़िया की ओर क्रोधभरी नज़रों से देखने लगीं तो वह चुप हो गई। फिर स्त्रियाँ खाट की ओर दत्तचित हो गईं जहाँ वह स्वास्थ्य तथा सफ़ाई की मूर्ति बनी बैठी थी।

''मेम साहब! मेरे बच्चे को खाँसी नहीं छोड़ती—कोई दवा बताओ।''

''मेम साहब! मेरे बच्चे का सारा बदन फुड़ियों से भरा हुआ है!''

''मेम साहब! मेरे बच्चे की आँखें हमेशा दुखती रहती हैं।''

''मेम साहब! मुझे खुजली नहीं छोड़ती।''

एक स्त्री ने तो धीमे से उससे अपने यौन संबंधी रोगों की दवाएँ भी पूछ डालीं और वह बड़े विश्वास के साथ प्रत्येक रोग की दवा, घर और कपड़ों की सफ़ाई और प्रतिदिन का स्नान बताती रही। कई स्त्रियाँ निराश होकर चुप हो गईं और कई बुढ़िया की पक्षपाती बन गईं और जब वह वहाँ से विदा होने लगी तो पूरी बस्ती में केवल एक नौजवान शर्मीली लड़की और एक चुँधी आँखों वाली स्त्री उसकी आभारी थीं। उन दोनों ने विश्वास दिलाया कि स्वास्थ्य-रक्षा के इन दो-तीन नियमों को कभी नहीं भूलेंगी और सदा व्यवहार में लाती रहेंगी।

यह उसकी पहली विजय थी। उस रात उसने अपने 'ट्यूटर' को सपने में मुस्कराते पाया।

उसके बाद बहुत दिन गुज़ारकर वह दोबारा गई तो उसका स्वागत केवल चुँधी आँखों वाली स्त्री ने किया और जल्दी-जल्दी बताया कि उसकी पक्षपाती नौजवान शर्मीली लड़की कपड़े धोने के साबुन से मुँह धोकर ऐसी चोंचाल हुई कि किसी के साथ भाग गई।

और आज वह तीसरी बार मज़दूर-बस्ती में अपनी एकमात्र मानने वाली से मिलकर आई थी और आई भी तो यों जैसे स्वयं को वहीं खो आई हो।

वह घबराकर खड़ी हो गई। उसकी समझ में नहीं आया, क्या करे ? उसका पति पूर्ववत् सचित्र पत्रिका में डूबा हुआ था और प्रकाश वैसे ही लपक रहा था। उलझन में उसने कंधे झटके और फिर श्रृंगार-मेज़ पर कुछ चीज़ें उलट-पलट करने लगी। लेकिन हर प्रकार के सेंटों, क्रीमों और तेलों की मिली-जुली बू तीर की तरह मस्तक में पहुँची—वही बू जिससे दिन में दो-चार बार सरोकार पड़ता था। यहाँ भी चैन न मिला तो लपककर कपड़ों की अलमारी खोल ली। रेशमी कपड़ों की तहें उजाड़ दीं और न जाने उनमें क्या ढूँढ़ने लगी—लेकिन

जब उलटे-पलटे कपड़ों की पुरानी-पुरानी-सी बू नाक में घुसी तो सारा निवारण धरा रह गया और फिर लाख बचाव के बावजूद जैसे वह ढलान पर लोटती उस बस्ती में बेसुध होकर जा गिरी जहाँ की ज़मीन, दीवारों, कपड़ों और इन्सानों से एक पुरानेपन की बू उठती थी। जैसे वह पूरी बस्ती हवा और धूप से वंचित एक ढक्कन तले बंद रही हो और वह ढक्कन अब उठ रहा हो, और पुरानेपन की बू फैल रही हो...

"उफ़—उफ़!" पाँव पटक-पटककर कोई चीज़ छाती के भीतर ठुनकने और उलझने लगी। और वह फिर पागलों की तरह अँगीठी के निकट स्टूल पर बैठकर पूरी शक्ति से टाँगें हिलाने लगी, लेकिन पुरानेपन की बू मस्तक में यों बस चुकी थी कि उसे कमरे में हर ओर से यही बू उठती महसूस होने लगी। वह बेबस, जमी हुई बैठी थी और मस्तक के किसी छिद्र से जैसे यह पुरानेपन की बू एक मोटी-सी धारा की तरह ठीक दिल पर गिर रही थी—गिरे जा रही थी—दिल डूब रहा था और आत्मा पर विषादपूर्ण अंधकार उतरता आ रहा था...

हाय, यह अंधकार उसे चबा लेगा! हाय, प्रकाश की कोई किरन! ताज़ा हवा का कोई झोंका। "ओह!" वह बेचैन होकर कराह उठी।

"क्यों क्या बात है डार्लिंग?" उसके पति ने पत्रिका छाती पर रख ली।

"मैं-मैं गई थी ना— " उसने मानो बंद खिड़कियों पर मुक्के मारने शुरू कर दिए।

"कहाँ?" पति ने छत की ओर देखते हुए बेपरवाही से पूछा।

"मज़दूर-बस्ती!" उसने उत्तर दिया।

"हाँ, अच्छा, वह चौधरी साहब के मज़दूरों के यहाँ? तुमने बताया था कि दो-एक स्त्रियों ने तुमसे साफ़-सुथरा रहने का वायदा किया है। खासकर वह तुम्हारी जेधी स्त्री है ना?" वह पत्रिका के चिकने कागज़ पर उँगलियाँ फेरने लगा।

"हाँ, लेकिन जब मैं दूसरी बार गई तो वह चुँधी आँखों वाली स्त्री अपने बच्चे समेत वैसी ही मैली-कुचैली थी—समझे!"

"हाँ, इन लोगों की प्रवृत्ति ही ऐसी होती है डार्लिंग।" पति ने जम्हाई लेकर उत्तर दिया।

"लेकिन मैं तो ऐसा नहीं समझती थी। इसलिए मैंने कारण पूछा तो उसने बताया कि मैं दो दिन पानी गर्म करके स्वयं भी नहाई और बच्चे को भी

नहलाया। लेकिन मेरा घरवाला मुझ पर बरसा कि रोज़-रोज़ पानी गर्म करने को तेरे बाप के घर से लकड़ियाँ-उपले आएँगे—फिर बताओ मेम साहब, तुम्हारी आज्ञा पर कैसे चलें''—वह उसी घबराए हुए स्वर में बोलती गई।

''ठीक कहा बेचारी के घरवाले ने—हाँ, आ! बेचारे गरीब—अच्छा तो फिर बात क्या हुई?'' पति ने ठण्डा श्वास भरकर कहा।

''फिर मैंने उसे समझाया कि नहाने के लिए ताज़ा पानी अधिक अच्छा है। डॉक्टरी की पुस्तकों में लिखा है। वह थोड़ी-सी किचकिचाहट के बाद मान गई। लेकिन—'' वह कहते-कहते रुक गई और उसका पति बोलने लगा, ''हाँ, सच डार्लिंग! ताज़ा पानी से नहाने के बहुत लाभ हैं—एक अमरीकन डॉक्टर कहता है कि...''

वह शून्य में आँखें जमाए एकदम बात काटकर बोलने लगी। उसकी आवाज़ काँप रही थी, ''और मैं आज भी वहाँ गई थी लेकिन वह स्त्री और उसका बच्चा उसी प्रकार गंदे थे। मैंने पूछा तो कहने लगी, 'मेरे घरवाले ने बच्चे को ठण्डे पानी से नहलाते देख लिया और चूल्हे से जलती लकड़ी निकालकर मुझे पीटा कि बच्चे को सर्दी हो गई तो इलाज के लिए पैसे कहाँ से आएँगे? दवाखाने का रंगदार पानी पीकर न भी मरना हुआ तो भी मर जाएगा।' यह कहकर उसने मुझे अपना जला हुआ बाजू दिखाया था—'' यह कहते-कहते उसकी आवाज़ भर्रा गई।

''वे कम्बख्त गँवार जानवर ही तो होते हैं, आओ लेट जाओ अब, तुम तो बस फफोल बनकर रह गई हो। तुम्हें अपनी पोज़ीशन का ख़्याल रखते हुए ऐसी जगह जाना ही नहीं चाहिए था। ऐसी ही गरीबों से सहानुभूति है तो अनाथालय में चंदा दे दिया करो—आओ, अब सो जाओ—'' पति ने कोमल स्वर में कहा और उसकी ओर हाथ फैला दिए।

लेकिन उसकी आत्मा में तो अभी सबसे बड़ा काँटा खटक ही रहा था। वह बिलबिला कर कहने लगी, ''सुनो तो, उसके बाद क्या हुआ था?''

''क्या हुआ था?'' पति ने बेमज़ा-सा होकर अपने हाथ समेट लिए।

''जब चुँधी आँखों वाली स्त्री अपना जला हुआ बाजू मुझे दिखा रही थी तो अचानक शेर की तरह गुर्राता हुआ उसका पति कोठरी से निकला और उसकी चोटी पकड़कर घसीटता हुआ उसे कोठरी में फेंक आया। उस अत्याचारी ने मेरे सामने बेचारी को बड़ी निर्दयता से पीटा और कहा, 'मेम से मेरी शिकायत

करती है हरामज़ादी—मेम से यह क्यों नहीं कहती कि इस बस्ती में रहकर हम जितनी तनख़्वाह में गुज़ारा करो तो फिर पूछें हम'—'' उसकी थरथराती हुई आवाज़ आँसुओं में बह गई।

''अच्छा!'' पति एकदम पलंग पर बैठ गया। ''तुमने मुझे पहले क्यों नहीं बताया? मैं अभी चौधरी साहब को फ़ोन करता हूँ—वह मज़दूर निःसंदेह कम्यूनिस्ट है। तुम रोओ मत, लेट जाओ।'' पति यह कहकर तेज़ी से दूसरे कमरे में टेलीफ़ोन करने चला गया।

और वह उसी प्रकार अँगीठी के निकट स्टूल पर बैठी सिसकियाँ भरती रही। कमरा गुलाबी प्रकाश में अब भी तपता हुआ मालूम हो रहा था और चारों ओर से पुरानेपन की बू अब भी उठती महसूस हो रही थी।

''हा, आ! उपकार का कुछ मूल्य नहीं हाय, यह दुनिया कितनी बुरी जगह है, कितनी पुरानी और कितनी बुरी—'' वह अपने छोटे-से भावुक दायरे में सिकुड़ी-सिमटी सिसक-सिसककर सोचती रही और उसका मन चाहता रहा कि वह नंगी स्त्री के चित्र की तरह बाँहें फैलाकर उड़ जाए, उड़ती जाए, यहाँ तक कि नीला, शांत, रहस्यपूर्ण और ऊँचा आकाश उसे अपनी बाँहों में भींच ले।

प्रकाश पंडित

(1924—)

मेरे अपने बारे में

"मैं 1857 के विद्रोह काल या 15 अगस्त के हंगामे में उत्पन्न हो सकता था लेकिन बड़ी दयानतदारी के साथ मैंने 7 अक्तूबर, 1924 को चुपचाप उत्पन्न होना पसंद किया। मेरे स्वर्गीय पिता का ख़्याल था कि मैं नैरोबी (अफ्रीका) में उत्पन्न हुआ हूँ, लेकिन मेरा अपना ख़्याल यह है कि मैं लायलपुर (पश्चिमी पंजाब) में उत्पन्न हुआ हूँ। माता जीवित हैं लेकिन इसकी पुष्टि करके मैं स्वर्गीय पिता की आत्मा को और अपनी हठधर्मी को ठेस नहीं पहुँचाना चाहता। अत: इन दोनों में से कोई बात भी सही हो सकती है।

बाल्यकाल, जिसके बारे में सुनी-सुनाई बातों पर विश्वास करना पड़ता है, तहसील हाफ़िलाबाद के एक नहर के 'बंगले' में, लायलपुर तथा मजीठा, ज़िला अमृतसर, में (जहाँ का ईख और सरदार सुंदरसिंह मजीठिया बहुत मशहूर हैं), और फिर अमृतसर में व्यतीत हुआ।

लिखने का प्रारम्भ 1939 में हुआ जब मैं नवीं श्रेणी में पढ़ता था और कक्षा की पाठ्य-पुस्तकों के स्थान पर छुप-छुप कर बहराम डाकू के कारनामे पढ़ा करता था और पकड़े जाने पर माता और दादा के हाथों बेतरह पिटता था। लिखने की बाकायदा शुरुआत 1944 में हुई जब किसी तरह मेरी एक कहानी उस समय की एक प्रसिद्ध पत्रिका में प्रकाशित हुई और मेरे ख़्याल में पसंद भी की गई; और मैंने घटिया श्रेणी के साप्ताहिक फ़िल्मी पत्रों में लिखने और फूले न समाने की बजाय कम लिखने और ज़्यादा सोचने की आदत डाली। उस समय से अब तक पचास-एक कहानियाँ लिखी हैं (इनमें उससे पहले की लिखी हुई पचासों कहानियाँ शामिल नहीं हैं)। आजकल संपादकों के तक़ाज़ों और आलोचकों की प्रशंसा के बावजूद साल में बस एक-आध कहानी लिखता हूँ जो उस साल के बेहतरीन अदब में इसलिए शामिल हो जाती है क्योंकि मैं स्वयं इस

पुस्तक प्रणाली के संपादकों में से हूँ। एक समय से एक उपन्यास शुरू कर रखा है लेकिन न तो कोई ऐसा दिल वाला प्रकाशक मिलता है जो पाण्डुलिपि देखे बिना पेशगी रॉयल्टी दे दे और न मेरी परिस्थिति आज्ञा देती है कि पाण्डुलिपि तैयार करके किसी प्रकाशक से बात करूँ।

1947 के बाद लाहौर से देहली आना पड़ा। यहाँ पाँच वर्ष तक 'शाह राह' और 'प्रीत-लड़ी' (उर्दू की दो प्रसिद्ध प्रगतिशील मासिक पत्रिकाएँ) का संपादन करता रहा। आजकल 'फ़नकार' द्विमासिक और 'प्रीत-लड़ी' का संपादक हूँ और लोगों का कहना है कि बुरा संपादक नहीं हूँ। अब तक हिन्दी-उर्दू की लगभग ढाई दर्जन पुस्तकों पर मेरा नाम लेखक, संपादक एवं अनुवादक के रूप में प्रकाशित हो चुका है और मेरे एक कहानी-संग्रह 'मीरास' को ऑल-इण्डिया जर्नलिस्ट एसोसिएशन मैसूर 1951 का सर्वोत्तम उर्दू कहानी-संग्रह नियत कर मुझे प्रथम पुरस्कार दे चुकी है। लेकिन मैं सन्तुष्ट नहीं—काश, कोई प्रकाशक मेरे उपन्यास को पूरा करने में मेरी सहायता करे, तीन वर्ष में जिसके मैं केवल तीन परिच्छेद लिख पाया हूँ।

प्रत्यक्ष है कि अपनी कहानियों की मैं स्वयं आलोचना नहीं करना चाहता या नहीं कर सकता। यदि आप पसंद करें और आपके पास फ़ालतू पैसा और समय हो तो उर्दू सीखिए और मेरे कहानी-संग्रह पढ़िए या हिन्दी की वे पत्रिकाएँ ढूँढ़िए जिनमें मेरी कहानियाँ छपी हैं—इससे अधिक कुछ लिखूँगा तो मेरे प्रकाशक महोदय इसे मेरे परिचय की बजाय उर्दू भाषा का और मेरी पुस्तकों का विज्ञापन समझ बैठेंगे—जो मैं चाहता तो हूँ लेकिन नहीं चाहता। "

—प्रकाश पंडित

धनुक

प्रकाश पंडित

आज भी अटकती-मटकती और मुस्कराहटें बिखेरती हुई जब वह बाज़ार में से गुज़र गई तो दुकानदार अर्थपूर्ण नज़रों से एक-दूसरे की ओर देख-देखकर आपस में चेमेगोइयाँ करने लगे।

पिछले कई दिनों से वह कस्बे के प्रत्येक व्यक्ति के लिए एक पहेली-सी बनी हुई थी। जब कभी वह बाज़ार में निकलती लोगों की नज़रें कुछ इस प्रकार उसकी ओर उठ जातीं, मानो जीवन में पहली बार उन्होंने किसी औरत को देखा हो और वे टकटकी बाँधे उस समय तक उसे देखते रहते, जब तक कि वह नज़रों से ओझल न हो जाती।

उस छोटे से कस्बे में कुल दो-ढाई सौ घर और ले-देकर वही एक बाज़ार। उस बाज़ार में भी इनी-गिनी दुकानें थीं, जिनमें साधारण आवश्यकता की सामग्री के अतिरिक्त किसी अन्य वस्तु की झलक तक न मिलती थी। एक सिरे से दूसरे सिरे तक उदासी, अपूर्णता और अव्यवस्था ही मुँह चिढ़ा रही थी। प्रत्येक व्यक्ति के चेहरे से कुछ इस प्रकार का रूखापन टपकता था मानो उसमें जीवन की किसी चेष्टा, उत्सुकता तथा अधीरता का आभास तक न हो। एक विशेष प्रकार की लालसा के वशीभूत जैसे न वे रो सकते हों, न हँस सकते हों। रोने तथा हँसने के बीच अटके हुए निराश और अन्यमनस्क से वे अपना जीवन बिता रहे थे। कुछ ऐसा प्रतीत होता था जैसे वहाँ के प्रत्येक प्राणी से कोई घोर अपराध हो चुका है और वह प्रायश्चित स्वरूप अपने जीवन को बुरी तरह हीन तथा उदास बना लेने पर विवश हो गया है।

दो सब्ज़ी बेचने वाले थे जो घटिया किस्म के आलू, सूखे सड़े करेले, लुसलुसे बैंगन, पकी हुई तोरियाँ और कुछ इसी प्रकार की दूसरी चीज़ें सुबह की ग्राहकी में बेच-बट कर साँझ होने तक ऊँघते रहते।

एक हलवाई था जो दिन भर तेल की पकौड़ियाँ और जलेबियाँ तलता रहता। तेल की सड़ाँध आठों पहर वातावरण में तैरती रहती। उसके कपड़ों,

उसके शरीर बल्कि उसकी आत्मा में भी तेल की दुर्गन्ध बस चुकी थी, जिससे शायद वह कभी मुक्त न हो सकता था।

एक नाई था जो सुबह लोगों के बाल छाँट चुकने के बाद दिनभर अपने अंधे आईने में झाँक-झाँक कर मोचने से चेहरे के फ़ालतू बाल उड़ाता रहता या अपनी मोटी-मोटी मूँछों पर ताव देता हुआ जाने क्या सोचकर अपने पड़ोसी अर्ज़ीनवीस की ओर घूरने लग जाता था।

अर्ज़ीनवीस आठों पहर गुमसुम बैठा शून्य में निहारता रहता। उस मरियल से शरीर पर चुस्त और धुले हुए वस्त्र उसका मज़ाक-सा उड़ाते नज़र आते और नाक के बाँसे पर की ऐनक तो प्राय: लुढ़क-लुढ़ककर अनुचित स्थान पर यों ही अटके रहने के विरुद्ध विद्रोह करती हुई दिखाई देती। कदाचित शून्य में भी सैकड़ों प्रकार के धब्बे उसके साफ़, श्वेत वस्त्रों पर फब्तियाँ कसते हुए कह रहे होते थे—ज़रा अपने पड़ोसी की ओर तो देखो, मनुष्य के लिए उजले या सुंदर वस्त्रों का होना इतना आवश्यक नहीं, जितना मूँछों का, और वे भी कुछ ऐसी घनी कि उन पर अच्छी तरह ताव दिया जा सके!

अर्ज़ीनवीस के इधर एक पनवाड़ी था जो चुपचाप बैठा या तो पान की पीक निगलता रहता या सरोते से छालिया काटने में निमग्न रहता। कभी-कभी मीठे सोडे की रंग-बिरंगी बोतलों पर पानी भी छिड़कता, जिससे दूकान के सामने बहुत-सा फुसफुसा कीचड़ जमा हो गया था। कभी-कभार उसकी आँखें उस कीच में भी धँस कर रह जातीं और कुछ देर के लिए उसके हाथ रुक जाते और दूसरे ही क्षण में वह कत्था-चूना पान के पत्तों पर लथेड़ने लगता। उस श्वेत तथा लाल रंग के सम्मिश्रण में न जाने उसे क्या कुछ नज़र आ जाता कि पीक निगलने के साथ-साथ वह चुस्कियाँ भी लेने लगता। शायद अपनी दूकान के आधे से अधिक पान वह स्वयं ही खा जाता था।

बाएँ हाथ एक वैद्य का औषधालय था, जिसमें मटमैली चादर बिछी रहती। बिना शीशे की अलमारियों में धूल से अटी तरह-तरह की छोटी-बड़ी शीशियाँ इस बात की गवाही देती मालूम होतीं कि महीनों से उन्हें छूने तक की आवश्यकता अनुभव नहीं की गई। एक गाव-तकिए के सहारे वैद्य बैठा दिन-भर बेकार लोगों से गप्पें हाँकता रहता।

सामने कपड़े और आटे-दाने की एक साझी दूकान थी, जिसमें एक ओर खद्दर, खाशा, लुधियाना और छींट के खुले-लिपटे थान इधर-उधर लुढ़कते

रहते, और दूसरी ओर गुड़-तेल पर मक्खियाँ भिनभिनातीं।

ऐसी ही अन्य दूकानें थीं, जिनमें मनियार, रंगसाज़, बढ़ई, लोहार, सुनार आदि शामिल थे।

कस्बे में स्त्रियाँ बहुत ही कम नज़र आती थीं। कभी-कभार लंबे-लंबे घूँघटों में चेहरा छिपाए सिमटी-सिमटाई कोई सूरत नज़र भी आती तो उसके युवा अथवा अधेड़ होने की पहचान कर सकना असंभव हो जाता। जो भी दुलहन कस्बे में ब्याह कर लाई जाती, वहाँ की परंपराओं के आगे सिर झुका देती। ऐसा लगता था, जैसे पुरुषों ने अपनी स्त्रियों तक को अच्छी तरह न देखा था और स्वयं स्त्रियाँ भी उनके चेहरे-मुहरे से अपरिचित थीं। हर किसी की आत्मा भूखी थी और शरीर निढाल होते चले जा रहे थे। लेकिन अब उस ईसाई उस्तानी के आ जाने से जैसे हर किसी ने अमृत पी लिया था। उनकी आत्मा का अणु-अणु शताब्दियों की गहरी नींद से एकदम—जाग उठा और जैसे किसी असाधारण शक्ति ने उनके दिलों के दरवाज़े एकदम पट खोल दिए। उनका संसार सुंदर रंगों से भर गया। जब भी वह अपनी रंग-बिरंगी पोशाक में सुसज्जित, अधरों पर मुस्कान थामे उनके सामने से गुज़रती तो हर कोई कुछ ऐसा अनुभव करने लगता मानो आकाश पर इन्द्रधनुष के सातों रंग निखर आए हों।

इस असाधारण परिवर्तन की तह में तो शायद वे न पहुँच सके, परंतु हर व्यक्ति किसी अज्ञात भावना द्वारा स्वयं को प्रसन्नचित तथा आह्लादित अनुभव करने लगा। हर कोई एक-दूसरे से बाज़ी मार ले जाना चाहता। हर दुकानदार अपनी दूकान चमकाने लगा।

सब्जी-फ़रोश शहर से बेहतरीन सब्ज़ियाँ मँगवाने लगा। हलवाई ने जीवन में पहली बार तेल के पकौड़े और जलेबियाँ तलने की बजाय वनस्पति घी के शक्करपारे, बेसनी कलाकंद, बूँदी के लड्डू आदि स्वादु मिठाइयाँ तैयार करनी शुरू कीं। उन पर वह चाँदी के वर्क चिपकाकर और थालों में चुनकर पंक्ति दर-पंक्ति ऊपर नीचे इस तरतीब से सजाता और यों इतराकर चौकी पर बैठता कि मालूम होता, उसका जीवन भी उन मिठाइयों की तरह सुस्वादु तथा सुगंधित हो गया है।

हज्जाम महोदय के कील-काँटे साफ़-सुथरे और तेज़ हो गए। अब लोगों के सिर घोटने की बजाय विलायती कट तराशने लगा। दाढ़ियाँ बनाते समय

पहले वह मुँह पर केवल पानी चुपड़ता था, अब देसी साबुन घिसने लगा। अंधे आईने में भी नई चमक आ गई।

अर्ज़ीनवीस ने शून्य में घूरना छोड़ दिया था और अब हज्जाम से उस उस्तानी के बारे में पूछताछ करनी शुरू कर दी थी, हालाँकि स्वयं हज्जाम उससे अधिक कोई परिचय न रखता था। अब वह उसकी मोटी-मोटी मूँछों की ओर तीखी कड़ी नज़रों से देखता हुआ यों मुस्करा उठता जैसे कह रहा हो यह सरासर बेहूदगी है! भला केवल मूँछें ही पौरुष का एकमात्र लक्षण कैसे हो सकती हैं! यदि ऐसा होता तो अब तुम हर तीसरे-चौथे बावली पर अपने कपड़े फटकने न जाते...

पनवाड़ी शहर से दो बड़े-बड़े कैलंडर ले आया था, जिनमें चीनी स्त्रियों के चेहरे किसी बहुत बड़ी विजय का प्रतिबिम्ब लिए हुए थे। अर्ज़ीनवीस प्राय: उन कैलंडरों की ओर गर्हित दृष्टि से देखता हुआ कह उठता, "हुश! ये औरतें क्या खाकर हमारी उस्तानी का मुकाबला करेंगी! ऊँह! क्या चपटे नाक हैं—" पनवाड़ी की दुकान के सामने का कीचड़ अब गायब हो चुका था और उसका स्थान लकड़ी के एक बैंच और लोहे की एक कुर्सी ने ले लिया था। पहर-रात तक लोग उस बैंच और कुर्सी पर बैठे इधर-उधर की गप्पें हाँकते रहते। बहुधा उस्तानी ही के संबंध में बातें होतीं। अब पान भी खूब बिकने लगे थे और कभी-कभी तो उसे अपने लिए लगाकर अलग रखा हुआ करारा पान भी ग्राहक के आग्रह पर दे देना पड़ता।

वैद्यराज के औषधालय में भी कोरी चादर बिछ गई। तकिए पर नया गिलाफ़ चढ़ गया। उधर शीशियों पर का धूल-धमक्कड़ भी झड़ चुका था। अब सिरदर्द और पेटदर्द के रोगी भी दवा-दारू के लिए आने-जाने लगे, हालाँकि पहले क्षय रोग के रोगी भी इधर का रुख न करते थे, मानो वहाँ का हर व्यक्ति नाज़ुक-मिज़ाज और सभ्य हो गया था और पेटदर्द के लिए घर में अजवायन आदि फाँकना उसे प्राचीनकाल की बातें मालूम होती थीं।

बूढ़े बजाज की दुकान पर अब खद्दर खाशे के साथ-साथ लट्ठे-मलमल की झलक भी दिखाई देने लगी और गुड़-शक्कर को मक्खियों के आक्रमण से बचाने के लिए वह कहीं से लोहे की जाली भी ले आया। उसके अपने अंदर भी

एक असाधारण परिवर्तन आ चुका था। फटी-पुरानी गाढ़े की कुर्ती की बजाय अब वह पूरी बाँहों का साफ़-सुथरा कुर्ता पहनने लगा था और घुटनों से ऊपर की कच्छ ने अधिया धोती का रूप धार लिया था। जाने क्यों अब वह अपनी आँखों में काजल भी भर लाता और कीकर या फुलाह की दातुन करने की बजाय होंठों पर मिस्सी घिस लाता, हालाँकि उसकी आयु की माँग तो यह थी कि वह अपने बचे-खुचे दाँत भी निकलवा दे।

प्रत्येक व्यक्ति के चेहरे पर कुछ ऐसा संतोष तथा उल्लास नज़र आने लगा जैसे उनकी स्त्रियाँ सुबह हँस-हँसकर उन्हें विदा करते हुए शाम को जल्दी घर लौट आने पर ज़ोर दे चुकी हों और अब शाम की मुलाकात की कल्पना-मात्र से ही वे विशेष प्रकार का उन्माद अनुभव कर रहे हों; जैसे उनकी दुल्हिनों की बाँहों में हाथी-दाँत का चूड़ा अभी तक मौजूद हो और माथे पर चाँद का टीका भी।

जहाँ कभी यह हाल था कि पहाड़-सा दिन काटे न कटता था, अब मालूम ही न होता कि समय के पंख कहाँ से निकल आए हैं। दीए जलते ही वे घरों की तैयारी करते और तरह-तरह की चीज़ें—आम, खरबूजे, दही-बड़े आदि जो अत्यधिक मात्रा में मिलने लगे थे, ले जाते। उनके जीवन का सुनहला युग प्रारंभ हुआ। कई मनचले तो सायंकाल के समय दूर के खेतों में टहलने के विचार से अपनी पत्नियों को भी साथ ले जाने लगे। वहाँ खुली हवा खिलाने के बहाने वे उनके घूँघट उठवा देते और उनके चलने के ढंग को यों सूक्ष्मता से देखते जैसे उस उस्तानी के साथ उनकी तुलना कर रहे हों।

उनकी दुकानों पर ग्राहकों का ताँता बँधने लगा। मानो इससे पहले वहाँ किसी चीज़ की आवश्यकता ही न थी। दर्ज़ी नए-नए डिज़ाइन के कुर्ते-सलवारें सीने लगा। मनियारी वाले ने आँवले का तेल और सुगंधित साबुन शहर से मँगवाना शुरू कर दिया। अन्य दुकानों की तरह उस्तानी कभी-कभी उस दुकान पर भी अपनी ज़रूरत की चीज़ें लेने आ जाती थी। पहले-पहल बुर तौलिए, बढ़िया किस्म का साबुन आदि वह उसी की फ़र्माइश से शहर से लाता था, लेकिन अब अन्य लोग भी इन चीज़ों का इस्तेमाल करने लगे थे। खरीदते समय वे बड़ी शान से कहते कि जो साबुन मेम साहब खरीदती हैं वही दिया जाए। भला उनकी पत्नियाँ किसी मेम साहब से कम हैं? या फिर कभी-कभी जब

वह पनवाड़ी की दुकान पर कुछ क्षणों के लिए रुक जाती और सोडे की बोतलें, सिग्रेट आदि घर भिजवाने का आदेश देती तो उसके चले जाने या पनवाड़ी के उस घर से लौट आने पर वहाँ चौकड़ी जम जाती और उससे कहा जाता कि वह विस्तारपूर्वक उसकी हर बात उन्हें सुनाए। एक बात उन सबके लिए बड़े अचम्भे की थी कि वह सदैव मुँह-माँगे दाम देती थी।

कस्बे में लड़कों के लिए तो वर्षों से एक प्राइमरी स्कूल चला आ रहा था, लेकिन अब लड़कियों के लिए ईसाइयों ने एक पाठशाला खोलने का प्रबंध किया था और उसी नई पाठशाला की अध्यापिका के रूप में वह वहाँ आई थी।

❑❑❑

राजपाल एण्ड सन्ज़ की स्थापना एक शताब्दी पूर्व 1912 में लाहौर में हुई थी। आरम्भिक दिनों में अधिकतर धार्मिक, सामाजिक और देश-प्रेम की पुस्तकें प्रकाशित होती थीं और हिन्दी के अतिरिक्त अंग्रेज़ी, उर्दू व पंजाबी भाषा में भी पुस्तकें प्रकाशित की जाती थीं।

1947 में भारत-विभाजन के बाद राजपाल एण्ड सन्ज़ को नए सिरे से दिल्ली में स्थापित किया गया और साहित्यिक पुस्तकों के प्रकाशन का आरम्भ हुआ। रामधारी सिंह दिनकर, महादेवी वर्मा, बच्चन, अज्ञेय, शिवानी, आचार्य चतुरसेन, विष्णु प्रभाकर, राजेन्द्र यादव, मोहन राकेश, रांगेय राघव, कमलेश्वर और अन्य साहित्यिक लेखकों की कृतियाँ यहाँ से प्रकाशित होने लगीं। राजपाल एण्ड सन्ज़ से प्रकाशित *मधुशाला, कुरुक्षेत्र, मानस का हंस, आवारा मसीहा, कितने पाकिस्तान, आषाढ़ का एक दिन* जैसी पुस्तकें हिन्दी साहित्य की 'क्लासिक पुस्तकें' मानी जाती हैं और आज भी लोकप्रियता के शिखर पर हैं। भारत के राष्ट्रपतियों और प्रधानमंत्रियों की पुस्तकें प्रकाशित करने का गौरव भी राजपाल एण्ड सन्ज़ को प्राप्त है। नोबेल पुरस्कार से सम्मानित अर्थशास्त्री डॉ. अमर्त्य सेन की सभी पुस्तकों के हिन्दी अनुवाद यहाँ से प्रकाशित हैं। अन्तरराष्ट्रीय चर्चित पुस्तकों के अनुवाद, विश्वविख्यात कोशकार डॉ. हरदेव बाहरी द्वारा सम्पादित 'राजपाल' शब्दकोशों की शृंखला और किशोरों के लिए सैकड़ों पुस्तकें राजपाल एण्ड सन्ज़ से प्रकाशित हुई हैं।

पाठकों के स्वस्थ और सुरुचिपूर्ण मनोरंजन और ज्ञानवर्धन के लिए समर्पित राजपाल एण्ड सन्ज़ से हिन्दी और अंग्रेज़ी में पुस्तकें प्रकाशित होती हैं जो देश के सभी बड़े पुस्तक-विक्रेताओं और विश्व भर के ऑनलाइन विक्रेताओं के यहाँ उपलब्ध हैं।

राजपाल एण्ड सन्ज़

1590 मदरसा रोड, कश्मीरी गेट, दिल्ली-6, फोन: 011-23869812, 23865483
email: sales@rajpalpublishing.com, facebook: facebook.com/rajpalandsons
website: www.rajpalpublishing.com